慶應義塾文学科教授

永井荷風

末延芳晴
Suenobu Yoshiharu

a pilot of wisdom

目次

はじめに ―― 10

第一章 「黒い服」を着た紳士がもたらしたもの ―― 21
永井荷風、慶應義塾大学部文学科教授に招かれる
五つのモダニズムが出会って実現した荷風の教授招聘
一貫してモダニズムを志向した福澤諭吉の生
文学科の機構改革――教授陣の拡充をはかる

第二章 真正モダニスト永井荷風の誕生 ―― 35
父親から追放されてアメリカに渡った永井荷風
セントルイス万博視察――主題としての「性」の発見

ワシントンの街娼婦イデスとの出会いが意味するもの
ニューヨーク体験を経て獲得したもの
憧れのフランスへ――ある幻滅と疲労感
パリでのエトランジェとしての自由で、至福の生活

第三章　孤立する新帰朝文学者―――56
父との和解――小説を書いていく自由を許される
好評をもって迎えられた『あめりか物語』
日本の自然や人工的都市空間に対する違和感
「深川の唄」――モダニズムから反モダニズムへの転向
『すみだ川』――踊ることが大好きな水辺のミューズを求めて
『ふらんす物語』発禁処分――社会的存在権喪失の危機

第四章　森鷗外と上田敏の推輓で文学科教授に就任―――75
意外に近かった荷風と慶應の関係

荷風、父に無断で銀行を辞めパリへ
偶然のめぐり合わせで上田敏に紹介される
上田敏から「近代人」と認められた荷風
快く永井荷風を推した上田敏の厚情
なぜ森鷗外は荷風を推したのか

第五章　三田山上に現出した「文学的自由空間」

品川湾を見晴らす三田山上の洋館で荷風初講義
慶應義塾文学科——学生数十五人に満たない小さな学科
三田山上に荷風旋風
早稲田の文学科の学生からも羨望された荷風の教授就任
凌霄花のからまる三田山上の洋館ヴィッカース・ホール
「溜り」——三田山上に現出した文学的自由空間
きわめて厳正であった荷風教授の講義
佐藤春夫が聴いたユイスマンスについての講義

第六章　「三田文學」創刊――反自然主義文学の旗手として――128
反自然主義文学の台頭
大正モダニズムを先取りする斬新なデザイン
内容面でも徹底して「早稲田文學」との差別化がはかられる
慶應義塾及び森鷗外と縁の深い執筆陣
荷風の文学仲間から選ばれた二人の文学者
ひそかに持ち込まれた反モダニズムの志向性
創刊号から明確に打ち出された反自然主義志向
挫折した反自然主義文学季刊雑誌発刊の計画
武者小路実篤の「そんなこと、できるもんか」の一言で計画はとん挫
里見弴の回想――反自然主義文学季刊雑誌がもし発刊されていれば
第七章　「三田文學」から飛び立った荷風門下生（1）――168
1　久保田万太郎
学生たちの要望に応えて、「三田文學」の門戸を学生たちにも開く

久保田万太郎、「朝顔」で「三田文學」デビュー、一躍注目を集める
『すみだ川』を下敷きにして書かれた「朝顔」

2 水上瀧太郎

理財科の学生でありながら、荷風の講義を聴講
「永井荷風先生招待会」で「山の手の子」の原稿を手渡す
荷風の「狐」と『すみだ川』にならって書かれた「山の手の子」
『あめりか物語』所載の「悪友」を下敷きにして書かれた「同窓」
「性」を社会的規範の外に置こうとしなかった瀧太郎の文学
「性」をめぐる荷風と瀧太郎の決定的違い
「三田文學」の精神的編集主幹として

第八章 「三田文學」から飛び立った荷風門下生(2)

3 佐藤春夫

堀口大學と共に慶應義塾文学科予科に入学
『田園の憂鬱』で作家的地位を確立

恩師永井荷風との愛憎相半ばする関係

4 堀口大學
耳の奥に幼くして失った母の声を求めて
荷風先生から作品を見せるように勧められる
永井荷風から賜った三つの序文
恩師永井荷風を裏切って詠われた戦争詩

第九章 荷風教授、三田山上を去る

丘のしたの性的俗人としての荷風教授
教授たちから忌避された荷風のスキャンダラスな振る舞い
福澤諭吉と理財科が体現していた「脱亜入欧」の理念に対する反発
低いまなざしからアジアの現実を見た永井荷風
荷風が文学科教授の職を辞した最後の理由
辞任後の永井荷風と慶應義塾

終　章　永井荷風が百年後の慶應に遺したもの　259
荷風教授が慶應義塾と「三田文學」に遺したもの
慶應義塾出身の文学者たちは、荷風文学をどう読み、論じてきたか
「性愛」——読み解かれてこなかった荷風文学の根本主題
共鳴しあう永井荷風の空襲体験と原民喜の原爆体験
「そして武器を捨てよ／人間よ」
おわりに　280
「しなやかなラ・マルセイエーズ」
「永井荷風と慶應義塾」関連年譜　283
主要参考文献　313

はじめに

久保田万太郎に始まり、理財科卒の水上瀧太郎《みなかみたきたろう》は別として佐藤春夫と堀口大學、さらには小島政二郎《まさじろう》に邦枝完二《くにえだかんじ》、青柳瑞穂《あおやぎみずほ》、原民喜《たみき》、安岡章太郎、遠藤周作、江藤淳……。慶應義塾大学部文学科、あるいは文学部を卒業、または中退して、のちに日本の近・現代文学に独自の表現領域を拓《ひら》き残した文学者の系譜を見ていくと、彼らは、共通するいくつかの流れでつながっているように見える。

その流れとは、第一に、彼らのほとんどが、小説家や詩人、劇作家、評論家、翻訳家として名を揚げるまえ、あるいは揚げてからのちの文学人生において、少年時代から文学書を読みふけったり、蔵のなかで書画、骨董《こっとう》にうつつを抜かしたり、映画に熱狂したり、中学校や高等学校時代に落第・留年したり、高等学校や大学受験に失敗したり、授業にほとんど顔を出さないまま除籍されたり、中退したり、胸を病んだり、脊椎カリエスでコルセットを嵌《は》めたり、親(特に父親)に反抗したり、深刻な貧困に苦しんだり、失恋したり、離婚したり、生きることに絶望して自殺をはかったり……と、人生の初期、あるいは中途で失敗や挫折を繰り返し、社会的「敗者」として生きることから、自身の内面を見つめ、文学的表現の世界こそ、自身の「生」を証《あか》す唯一の道と思い定め、それぞれ固有の文学表現の世界を展開・構築していった。

その結果、「反骨」の系譜とも言える文学者の系譜を生み出し、それが慶應義塾大学文学部の百年を超える歴史を貫く伝統として継承されてきたということである。

たとえば、大正三（一九一四）年三月に慶應義塾文学科を卒業した久保田万太郎は、十四歳の年に東京府立第三中学校に入学するものの、第三学年の学年末試験で代数の点数が悪く、進級できなかった。そのため、慶應義塾の普通部の編入試験を受けて転校、三学年次を二回繰り返してようやく卒業するものの、両親は、家業を継がせることを強く望み、大学に進むことを許さなかった。それでも、祖母のとりなしと、万太郎自身が「兵隊にとられたと思つて、学校をつゞけさせてくれ……」と懇願したことで、かろうじて進学を許され、慶應義塾文学科予科に入っている。浅草の袋物製造業の家に生まれた男の子が、成人して家業を継ぐという、当時としては当たり前の道を、万太郎は自ら断って、文学の道に身を投じたわけである。

また、父親が明治生命保険会社の創業者という恵まれた家庭に生まれた水上瀧太郎は、東京市内三田《みた》の御田小学校を卒業し、慶應義塾普通部に進むものの、文学書を読みあさったことと好きな学科と嫌いな学科が極端に分かれたため、二学年次と三学年次にそれぞれ落第を繰り返している。普通部卒業後は、大学部理財科予科に進学し、ビジネスマンとして生きる道を選ぶものの、理財科本科の二学年次に、永井荷風が文学科教授に招聘《しようへい》されたことで、小学生のころからの文学熱が蘇《よみがえ》り、荷風の講義を文学部の学生以上に熱心に聴講。最初に書いた短編小説「山の手の子」が「三田文學」に掲載されたことで、万太郎に次ぐ新人学生小説家として認知され、理財科を卒業後、アメリカ留学を経て、帰国後は明治生命保険に入社。最終的には同社の専務取締役まで進み、エリート・ビジネスマンとして生きながら、昭和十五（一九四〇）年三月二十三日、脳溢血《いっけつ》で倒れ逝去するまで、五十二歳の生涯を通して小説を書きとおしている。

これに対して、紀州和歌山新宮の医者の家に生まれた佐藤春夫は、中学生時代に町内で開かれた文学講演会での発言が問題視され、無期限停学処分にあい、さらに、佐藤の処分を不服として、学生たちが同盟して休校に立ち上がったさいには、その首謀者と目されたりと、危険分子で通している。それでも、中学校を卒業し、明治四十三（一九一〇）年九月、永井荷風の教えを受けたいという理由で慶應義塾文学科の予科に編入学するが、荷風以外の講義にはほとんど出席せず、三年間籍を置いただけで退学している。一方、佐藤春夫と共に、短歌の師与謝野鉄幹が荷風宛に書いてくれた推薦状のおかげで文学科予科に編入学できた堀口大學も第一高等学校入試に二度失敗。入学した翌年、「三田文學」に詩が初めて掲載されたものの、父親が外交官であったことで、慶應義塾にはわずかに半期あまり留《とど》まっただけで中退し、父の任地メキシコに渡り、以来、慶應に戻ることなく、フランス近代詩の翻訳や詩作の道に進んでいる。

あるいは、時代が少し下がって、大正十三（一九二四）年、文学科予科に入学した原民喜は、初めはダダイズム風の詩を書いて、文学的生をスタートさせるものの、左翼運動に関わったりして、卒業は大幅に遅れ、昭和七（一九三二）年、八年かけてようやく卒業。昭和十一（一九三六）年から十九年にかけて、「三田文學」などに短編小説を発表したが、昭和二十（一九四五）

年一月、郷里の広島に疎開し、運命の八月六日、米軍機による原爆投下により、爆心地から一・二キロの生家で被爆し、たまたま狭いトイレにいたことから一命はとりとめるものの、体調の不良に苦しみながら、自身が体験した原爆投下後の、まさにこの世の終末を思わせる黙示録的惨状をメモした手帖を基に小説「原子爆弾」（のちに「夏の花」と改題）を執筆、第一回水上瀧太郎賞を受賞したが、昭和二十六（一九五一）年三月、国鉄中央線の西荻窪《にしおぎくぼ》駅と吉祥寺駅の間の線路に身を横たえ自ら命を断っている。

さらに小学生時代から「問題児」で「劣等生」として通してきた安岡章太郎は、中学校卒業後、旧制の松山高等学校など、いくつか高等学校を受験するがいずれも失敗し、昭和十六（一九四二）年、慶應義塾文学部予科に入学する。ところが、三年後に学徒動員で召集され、満州に送られる。そして、小説『遁走《とんそう》』に詳しく書かれているように、およそ一年あまり、上官から事あるごとに、怒鳴られ、殴られ続けるという悲惨な軍隊生活を送り、かろうじて終戦を迎えている。復員後は、慶應義塾に復学するものの、陸軍中将であった父親は失職し、家計は貧困を極め、しかも結核菌による脊椎カリエスを患い、コルセットを付けながら吉行淳之介《よしゆきじゅんのすけ》らと遊び歩いていたという。

安岡章太郎より二年遅れて、昭和十八（一九四三）年に文学部予科に補欠入学した遠藤周作も、中学校こそ神戸の灘《なだ》中学校と名門に入学するものの、生来の映画と読書好きがたたり、学業を疎《おろそ》かにしたため成績は年を追って低下し、最後は一八三人中、一四一番の成績で卒業。卒業前年より二度にわたって京都の第三高等学校を受験したが失敗する。さらに浪人一年目も広島高等学校の入試に失敗し、やむを得ず上智大学の予科甲類に入学するが、一年も経《た》たずに中退する。二年目は浪速《なにわ》高等学校を皮切りに、姫路高等学校、甲南高等学校を受験するものの、すべて不合格。三年目は東京外国語学校や日本医科大学予科、東京慈恵会医科大学予科、日本大学医学部予科を受験するものの、これもすべて不合格で、慶應義塾大学文学部予科にかろうじて入学している。おそらく、日本の近・現代文学者のなかで、遠藤周作ほど、たくさん高等学校や大学を受験し、失敗しまくった例はないと言っていいだろう。

最後に、遠藤周作より十年遅れて、昭和二十八（一九五三）年四月に文学部に入学した江藤淳は、中学校こそ神奈川の名門、湘南中学校に入学し、途中、東京都立第一中学校（現都立日比谷高等学校）に転校しているが、在学中に肺浸潤にかかり、休学を余儀なくされている。病がようやく癒えて、昭和二十八年に日比谷高校を卒業し、東京大学文科二類を受験するが失敗、慶應に進んでいる。しかし、第二学年次に再び喀血《かっけつ》し、自宅療養となってしまった。それでも、四年で、英文学科を卒業し、大学院に進むものの、学部在学中に執筆、刊行した『夏目漱石』が大きな反響を呼び、文芸誌に評論を寄稿し、原稿料を稼いでいることが教授会で問題となり、退学を勧告されている。結局、江藤は、自主退学することで決着をつけるわけだが、慶應義塾文学部出身のほとんどの文学者に共通する、「留年」、「受験失敗」、「病気療養」、「中退」という四つの「負」の記号性をすべて身につけることに成功している。

このように、慶應義塾大学を卒業、あるいは中退したのち、小説家や詩人、評論家として立つに至った文学者のたどった文学的生の軌跡を振り返ってみると、そこに落第・留年や受験失敗、中退、肺結核や脊椎カリエスなど疾病による長期療養、貧困、親への反抗、無頼放浪の生活、自殺未遂、などなど、社会的敗者としての「負」の遺産が累々と連なっている事実を発見し、驚かざるをえない。

だが、彼らに共通するのは、そうした「負」の遺産と記号性に押しつぶされ、社会的敗北者として生きる道を断固肯《がえ》んぜず、それを逆手にとって、文学という最後に残された自己表現手段によって、まさに起死回生の一手を打つことで、文学者として、さらには社会的存在として復権する道を選びとり、さらにそのうえに「三田派」、あるいは「三田文學派」と呼ばれる一種独特の反骨の精神と、低く柔軟なまなざしを通して自己の存在と人間の真実を見つめる文学の伝統を築いたことだ。そして、彼らが、文学によって人間的復権をはかるうえでよりどころとしたのが、慶應義塾大学部文学科、あるいは文学部の機関誌ともいうべき「三田文學」であり、彼らのほとんどは、「三田文學」に作品を発表することで文学者として立つ契機をつかみ、自身の進むべき道を見定め、地歩を固めていった。

さらにくわえて、ライバルである早稲田大学文学部への対抗意識によるものと思われるが、彼らはおしなべて自然主義文学に反旗を翻す形で、モダニストとして反権力主義的姿勢と精神とを保ち続け、いくつかの例外を含むものの、おしなべて反自然主義的、耽美《たんび》主義的、ロマン主義的、あるいは表現主義的、前衛主義的方向性において、それぞれに固有の文学的立ち位置とスタンス、姿勢を定め、作品を書き進めている。

さてそれなら、このような「負」の共同性が生まれ、そこから一世紀以上の長きにわたって、新しく、固有の文学的表現世界が次々生み出されてきたゆえんは何か、という問題意識に立って、改めて慶應義塾大学文学部と「三田文學」の歴史を振り返って、ある驚きと共に発見するのは、そうした流れの源泉として、明治四十三（一九一〇）年二月から大正五（一九一六）年二月までの六年間、慶應義塾大学部文学科の文学専攻課程の主任教授として後進の指導にあたる一方、文芸誌「三田文學」を創刊し、自ら主幹として編集にあたり、日露戦争勝利後の文学空間に、反自然主義文学の新風を巻き起こした日本近代文学史上稀有《けう》のモダニスト、永井荷風の存在が浮かび上がってくることである。

永井荷風は、明治十二（一八七九）年十二月三日、文部省大臣官房会計局長を務めたあと、官を辞し、日本郵船に迎えられ上海《シャンハイ》支店長や横浜支店長を務めるなど、実業界のエリートであり、典型的な明治の家父長であった永井久一郎《きゅういちろう》の長男として生まれている。父親の久一郎は、荷風に対して、永井家の家督を嗣《つ》ぐ長子として、官界、あるいは実業の世界で身を立ててほしいと願い、厳しくしつけようとするものの、荷風はそれに逆らい、学業を放棄し、漢詩作りや尺八に熱中。その結果、高等師範学校附属尋常中学校（現筑波大学附属中学校・高等学校）は一年落第して卒業、一高の受験に失敗し、やむを得ず、神田一ツ橋にあった、高等商業学校附属外国語学校清語科（東京外国語学校の前身で、現在の東京外国語大学中国語科のこと。以下、東京外国語学校とする）に臨時入学する。しかし、学業はほったらかしたまま、落語家の朝寝坊むらくに弟子入りし噺家《はなしか》修業に熱を入れた結果、東京外国語学校からは除籍され、さらに歌舞伎の狂言作者を目指して歌舞伎座に出入りするなど、十代のころから、当時としては人生の裏街道をことさらに選ぶようにして歩みとおす。

そして、明治三十六（一九〇三）年九月に渡米し、西海岸北西部の港町、ワシントン州タコマに一年ほど滞在したのち、ミズーリ州セントルイス、ミシガン州カラマズー、イリノイ州シカゴ、ペンシルバニア州キングストン、首都ワシントン市、ニューヨーク州ニューヨークと、アメリカ大陸を異国遍歴者として東にゆっくりと横断、ワシントンでの日本公使館小使い、ニューヨークとフランス・リヨンでの横浜正金《しょうきん》銀行現地採用職員……と、下積みの生活を続けるなか、夜はタイムススクエアやチャイナタウンなどの風俗歓楽街に入り浸り、娼婦《しょうふ》と情を交わし、麻薬の陶酔に沈殿する一方、オペラやコンサートに通い、フランスの近代文学、特にモーパッサンやボードレールなどの文学を読むことを通して、文学者として自身の立つべき地点と進路を見定めていく。

さらに、明治四十一（一九〇八）年七月、日本に帰国してからは、『あめりか物語』を筆頭に、「狐《きつね》」、「深川の唄」、「監獄署の裏」、二つの発禁本、すなわち『ふらんす物語』と『歓楽』にくわえて、「帰朝者の日記」など、いわゆる「新帰朝者小説文学」と言われる短編小説を立て続けに発表。そのかたわら、幼少年期から慣れ親しんだ隅田川を舞台に、自らの意志で芸者になる道を進む下町育ちの少女に惹《ひ》かれ、思いを寄せる青年を主人公にした名作「すみだ川」を「新小説」に発表。続けて、浅薄な近代化、西洋化が進む明治日本の文明・文化の皮相性を徹底的に批判した「冷笑」を、東京帝国大学講師から「朝日新聞」の文芸記者に転じた夏目漱石のはからいで「東京朝日新聞」に連載するなど、旺盛な筆力を発揮して、島崎藤村や田山花袋《かたい》らの自然主義文学が主流となっていた明治末期の近代文学の状況に対して新風を吹き込み、その文名と文学界における地位を確固たるものにしようとしていた。

こうして新帰朝の新進気鋭の文学者として名を揚げるなか、荷風は、森鷗外と上田敏《びん》の推輓《すいばん》で、慶應義塾文学科の文学専攻課程の教授と「三田文學」の編集主幹に一躍抜擢《ばってき》され、ようやくというか、社会的に認知される優性的記号性を初めて身につける。そうした意味で荷風は、まさに「負」の人生を歩きとおしてきた文学者であり、慶應義塾文学科／文学部、あるいは「三田文學」出身の文学者たちの先達、あるいは源泉と言ってもいい存在であった。「負」の人生を歩きとおしてきたことによる荷風の、異端ではあるものの、ふてぶてしいまでに低く、自由で、とらわれることのない生き方と考え方、さらには欧米の最先端の文化に触れることで吸収・蓄積され、磨きをかけられた「知」と「思想」と「モラル」と「感性」そのものから発せられる、真正モダニストとしてのオーラのようなものに、多くの学生たちは惹きつけられた。そして、たかだか六年と短い在職期間ではあったものの、教師と教え子の間で結ばれた影響と感応の関係は、荷風が慶應の職を辞してのちもずっと続き、多くの文学者が文学部と「三田文學」から巣立っていった。永井荷風が、慶應義塾大学文学部の生みの親であると言われ、慶應義塾モダニズム文学の源泉とされるゆえんが、そこにあると言っていいだろう。

稀代《きたい》の好色文学者とされる一方で、日和下駄《ひよりげた》をはき、雨傘を杖《つえ》代わりに曳《ひ》き、隅田川下流域の東京の下町に残る江戸文化の名残を探し求めて歩き回り、日記という密室的書記空間において、大正・昭和初期の時代風俗と人情の変化・推移を克明に観察・記述するかたわら、国家や軍部の悪を痛烈に批判、弾劾した反社会的、反時代的反骨の文学者永井荷風は、その文学人生のある時期、慶應義塾文学科の教授として、フランス語とフランス文学及び文学評論を教え、多くの文学者を門下生のなかから輩出させた、優れた教育者でもあった。日本の近代文学者のなかで、門下生から多くの文学者を生み出したという意味で、荷風は、寺田寅彦や小宮豊隆、森田草平、芥川龍之介、内田百閒《ひやっけん》などを、その門下から出した夏目漱石と並ぶ稀有の教育者であった。にもかかわらず、文学教育者としての永井荷風については、教え子たちが折に触れて書き残したものが断片的に残されているだけで、トータルにその実像が復元され、成し遂げた仕事の大きさがしっかりと検証され、評価されたことはこれまで一度もなかった。

本書は、反社会的な「性」の文学者、永井荷風が持つ社会的な一面に光を当て、大学教師としての荷風の真面目《しんめんもく》を明らかにすることを通して、西欧文化のモダニズムと反モダニズムとしての日本の伝統文化の世界を横断的、且つ循環的に往還を繰り返しながら、独自の文学世界を構築した永井荷風の多義的、多面的本質を浮かび上がらせるとともに、荷風の謦咳《けいがい》に接し、「三田文學」を通して、文学者として立つ契機をつかんだ久保田万太郎や水上瀧太郎、佐藤春夫、堀口大學らがどのように固有の文学的表現世界を構築したか、さらには永井荷風の存在が、のちの「三田派」／「三田文學派」の文学者にいかなる影響を与え、荷風の文学精神が慶應義塾文学部と「三田文學」の歴史と伝統のなかでどう引き継がれていったかを検証する、初めての試みと言えるものである。

第一章　「黒い服」を着た紳士がもたらしたもの

永井荷風、慶應義塾大学部文学科教授に招かれる

明治四十三（一九一〇）年二月のある日の昼下がり、永井荷風は、日ざしを一面に受けた書斎の障子を閉め切って、机にもたれて、煙草《たばこ》の煙をふかし、その青い煙の渦巻くさまを眺めながら、「単調なる、平和なる、倦怠し易い、然《しか》し忘れられぬ程味《あぢは》ひのある」夢想に耽《ふけ》っているとき、「突然黒い洋服を着て濃い髯《ひげ》のある厳《いかめ》しい顔立の紳士」の訪問を受けた。

それから三カ月後、荷風の責任編集で発刊された「三田文學」の創刊号の最後に掲載された「紅茶の後」で、荷風は発刊に至るまでの経緯を書いている。単行本化にさいして「『三田文學』の発刊」と題された文の記述によると、「黒い洋服を着」たその紳士は、「平素自分の書斎へ遊びに来る連中とは全く階級の違つた人」であり、「臣民の義務として所得税をも収め」、「手紙を出せば必ず幾時間の中《うち》に返事を寄越す人」で、「ぼんやり風の音を聞いたり、雨の降るのを眺めるやうな暇のある人」ではないという。だから、荷風は「焼焦《やけこが》しのある羽織を着換

へ」て、「いつも横坐《よこずわ》りしてゐる坐住居《ゐずまひ》」を直して客を迎えたという。

この「黒い洋服を着て濃い髯のある厳しい顔立の紳士」が、慶應義塾大学部で教育学と心理学を講じながら、学校経営・管理当局の幹部として塾長の鎌田栄吉を補佐していた石田新太郎で、荷風に慶應義塾の文学科教授招聘《しょうへい》の申し出をもたらした「幸運」の使者であった。このとき、石田が申し出たことは、このたび、慶應義塾では、早稲田大学部の文学科とその機関誌「早稲田文學」に対抗し、凌駕《りょうが》するために文学科の大刷新をはかり、同時に文学科の機関文芸雑誌として「三田文學」を創刊することに決定した。ついては、森鷗外先生と上田敏《びん》先生を顧問に迎え、永井先生を文学専攻課程の主任教授にお迎えし、学生の指導にあたってもらうかたわら、「三田文學」の編集主幹の方も引き受けていただきたいというものであった。

荷風としては、すでにパリで知り合い、日本帰国後も親交を深めてきた上田敏を通して、森鷗外が自分を慶應に推挙してくれたこと、さらには上田から慶應の招聘を受け入れるべきこと、教授就任にあたっての任務や待遇などなど、詳しく、具体的に手紙で知らされており、その申し出を受ける気になっていたこともあり、話し合いはスムーズに進み、荷風の教授就任が決定する。そして、同年四月十八日から、三田山上のキャンパス内のヴィッカース・ホールで本科の学生を相手に、フランス語とフランス文学、文学評論の講義がスタートし、同年五月一日には「三田文學」の創刊号が発行されるに至ったのである。

五つのモダニズムが出会って実現した荷風の教授招聘

永井荷風が、石田新太郎から、慶應義塾大学部文学科教授への招聘の申し出を受けた明治四十三年二月の時点で、荷風の名は、新帰朝の気鋭の小説家として揚がっていたとはいえ、東京外国語学校の清語科除籍という中途半端な学歴しか持たず、取り立てて専門分野での論文があるわけでもなかった。その荷風が、慶應義塾大学部文学科の教授に異例の抜擢《ばってき》を受けたのはなぜなのか。

当時の日本の大学教育の実態を見てみると、学制上、大学と認められていたのは明治十（一八七七）年創立の東京帝国大学と明治三十（一八九七）年創立の京都帝国大学、そして明治四十（一九〇七）年創立の東北帝国大学と明治四十三年創立の九州帝国大学の四つしかなく、早稲田大学や慶應義塾大学部も、名称のうえでは「大学」と冠していたが、学制上は「専門学校」であった。そうしたなかで、国立大学の教授という肩書で、大学で教えることのできる人材は、京都帝国大学も東北帝国大学も創立されてから年月が浅いこともあって、ほとんどが東京帝国大学の卒業生に限られており、私立の早稲田や慶應の教授のほとんども東京帝国大学の卒業生によって占められていた。

ただ、慶應義塾は、例外的に、明治三十七（一九〇四）年九月に、欧米で詩名を揚げて日本に帰国してきた野口米次郎《よねじろう》や、明治学院の普通部を島崎藤村と共に卒業し、創刊当初の「文學界」に関わった馬場孤蝶《こちょう》など、大学卒業の資格を有していなくても、特別の分野で実績を残してきた人材を教授に登用してきた。そうしたなか、野口米次郎はアメリカに渡るまえに慶應義塾に籍を置いたことがあり、馬場孤蝶も三菱財閥の総帥岩崎弥太郎が創立し、慶應義塾の「分校」とみなされていた三菱商業学校に籍を置いたことがあるなど、慶應と縁があったことで教授への昇格が可能だったと思われるものの、荷風の場合は慶應義塾に籍を置いたことは一度もなかった。

そうした意味で、「大学卒」の学歴を持たず、慶應義塾に籍を置いたこともない永井荷風が文学科の教授に招聘されたことは、異例中の異例であった。なぜ、このような異例が可能だったのか……一つ考えられるのは、当時の日本の文学界にあって、モダニズムの先端を走っていた森鷗外と上田敏の推挙があったことにくわえて、文明開化の旗印を掲げて、実学の世界でモダニズムの先端を走りとおしてきた福澤諭吉と、彼に源を発する、慶應義塾が体現していたモダニズム、さらに永井荷風が体現していたモダニズム……の、五つのモダニズムが反応・感応しあい、それが荷風招聘に向けて大きな要因として働いたのではないかということである。

つまり、アメリカのニューヨークにおよそ一年と九カ月、フランスのリヨンとパリに十カ月滞在し、異邦人として生活するなかで身につけた欧米人風の、個我の自主独立をモットーとする生活モラルと精神、さらにモーパッサンやボードレールなどのフランス文学を読み、ワーグナーの楽劇やドビュッシーの近代音楽を聴くことを通して培った文学的、音楽的知性や感性から表出されてくるところの文学者永井荷風のモダニズム精神と、明治の終わりのあの時期、慶應義塾大学部という、東京帝国大学や早稲田大学と並ぶ、日本最高の知的教育・学術研究共同体が体現していたモダニズムとが、いくつもの偶然の幸運の引き合わせで、出会い、交差・感応しあった結果、英語で言う「ケミストリー」がうまく合い、それが荷風招聘につながったということである。

一貫してモダニズムを志向した福澤諭吉の生

さてここで、慶應モダニズムの源泉としての福澤諭吉がたどった生の軌跡を概略見ておくことにしたい。日本における官立の最高教育・学術研究機関として君臨した東京帝国大学に対して、私立の早稲田大学と並んで百五十年の歴史を有する慶應義塾大学の創立者福澤諭吉は、江戸時代の天保五（一八三四）年十二月十二日、豊前中津藩士福澤百助の末子として、大坂の堂島川に架かる玉江橋（現大阪市北区中之島四丁目と福島区福島一丁目をつなぐ橋）北詰にあった同藩蔵屋敷内の長屋で生まれている。以来、明治三十四（一九〇一）年二月三日、脳溢血《いっけつ》が原因で死去するまで、六十六年に及ぶ生涯は、『福翁自伝』を読めば明らかなとおり、モダニズム志向によって貫かれていた。

すなわち、諭吉二歳のときに、父親の百助が死去し、母親と兄と三人の姉と共に中津に戻るものの、豊前地方のなまりや前近代的な生活習俗になじめず、また徳川幕府の譜代大名である中津藩に根強く残る封建的な門閥制度に反発し、長崎に出てオランダ語を学び始めて以降、大坂に出て緒方洪庵の適塾でオランダ語と蘭学を学んだときも、江戸に出て独力で英語を習得したときも、日米修好通商条約の批准書交換のため渡米する遣米使節団を護衛すべく随行した咸《かん》臨《りん》丸に乗って初めて渡米したときも、遣欧使節団の通訳としてヨーロッパ先進国を巡回・視察したときも、攘夷《じょうい》論が吹き荒れるなか、文明開化の担い手として人材を育成するための英学塾として慶應義塾を創設したときも、慶應義塾を単なる英学塾から高度の教育・研究機関へと脱皮させるため大学部を創設したときも、福澤諭吉は常に決然として、欧米先進国の独立自尊の精神と、文明・文化を範とするモダニズムの方向に道を取り、その道をただひたすらに歩みとおしてきた。

そしてこの福澤諭吉を源泉とするモダニズムは、慶應義塾が明治の時代に入り、日本で最先端を行く英学塾としての名声と地位を確保し、そのうえで慶應義塾大学部として、東京帝国大学や早稲田大学と並ぶ、日本における最高等教育機関の地位と名声を確保してからも、慶應義塾を支えるバックボーン的精神として流れ込み、慶應義塾の百五十年に及ぶ歴史と伝統の基礎を確固たるものとした。このモダニズム精神が、五年に近いアメリカやフランスでの生活体験を経て、欧米の文明・文化の真髄を身につけて帰朝してきた永井荷風という気鋭の文学者が体現していた真正モダニズムと感応・呼応しあい、明治四十三（一九一〇）年の二月、永井荷風の文学科教授招聘という「奇蹟」を実現させたのである。

文学科の機構改革――教授陣の拡充をはかる

慶應義塾の創立者福澤諭吉は、文明開化と近代化という時代意識の共同的志向に応えるべく、蘭学塾から英学塾へと成長発展してきた義塾の施設や学科体制、教員、教育内容をより一層近代化、拡充化することで、できる限り早く東京帝国大学や東京専門学校（のちの早稲田大学）に匹敵する近代的、且つ総合的な最高等教育機関、すなわち大学へと昇格させることを念願としていた。その念願が最初に叶《かな》えられたのは、明治二十三（一八九〇）年、大学部の創設が認められたことで、塾長の小泉信吉《のぶきち》と教頭の門野幾之進らが中心となって、アメリカの大学をモデルに学科や教科課程を編成した結果、文学科と理財科、法律科の三つの学科（のちの学部に相当する）が設置された。

このうち文学科は、アメリカ北東部の名門大学でアイビーリーグの一つ、ブラウン大学で修辞学と近代言語を教えていたウィリアム・リスカムを主任教授に迎え、英文学やラテン語、歴史、心理学、倫理学、論理学、フランス語、漢文学、日本文学、審美学などのリベラル・アーツを教科に据え、主として慶應義塾で教壇に立つ教員や、地方の中学校、師範学校の教師、さらにはジャーナリストの養成を目的に、教科が編成され、講義が行われた。

ただしかし、当時の文学科の実態は、理財科とは比較にならないくらい貧弱で、学科が開設された明治二十三年の学生数は二十人に止《とど》まり、それ以降も三十〜四十人程度に終始し、二十九年には十六人、三十年には十人と激減、さらに三十四年には分科制が廃止されたことにともない文学科は消滅し、在籍者はいなくなってしまう。

　幸い文学科は翌年の三十五年には復活するものの、入学者はなく、その状態は三十七年まで続き、開店休業の状態に追い込まれてしまっていた。それでも、三十七年には入学者が現れ、講義は復活したが、入学者及び在籍者の数は低調に終始し、荷風が教授に招聘された明治四十三（一九一〇）年の時点ですら、佐藤春夫が『小説永井荷風傳』（新潮社、一九六〇年）のなかで、「文学部（正確には文学科・筆者註）の学生は各クラスを通じて十何人であつたらうか記憶はおぼつかないが、二十人に達してゐなかつただけは確実であつた」と回想したように、文学科の在籍者数は二十人に達していなかった。しかも、文学科、特に文学専攻の学生は、佐藤春夫がそうであったように、気に入った教師の講義には出席するものの、それ以外は欠席を重ねたり、あるいは不登校を決め込んだりして落第を繰り返し、中退するものが多く、そのため卒業生は、荷風が慶應に招かれるまでは、毎年二〜四人程度という状態が恒常化していた。

　卒業生の数の少なさは、理財科の卒業生の数と比較すると一層明らかで、文学科がスタートした明治二十三（一八九〇）年から荷風が慶應義塾を去る大正五（一九一六）年の二月まで二十六年の間に、卒業生総数は七十九人だったのに対して、理財科は二千四十人と圧倒的に多かった。しかも、卒業生から出た人材の数でも、理財科には日本を代表する一流企業の社長や重役や、社会的著名人の名がずらりと並ぶのに対して、文学科はせいぜいが、慶應義塾中退後、明治二十五（一八九二）年に日刊紙「万朝報《よろずちょうほう》」を創刊、自ら『鉄仮面』や『巌窟《がんくつ》王』、『噫《あゝ》無情《むじょう》』

などを翻案掲載し、のちに単行本として出版して名を揚げた黒岩涙香《るいこう》と、これも中退の身でアメリカに渡り、苦学の末、オークランドの詩人ウォーキン・ミラーの知遇を得て、英語による詩作を開始し、"Seen and Unseen"や"From the Eastern Sea"などを出版、欧米の詩壇に名を揚げたのち日本に帰国し、母校から英文学の講師（のちに教授）に招かれた野口米次郎の二人ぐらいのもので、文学科の劣等性は際立っていた。

このように明治四十三年の文学科の機構改革と荷風の教授招聘は入学者数と在籍者数、それと卒業者数の増加という点では、ほとんど効果を上げていないことが分かる。しかし、教育内容の拡充という点では、早稲田の文学科に対抗するため、前年度の教員数が十九人だったのに対して、機構改革が行われた四十三年度は三十人に増え、教員の入れ替えも含めると十一人もの教授、あるいは講師が新たに迎えられている。そこに、機構改革による文学科刷新は、まず教育内容の拡充から、具体的には有能な教師の確保からという学校当局の思いの強さがうかがわれる。

ちなみに、『慶應義塾百年史』の「中巻（前）」の第四章第三節「義塾学芸の開花」に掲載されている、明治四十三年度の文学科の教員と講義題目のリストを紹介すると、以下のとおりとなる。

明治四十三年度慶應義塾大学部文学科教員及び講義題目

主任

川合貞一　美学、独文学、心理学

教員

稲垣末松　教育史、教授法

今福忍　認識論、哲学史

＊岩村透　芸術史

＊板倉卓造　政治学

畑功　英文学、英語

馬場勝弥（孤蝶）　英文学

＊堀切善兵衛　経済原論

＊戸川明三（秋骨）　英文学

忽滑谷快天　英文学

大村西崖　美術史

＊小山内薫　英文学

河辺治六　哲学

吉田静致　倫理学

（註）＊印の付いたものは新任教師

田中一貞　社会学
＊田中萃一郎　史学研究法、西洋史
滝精一　美学
＊永井壮吉（荷風）　文学評論、仏語、仏文学
向軍治　独文学、独語
内田周平　漢文
＊宇野哲人　支那文学史
野口米次郎　英文学
山崎達之輔　教育行政
＊山路弥吉（愛山）　国史
A・W・プレーフェーアー　英文学
神戸弥作　国文学、国文学史
＊小宮豊隆　独文学
＊幸田成友　歴史
＊清水澄　憲法
＊広瀬哲士　仏語

リストを見て分かるように、文学科全体の主任は川合貞一となっており、永井荷風には「教員」以外の肩書は与えられていない。しかし実際は、機構改革にあたり文学科の専攻課程が文学、哲学、史学の三つに分けられた結果、荷風には本科の文学専攻課程の主任教授の任務が与えられていた。

このように、劣等学科に終始してきた文学科を刷新すべく、行われたのが、明治四十三年の機構改革だったわけで、学校当局が最初に打った手が、それまでは文学科のみの単一学科だった文学科を文学・哲学・史学の三つの専攻学科に分けること。そして次に打った手が、文学専攻学科の拡充を図るため、教授陣を充実させることであった。

次に教員数の増加について見てみると、教員総数では三十人と前年の四十二年度より十一人増えている。さらに細かく見ていくと、文学専攻の教員は、前年度より五人増えて十五人と、全体の半分を占め、そのうち六人が新任教師である。注目されるのは、英文学関係の講座の拡充に意を注ぎ、文芸雑誌「文學界」の編集に携わったのち、東京帝国大学英文科選科に入学、卒業後は東京高等師範学校（のちの東京教育大学、現在の筑波大学）や早稲田の文学部で教え、のちに平田禿木《とくぼく》と共訳で『エマアソン全集』を翻訳出版した戸川秋骨を講師として招くかたわら、東京帝国大学英文科を卒業し、明治四十（一九〇七）年に文芸雑誌「新思潮」を創刊、同四十二（一九〇九）年には歌舞伎役者の市川左団次と「自由劇場」を結成、脚本と演出を重視するリアリズム演劇を唱導し、演劇の近代化に取り組み、演劇革命のリーダーとして名を揚げてきた、脚本家で演出家であり、また小説も書くという小山内薫《おさないかおる》をも講師に招くなど、英文学関係に都合七人の教授と講師を配し拡充をはかっていることである。

さらに一層注目されるのは、それまで東京帝国大学や早稲田大学など、文学部、あるいは文学科を持つ大学では、英文学を中心に教師陣の選定やカリキュラムが組まれてきて、東京大学医学部卒の森鷗外や東京外国語学校露語科中退の二葉亭四迷は例外として、坪内逍遥《しょうよう》や、夏目漱石、上田敏など著名な文学者のほとんどが英文学を専攻し、そこで学んだものをベースにして文学者として立つに至っていたが、慶應義塾は、そうした潮流に反逆する形で、日本の近代文学史において、初めてフランス文学を学ぶことで文学者として立つ契機をつかんだ永井荷風という小説家を、文学専攻の主任教授に選んだことである。

明治四十三年度の文学科教授及び講師のリストを見て、もう一つ注目されるのは、漱石門下生の一人で、気鋭の文芸評論家として売り出し中の小宮豊隆をドイツ文学の講師に、さらに東京帝国大学文科大学漢文科を卒業した中国哲学者の宇野哲人が、支那文学史の講師に招かれていることである。宇野は、夏目漱石が熊本の第五高等学校で英語と英文学を教えていたときの教え子であり、漱石門下生の一人で『吾輩は猫である』の「寒月」、『三四郎』の「野々宮君」のモデルとされる寺田寅彦は、五高で二年後輩であった。

このように夏目漱石系の人脈が新講師陣に取り込まれていることに関して、一つ指摘しておきたいのは、永井荷風が、慶應から教授招聘を受ける前の年、すなわち明治四十二年の十二月十三日から翌四十三年の二月二十八日にかけて、ということは、慶應が荷風を教授に招聘しようという話が進んでいるときに、「朝日新聞」に入社した夏目漱石のはからいで、「東京朝日新聞」に小説「冷笑」を連載し、それによって荷風の作家としての社会的地位が定まったことに対して、荷風が恩義を感じていて、漱石の門下生である小宮豊隆と五高時代の教え子である宇野哲人を新任講師に招いたのではないかということである。もしそれが事実であるとすれば、荷風のこのはからいによって、慶應義塾は、森鷗外と上田敏を顧問に迎えたうえで、さらに漱石と縁の深い小宮豊隆と宇野哲人を講師に迎え、漱石との縁をもつなぎ止めておくことで、早稲田の文学部に対抗し、凌駕していくための戦いを進めていくうえで、万全の態勢を敷くことができたことになる。

第二章　真正モダニスト永井荷風の誕生

父親から追放されてアメリカに渡った永井荷風

明治三十六（一九〇三）年九月二十二日、日本郵船の信濃丸《しなの》に乗って横浜を出港、地球を東回りに十四日かけて太平洋を横断し、十月五日にカナダのビクトリア港に到着、二日後の七日、アメリカ北西部の港町シアトルに上陸した永井荷風は、シアトルから南へ下ったところにある港町タコマに落ち着き、地元のハイスクールでフランス語を学ぶことで、アメリカ生活をスタートさせる。

荷風の東回りの渡米は、荷風と父親の久一郎《きゆういちろう》との深刻な対立と葛藤を避けるべく考え出された窮余の一策であり、一時的な妥協の産物と言えるものであった。明治の子として生まれた荷風は、当時の男子たちが貴んだ質実剛健、尚武の気性や、末は国家有為の人として立ち、大臣か陸海軍の大将にという立身出世意識とは無縁で、身体がそれほど丈夫ではなく、高等師範学校附属尋常中学校時代には、流行性感冒をこじらせ小田原や逗子《ずし》に転地療養したりしたため、

アメリカ遊学時代の永井荷風。（写真／藤田三男編集事務所）

一年留年を余儀なくされている。

そしてまた、家庭ではクリスチャンであった母親の作る西洋料理を食べさせられたり、洋服を着せられたり、万事西洋風の家庭環境に育ったことと、生来の長身細面の青白い風采に、髪の毛を伸ばしたりして、軟派で通していたため、のちに陸軍大将になる寺内寿一《ひさいち》ら、硬派の同級生から鉄拳制裁を食らったりしたこともあった。そうしたこともあって、荷風は、エリート中学校で優秀な成績を収め一高に進学するというコースから次第に離れ、歌舞伎が好きだった母親の影響で幼いころから歌舞伎や邦楽に親しみ、漢学や日本画、書道なども師について学び、文学書を読んだり、尺八の稽古を始めたり、さらにくわえて十八歳のときには、初めて新吉原の遊郭に登楼し、女遊びにも手を染め……と、殊更に父親の意向に逆らう方向でドロップ・アウトし、手におえない放蕩《ほうとう》息子として青少年期を過ごすこととなる。

一方、父親の久一郎は、永井家の長男として生まれた荷風に「壮吉」といういかめしい名前を付けたことからも分かるように、荷風を壮健な男子として育て上げ、ゆくゆくは一高、東京帝国大学……とエリートコースを歩ませ、官僚の世界で出世させることを夢見ていた。その夢は、一応、荷風が高等師範学校附属尋常中学校を卒業するまでは叶《かな》えられたが、荷風が一高の入学試験に失敗して以降はことごとく裏切られていくことになる。すなわち、数学が苦手な荷風は、早々と一高入学をあきらめ、東京外国語学校の清語科に入学して、中国語を学ぶことになる。

しかし、外国語学校の授業も欠席がちで、荷風は、「悲惨小説」とか「深刻小説」と呼ばれた「黒蜥蜴《くろとかげ》」や「今戸心中」など、近代化の波から取り残された明治日本の下層社会の暗部を描いた作品を発表し、明治中期において、日本近代文学史に特異な地位を占めた小説家広津柳浪《りゅうろう》の門下に入り、小説を書き始める。その一方で、旧時代江戸の流れをくむ大衆的な芸能の世界、すなわち尺八を荒木古童について習ったり、落語家になることを夢見て朝寝坊むらくに弟子入りし、三遊亭夢之助と名乗って高座に上ったりするようになる。

ところがそれが露見して、父親から厳しく叱責されるものの、一向に改める風はなく、ほとぼりが冷めると、今度は歌舞伎の立作者福地桜痴《おうち》の門下生となり、歌舞伎座に入り、拍子木の叩《たた》き方から稽古するようになる。さらにくわえて、明治三十三（一九〇〇）年一月には、文芸誌「新小説」の懸賞小説に応募した「烟鬼」が番外当選に入り、賞金をもらったことが契機となり、本格的に小説を書き始め、『野心』、『地獄の花』、『夢の女』、『女優ナ、』など、フラン

日本郵船上海支店長時代の永井久一郎。
（写真／藤田三男編集事務所）

スの自然主義小説家ゾラの影響を受けた小説を次々と刊行し、新進作家として名が出るに至る。

だがしかし、小説を書いて身を立てることなどほとんど不可能であった当時、父親の久一郎は、道楽息子が一向に身を改めることなく、ますます芸能や小説の世界に深入りしていこうとするのを知って激怒し、いっそのこと思い切ってと、獅子《しし》が我が仔《こ》を谷に突き落とすように、荷風に「アメリカに行ってビジネスを学んでこい！」と命じ、荷風を単身、アメリカへと追放することにする。荷風の方も、ゾラを通して憧憬を膨らませていたフランスに近づけるという思いで、渡りに船とばかり、明治三十六（一九〇三）年九月二十二日、日本郵船の信濃丸に搭乗して横浜を出港、渡米の途に就くことになる。父親として久一郎は、ここに放蕩息子をアメリカに追放することで「子殺し」を断行したわけであるが、荷風の方としては、父親が自分を殺そうとするなら、逆に自分の方から父親を殺してやろうとばかりに、喜び勇むようにして太平洋の彼方《かなた》へと消えていってしまう。

このようにアメリカに渡るまで、明治の子としてエリートコースに乗りかけながらあえて時代の主流から逸脱し、半ば反逆的に反社会的な方向で自身の生きる道を探し求める荷風の、まさに暗中模索といった生き方を振り返ってみて気がつくことは、江戸の大衆的芸能文化、あるいは文学などに象徴される前／反近代性をよりどころとしつつ、もう一方で、世紀末フランス文学の近代性、特にゾラ風の自然主義文学を志向するという形で、反モダニズムとモダニズムに同時にコミットしながら、この二つを渦巻状に往還することで、新時代の文学表現を生み出していくという、永井荷風がのちに、独自の反自然主義的文学表現の領域を切り開いていくうえでの基本的戦略姿勢が、この時点で早くも確立しているということである。

セントルイス万博視察――主題としての「性」の発見

明治三十六年十月七日、船はシアトル港の桟橋に着岸、検疫・入国審査を経て上陸した荷風は、太平洋に面した港町タコマに、アメリカ社会に入っていくための、いわば準備期間としてほぼ一年間滞在したのち、明治三十七（一九〇四）年十月、万国博覧会が開かれていたセントルイスを訪れる。セントルイス行きは万博会場で各国の産業展示物を視察し、何か商売になるものを見つけてこいという父親の命令に近い意向を受けてのものであったが、荷風はその命令を一切無視し、日ごとロシア展示館に足を運び、ガイド嬢に話しかけ、デートに誘い出そうとする。しかし、自分の母国が日本と戦争をしているときに、敵国の男性と恋に陥るわけにはいかないと断られたのであろう、荷風は友人の西村恵次郎に宛てた絵葉書のなかで、「此れは博覧会の中のロシヤの家です、此の中に露西亜婦人が居ました、毎日ひやかしに行つて大分こんいになりまり(ママ)したよ。国家と個人とはどうしても一致せぬものです」と書き送っている。

岩波書店版の『荷風全集』第二十七巻の「書簡集」に収められた、明治三十七年十一月二十五日付のこの絵葉書に記された「国家と個人とはどうしても一致せぬものです」という文言は、これまでの荷風論ではほとんど取り上げてこられなかったものであるが、男と女の性的対関係性において、国家と個人は矛盾・対立し、逆立するという発見は、近代市民革命を経て成立したヨーロッパ先進国の、個人としての人間の存在は国家に優越するという個人主義、あるいは自主独立、人権思想に立脚するもので、個人に対して国家、あるいは天皇が絶対的に優越するという明治の絶対主義的国家体制下にあって、きわめて危険で、反逆性をはらんだ二十世紀的発見、あるいは思想と言わざるをえない。明治三十七年十一月の時点で、国家と個人の両立しえない関係性を「性」において見抜いていたのは荷風一人であり、「性」を通して国家と対峙《たいじ》するという荷風文学の基本的姿勢は、このとき定まったと言っていいだろう。

ところで、荷風は、明治三十八（一九〇五）年六月、雑誌「太陽」に発表され、のちに『あめりか物語』に収められた「酔美人」という短編で、万博会場でアメリカ人の友人から聞いた話として、「マンテロー」というフランス人ジャーナリストが、黒人ダンサーの肉体から放出される性的魔力に魅入られ、反社会的な惑溺の世界に溺れ込み、最後は命まで吸い取られてしまうという話を紹介している。そこでは人種や皮膚の色や国家の違いによる隔壁が、個人の性的快楽追求本能によって超克され、フランス人の男が黒人ダンサーの肉体から放出してくる性的魔力に屈服していく現場が次のように描かれている。

ぢーツと見詰めた其の眼には明《あきら》かに、お前は如何《いか》に逃げやうと急《あせ》つても、私が一度見込んだからには、何処《どこ》までもお前を自由にせずには置かないのだから……と云ふ激しい情の力が現はれて居る様に思はれたので、彼は全身を通じて一種の顫《ふるへ》を感ずると共に、最《も》う何様事《どんなこと》をしても駄目である。自分は此の女の餌《えじき》である。——鼠《ねずみ》が猫の前に出たやうな、或《あるひ》は狼《おほかみ》の前に小羊が立《たち》すくんだ様な、果敢《はか》ない犠牲《いけにへ》の覚悟が、我知らず心の底に起つて来るのでした。

フランス人の新聞記者である「マンテロー」は、ある晩、夕食を済ませたあと、街中のとある小さなボードビルの小屋に入り、軽業や道化の踊り、楽器の曲弾きなどを楽しんでいると、上半身をあらわにした衣装を着た「大分黒人の血が交《まじ》つて居る」ダンサーが、舞台裏から駆け出してきて、楽器の演奏に合わせて踊り始める。「マンテロー」は、初めは興味なさそうに見ていたが、途中でふと、ダンサーが踊りながら区切りが付くところで、「大きな黒い眼に情を持たせて、見物人の方を眺める」のに気づき、なおも注意深く観察しているうちに、その眼が

「馴れた家畜が主人に食物を請求《ねだ》る時の眼付《めつき》」であることを発見する。ここでの、「馴れた家畜」という表現が、ヨーロッパ列強の植民地主義の支配下に置かれたアジア・アフリカの後進国とそこに生きる有色人種の比喩であることは論を俟《ま》たない。

どんな女だろう、好奇心に駆られて「マンテロー」は舞台裏にダンサーを訪ね、初めて握手を交わしたその夜から酒場で酒を酌みかわし、腕を組んで彼女を部屋まで送り、そのまま部屋に招き入れられ、暖房のよくきいた部屋で情を交わすことになる。ただそこまでは、男と女の関係性は、当時、人種的に優越する宗主国のフランス人の男性が、劣等人種と見なされていた黒人ダンサーを自己の性的欲望の支配下に置き、欲情の赴くまま、女の肉体をもてあそぼうという植民地主義的支配・被支配の関係であった。ところが、交情が深まるにつれて次第に形勢が逆転し、「マンテロー」は、黒人ダンサーの肉体の不思議な魅力に取りつかれ、性的惑溺の世界に溺れ込み、ついには女の性的肉体の支配下に置かれ、女の性欲の餌食となってしまう。そして、激しい交情の日々を送った結果、「マンテロー」は、次第にやせ衰え、健康が衰えてきたためイタリアへ転地療養に赴くものの、そこで熱病にかかって死んでしまう。

この小説は、「マンテロー」に象徴される当時のヨーロッパ白人種の人種的、民族的、経済的、文化的優越性よりも、黒人ダンサーの性的優越性の方が勝るものとして書かれていることで、「国家と個人とはどうしても一致せぬものです」という悲しい現実を逆転させる意図で書かれていると言っていいだろう。荷風は、この小説で「性」を主題にして、男と女が、死と引き換えに、性的快楽と陶酔の頂点において全的に結合することで、人間は「性」を通して人種や言語や性差の壁を乗り越えて合体・融合できることを、日本の近代文学史において初めて正面から書き上げたことになる。

おそらくは、荷風自身の黒人娼婦《しょうふ》、あるいはダンサーとの交情体験に基づいて書かれたものと思われるこの小説で重要なことは、荷風が、まさにアメリカ的と言うしかない、黒人女性ダンサーの踊る肉体の律動から放出される強烈な誘引力が、フランス人ジャーナリストに象徴されるヨーロッパ人の身体と精神を引き寄せ、暴力的に自らの律動の磁場に巻き込み、その結果、ヨーロッパ的心身を貫く植民地主義や帝国主義的支配の構造は完全に解体・溶解され、無化され、男はひたすら性的人間と化し、性的結合の頂点で獲得される恍惚の境地において、その先には死しかないという、原初的エロスの世界に飲み込まれていく現場が描かれていることである。

かくして踊るアメリカ的身体によって、ヨーロッパ的身体が、音楽とダンスを媒体として非ヨーロッパ的身体と合体することによってアメリカ化され、性的混沌《こんとん》の世界に引きずり込まれていく。まさに黒人と白人の性欲がクロスオーバーする現場を見届けたうえで、この小説が書かれているという意味で、荷風は、アメリカに渡って一年間に及ぶウェスト・コーストの港町での生活体験と、セントルイスにおける性的体験を通して、二十世紀の精神文化がその先たどることとなる「アメリカ化」という進化・発展の方向性を見抜き、予言したと言えるであろう。

ワシントンの街娼婦イデスとの出会いが意味するもの

セントルイス体験を経て、「性」を介して国家と個人の関係が逆立・矛盾しあうこと、特に戦争という非常事態において国家が個人に優越すること、にもかかわらず人種的な優劣・差別による植民地主義的支配の構造が、男と女の「性」の場においては逆転する可能性があることを見抜いた荷風は、一カ月あまりセントルイスに滞在したのち、ミシガン州カラマズーの大学に入学し、七カ月ほど学園生活を送り、明治三十八（一九〇五）年の六月三十日、フランス渡航の資金を貯《た》めるべくニューヨークに出てくる。

しかし、このときニューヨークでは仕事が見つからなかったため、ワシントンの日本公使館で現地採用の小使いの職を得て、ワシントンに移る。時あたかも、日露戦争が日本軍の勝利のうちに終結し、アメリカ大陸北東部のニューハンプシャー州ポーツマスで日露和平交渉が開かれることになり、公使を筆頭に相当数の館員がポーツマスに移ることで、公使館の日常的な職務に差しさわりが出ることを避けるため、和平交渉が終わるまでの臨時職員という条件で、荷風は公使館に住み込み雑用係として働き始める。

このとき、およそ三カ月に及ぶワシントン滞在で、のちに永井荷風が、日本の近代文学史において、最初の「性」の小説家として立っていくうえで決定的に重要な意味を持つ「事件」となったのは、昼間の職務を終え、夕食を認《したた》めたのち、ダウンタウンの酒場に出入りするなか、たまたま声をかけてきた娼婦イデスと交情を深め、男と女が肉体の交接を通して、性的な対関係性のなかで人種の壁を越えて合体する喜びと悲しみを知るようになったことである。

上述したように、「酔美人」におけるフランス人ジャーナリストと黒人ダンサーの「性」の関係性は、人種を異にする男と女の性的結合を通して、人種とジェンダーの壁が溶解し、植民地主義的支配と被支配の関係性が逆転するという意味で、歴史的、且つ世界史的意味を持つものであった。しかし、この短編を書いた時点で、荷風はまだイデスと出会っておらず、したがって「性」によって裏づけられた男と女の「愛」の関係性が、人間存在の真の解放に対して持つ根源的な意味を知らなかった。そのため、「酔美人」における男と女の関係性には、死と隣り合わせのきわめて濃密・過激な性欲の充足感はあったが、「性」を通して男と女が真に人格的に合体しあうことの喜びと解放感はなかった。

そうした意味で、荷風は、イデスとの交情を深めることで、初めて「性」の裏付けとしての「愛」を獲得したことになったわけで、荷風にとってワシントンでイデスという娼婦と出会い、関係を深めたことは、荷風が「性」の小説家として立つうえで決定的に重要な意味を持つ「事件」であったと言っていいだろう。

ニューヨーク体験を経て獲得したもの

荷風は、ワシントンで知り合い、交情を深め合った娼婦イデスに激しく恋をした。それまで荷風の二十六年間の人生において、何人もの女が通り過ぎていった。しかし、そのほとんどは性欲を満足させるためだけの、いわば「道具」としての女であったが、イデスは違っていた。イデスは、男の性欲を満たす「道具」として以上の、一個の人間として、独立した女性としての人格と激しい感情生活を持っていた。そのため、彼女は、荷風が公使館を解雇され、ニューヨークに戻り、横浜正金銀行の現地職員として、ウォール街のオフィスで働くようになってからも、荷風を追い掛けてニューヨークまで出てきていた。

だがしかし、その一方で荷風は、フランスに渡って、思うさま「フランス」を体験し、フランス文学を読みたいという願望も抑えがたく募らせていた。イデスとこのまま一緒になって、ニューヨークの陋巷《ろうこう》に朽ち果てるべきか、思い切って彼女を振り捨てて、フランスに渡るべきか……荷風は死ぬほど苦しむ。そして最終的には、『ふらんす物語』に収められた「放蕩」という短編に描かれているようにイデス（「放蕩」のなかでは「アーマ」）を捨て、フランスに渡っていく道を選ぶようになる。荷風がイデスを捨て、フランスに渡ることを取ったということは、自らの精神の証しとして「愛」より「言語」を取ったということになる。「愛」と「言語」の背立しあう関係性をギリギリの地点で見極め、精神の証しとして言語（＝日本語）を取ることで日本に帰国し、文学者として立ったものは、ドイツ留学中にベルリンで知り合った女性と深く愛しあうようになりながら、母国日本を捨てることができず、彼女を置き去りにして日本に帰国するに至った経緯に基づいて書き上げた初めての小説『舞姫』で一躍文名を揚げるに至った森鷗外を措《お》いて、ほかには永井荷風しかいない。

　ところで、一年と七カ月に及ぶニューヨークでの、昼間は銀行員としてウォール街のオフィスで働き、夜は、チャイナタウンやタイムススクエアなどの風俗街に出入りし、街娼婦と一夜を過ごし、さらにくわえて、秋十一月の末から翌年の五月ごろまで、オペラやコンサートのシーズンには、メトロポリタン歌劇場やカーネギー・ホールでワーグナーやベルディ、プッチーニのオペラやドビュッシーの管弦楽曲に魂を奪われるという二重、三重の生活体験は、永井荷風が近代文学者として立つべき拠点を見出《みいだ》し、進むべき道を知り、のちに日本近代文学の歴史的展開において、稀有《けう》の「性」の小説家として立ち、前人未到の表現領域を切り開いていくうえで、ある意味ではフランスのリヨンやパリでの生活体験以上に重要な意味を持つものであった。

荷風を慶應義塾文学科教授に推挙した森鷗外。（国立国会図書館蔵）

　荷風がニューヨークでの生活体験を通して獲得したもので、のちの荷風文学の成立・展開に重要な意味を持つと思われるものについては、拙著『永井荷風の見たあめりか』（中央公論社、一九九七年）や『荷風のあめりか』（平凡社ライブラリー、二〇〇五年）に詳しく記述してあるので、ここでは、要点のみ箇条書きにして、見ておくことにしたい。

1　アメリカ、特にニューヨークの市民社会の根底に流れる自主独立、個人主義の精神とモラルを、近代文学者として生きていこうとする荷風自身の思想・精神、及びモラルの中核において受け入れたこと。

2　二十世紀型の近代的メガロポリスとして急速に変身・進化を遂げるニューヨークの真っただ中で生活したことで、本物のモダニズム志向を一層強くし、真正モダニストに鍛え上げられたこと。

3　その一方で、近代都市的な文明と文化のドラマチックな進化の根底に、伝統文化のエッセンスが流れていること、そしてそこに調和の美学が息づいていることを発見したこと。

4　人種や言語、宗教、芸術などの面で、ヨーロッパ的な文化と非ヨーロッパ的な文化、特に黒人文化が常にクロスオーバーし、せめぎ合う中から新しいアメリカ的、そしてそれゆえに二十世紀的な文化価値が生み出されてくる現場に立ち合ったことで、荷風自身のクロスオーバー的生き方が定まり、それがその後の荷風文学の方向性を決定づけたこと。

5　一介の無記号者として生活することを通して、低く生きる姿勢と低いまなざしを獲得。

そのことによって、十九世紀末から二十世紀転換期にかけて、巨大なメガロポリスとしてダイナミックに発展・飛躍するニューヨークの底辺に生きる人々の生活の実態を鋭く観察し、そこから見えてきたものを、『あめりか物語』に収められた短編小説に書き残したこと。

6

タコマにいたころから、フランスの自然主義小説家モーパッサンの小説を読み始め、ニューヨークに至ってからも、モーパッサンは言うに及ばず、マラルメやボードレール、ヴェルレーヌなど十九世紀末フランスの象徴派や頽廃《たいはい》派の詩人の作品を読み込んだことで、ここにこそ自分の進むべき道があることを発見。そしてそのことによって、ゾラ風の厳格自然主義の桎梏《しっこく》から解放され、自然主義の客観描写の手法は踏まえつつ、自分の思うこと、感じることを率直に書いていくことで、文学者として自身の立ち位置と方向性を見定めたこと。

7

十九世紀末から二十世紀転換期にかけて、アメリカを風靡《ふうび》した、アメリカが生み出した最初の国民的大衆音楽であり、またヨーロッパ伝来の白人音楽とアフリカ大陸伝来の黒人音楽がクロスオーバーして生まれてきた、ダンス音楽としてのラグタイムの洗礼を浴びることで、黒人音楽や舞踏とクロスオーバーすることで成立した、アメリカの二十世紀型の大衆的な都市文化のエッセンスを、初めて日本の近代文学に取り込み、結果として日本の近代文学が二十世紀の世界文学として成立し、発展していくための下地を作った。言い換えれば、森鷗外や夏目漱石の文学に欠落していた「アメリカ」を補完することで、日本近代文学に二十世紀世界文学としての資格性を付与したということである。

8 メトロポリタン歌劇場でワーグナーの『トリスタンとイゾルデ』に感動し、男と女が性的対関係性において、死と引き換えにエロスの頂点において完全に結合・合体しあうことの美しさと尊さを発見、深く感動したことで、最も二十世紀文学的な主題である「性」を、自身の文学の主題の中核に据える契機をつかんだこと。

9 だがしかし、ワーグナーの『トリスタンとイゾルデ』以降に聴いた楽劇、たとえば『タンホイザー』や『ローエングリン』などを聴き込むことで、性的解放感がもたらす喜び以上に宗教的モラル性をうえに置こうとするワーグナーの偽善性を発見し、ワーグナーの世界から遠ざかっていったこと。

10 さらにそれに代わるものとして、ニューヨーク・シンフォニーの演奏によるドビュッシーの管弦楽曲『牧神の午後への前奏曲』をカーネギー・ホールで聴き、そこに人間の性欲本能が最も美しく、純粋、且つ肯定的に表現されていることを発見して、深く感動。そのうえで、自分自身を「牧神」に擬すことで、文学的生を戦術的に生き抜いていこうという姿勢とモラルを確立させた。

11 その結果、女性との性的対関係性を、常に社会の外、あるいは周辺に生きる女性（具体的には新吉原の遊女やワシントンで知り合い交情を深めたイデスのような娼婦）に求めてきた自身の生き方や性向が、ギリシャ神話に出てくる半人半獣神として生まれてきたことのゆえに、神の世界と人間の世界の周辺に追放され、そこで生殖本能としての「性」を禁じられながら、それでも抑えがたい性欲に駆られてニンフを追い掛けざるをえない「牧神」に重なることを悟り、社会の周辺、あるいは外側に生きる女性と性的対関係性を結ぶことで、「文化」あるいは「遊戯」としての「性」が人間精神の解放に対して持つ意味を読み解くことを、生涯の文学的テーマとする決意を固めたこと。

12 娼婦イデスと泥沼のような性愛の関係に溺れ込んで、ニューヨークの陋巷に朽ち果てるか、文学の道を自分なりに極めるべく、イデスを捨ててフランスに渡るか死ぬほど苦しむものの、最後は、自分の生きる道は文学にしかないと思いきわめ、フランスに渡る決意を固めたこと。

13 荷風がイデスを捨て、フランスに渡ることを取ったということは、愛より言語を取ったということであり、愛と言語の背立しあう関係性をギリギリの地点で見きわめ、精神の証しとして言語（＝日本語）を取ることで日本に帰国し、文学者として立った。このような文学者は、上述の『舞姫』の著者森鷗外と永井荷風をおいてほかにはいない。

憧れのフランスへ——ある幻滅と疲労感

ニューヨークで吸収できるものはすべて吸収し、真正のモダニスト文学者として生まれ変わった永井荷風は、横浜正金銀行リヨン支店に転勤することが決まり、イデスをニューヨークの陋巷に捨てるようにして置き去りにし、明治四十（一九〇七）年七月十八日、フランス船ブルターニュ号に乗り、フランスに渡る。船は九日で大西洋を横断し、七月二十七日、フランス北西部の港町ル・アーヴルに到着。荷風は陸路でパリに出て一泊し、翌夕刻ただちにリヨンに向かう。

　夢にまで見たフランス……荷風の心身はさぞや喜びにあふれ、浮かれ立ったであろうと思われる。しかし、「附録フランスより」と題して、『あめりか物語』に収められた三つの短編の冒頭に置かれた「船と車」を読むと、たとえば、ル・アーヴル発のパリ行特別列車が動き出すと、荷風は、ゾラが『獣人』で描いてみせた沿線の「荒寥《こうれう》、寂寞《せきばく》、又殺気に満ちた、さま〴〵な物凄い景色」を確かめようと、身を乗り出すようにして、車窓の外に広がる景色に目を凝らすが、目に入ってきた風景・景観に、「又も自分は失望――と云ふよりは意外の感に打たれねばならなかつた」と、ある種の幻滅感を表明している。

　さらにまた、ノルマンディの田園地帯を走る汽車の窓から見た、見渡す限りの広い麦畑や綺麗に色分けされた野菜畑、赤く野を縁どる紅罌粟《コックリコ》の花、白楊樹の並木、野牛が寝そべっている水のほとり……などの風景についても、荷風は「其の位地、其の色彩は、多年自分が、油絵に見て居た通りで、云はゞ、美術の為めに、此の自然が誂向《あつらへむ》きに出来上つて居るとしか思はれず、其れが為め、『自然』其のものが、美麗の極、已《すで》にクラシックの類型になりすまして居るやうで、却《かへつ》て、個人的の空想を誘《いざな》ふ余地がないとまで思はれた」と、失望感を表明している。

夢に見るまで憧れたフランス北部のノルマンディの田園風景になぜ荷風は失望し、幻滅したのか。その理由は、アメリカにおいてゾラやモーパッサンの小説を読み、マラルメやボードレールなどの十九世紀末のフランス近代詩を読むことで、荷風の頭のなかで描かれたフランスのイメージが、ある意味で完璧に観念的な固着印象にまで定着し、そのイメージと現実に見るイメージとの落差、あるいは齟齬《そご》の感覚が、荷風を苦しめ、苛立《いらだ》たせたからであった。

重要なことは、そのような幻滅、失望感が荷風を本質的に疲れさせたということで、「船と車」の次に置かれた「ローン河のほとり」という短編の冒頭で、荷風はリヨンの市街を流れるローン河の水を眺め、「河原の小砂利を蔽《おほ》ふ青草の上に、疲れた身体《からだ》を投倒し（中略）毎日、何も為《し》ないが、非常に疲れた、身体も心も非常に疲れた。フランスに来てから、早や二週間あまりになる。最《も》う旅路の疲れと云ふ訳でも有るまい……」と、ただならぬ疲労感を表明することとなる。

それにしても、荷風はあれほど憧れたフランスにやってきて、なぜこれほど疲れなければならなかったのか、考えられる理由は二つ。一つは昼間は仮面を被って、銀行のオフィスで仕事をしなければならないことにほとほと嫌気がさし、またそれとは裏腹に夜は酒を飲み、女を探し、オペラや芝居、コンサートを鑑賞し……という二重生活を続けることに耐えられなくなったこと。さらにもう一つは、上述したように、観念のなかのフランスと現実のフランスとの落差と齟齬、そしてそこに起因する葛藤が荷風の神経を疲れさせたからである。

ただ、このような深い疲労を抱えて、人は長く生きてはいけない。荷風もまた、それ以上銀行員生活を続けていくことを断念し、日本帰国を決意、父親の許可を得ないまま横浜正金銀行リヨン支店の職を辞し、明治四十一（一九〇八）年三月二十八日、パリに出てくることになる。

パリでのエトランジェとしての自由で、至福の生活

パリに出てきた永井荷風は、日本帰国のためパリを去る五月二十八日まで二カ月間、一切の拘束から解き放たれ、自由なるエトランジェとして、パリの街を歩き、セーヌの河岸に佇《たたず》み、エッフェル塔を見上げ、カルチェラタンやモンマルトルのカフェで憩い、声をかけてきたパリ娘と語らい、ムーランルージュやコンセールルージュで軽音楽劇やフランスの近代音楽を楽しみ、コミック・オペラやサラ・ベルナール劇場でオペラや演劇、舞踏を鑑賞し、モンソー公園のモーパッサンの石像に額《ぬか》ずき、モンパルナス墓地にボードレールやモーパッサンの墓を、モンマルトルの墓地にオペラ『椿姫』のモデルであるマリ・デュプレシの墓を探し……と、存分にパリ生活を満喫する。

拙著『荷風のあめりか』（前出）で詳しく論じたように、荷風の五年に近い外国生活で獲得したもののほとんどは、アメリカ、特にニューヨークで獲得されたものであった。だがしかし、荷風は、リヨンとパリでの十カ月の生活を通して、アメリカとフランスでの生活体験の総仕上

げともいうべき、大切なことを発見していることは見落としてはならないだろう。それは、二十世紀のモダン都市として大きく変貌を遂げようとしているパリが、そのモダニズムを根底において支えるものとして、伝統を守り、大切にし、そのことが結果として、パリ独自の調和の美と風格を作り出しているということであった。

かくして、永井荷風は、ニューヨークとパリの生活を通して、当時の日本にあって最も先端的で純粋、且つ真正なるモダニストに生まれ変わる一方、伝統を守ることの大切さを深く認識したうえで、帰国の途に就くことになる。

第三章　孤立する新帰朝文学者

父との和解——小説を書いていく自由を許される

明治四十一（一九〇八）年五月三十日、四年と八カ月に及ぶアメリカとフランスでの生活を打ち切り、日本郵船讃岐《さぬき》丸に搭乗し、ロンドン港を出港、帰国の途に就いた永井荷風は、ジブラルタル海峡から地中海に入り、紅海、アラビア海、インド洋、南シナ海、黄海と抜けて、一カ月半かけて日本に到着。神戸港で上陸し、すぐに夜行列車に乗って、翌日新橋に帰着し、そのまま東京市牛込区大久保余丁町《よちょうまち》にあった父の家に旅装を解いている。

その夜は、荷風のために酒宴が催され、父と母と二人の弟を交えて席に着く。荷風を驚かせたのは、父久一郎《きゅういちろう》の口髭《くちひげ》が少し白くなったものの、「銅《あかゞね》のやうな顔色はますく輝き、頑丈な身体《からだ》は年と共に若返つて行くやうに見え」（「監獄署の裏」）たのに対し、母親の恆《つね》のほうは「十年二十年も一時《じ》に老込《おいこ》」み、「小《ちひさ》く萎《しな》びた、見るかげもないお婆さん」になってしまっていたことだった。

だがそれでも、久しぶりの一家団欒《だんらん》に、荷風の土産話の花が咲き、父親の久一郎も上機嫌で、若いころ、ニューヨークからさほど離れていないニュージャージー州のプリンストン大学やラトガース大学に留学したことがあることから、荷風の話の合間、合間に自身の見聞や体験談を交えて話に花を添え、心楽しく語らいの夕べを過ごしたものと思われる。おそらく、久一郎は、「ビジネスを学んでこい」という希望は叶《かな》えられなかったものの、息子が、四年半を超える欧米での異邦人生活を通して、さまざまなことを体験したことで、人間として一回り大きく成長し、精神的に大人になったことを発見し、心強く思ったに違いなかった。

翌朝、荷風は、父親に呼ばれ、「ところで、これから先、お前は何をするつもりだ」と聞かれる。日本に帰国してからおよそ半年後に書かれ、明治四十二（一九〇九）年の三月一日、「早稲田文學」第四十号の「創作」欄に掲載された「監獄署の裏」に、「日本に帰つたら、どうしやうと云ふ問題は、万事を忘れて音楽を聴いて居る最中、恋人の接吻《せつぷん》に酔つて居る最中若葉の蔭からセーヌ河の夕暮を眺めて居る最中にも、絶えず自分の心に浮《うか》んで来た散々に自分の心を悩《なやま》した久しい古い問題です」と記したように、「日本に帰って何をなすべきか」は、荷風の心を悩ました最大の問題であった。にもかかわらず、自分だけでなく、父親にとっても最大の悩みの種であったこの問題に、何ら決着をつけられないまま、「西洋へ行つても此れと定つた職《きま》業は見出《みいだ》さず、学位の肩書も取れず、取集《とりあつ》めたものは、芝居とオペラと音楽会《コンセール》の番組《プログラム》に、女芸人の写真と裸体画《はだかゑ》ばかり」といった、自分の体たらくに父親は再び激怒し、「家を出て行け！」

と怒鳴りつけられるのではないかと恐れていた。

それでも腹をくくって、「世の中に何《なん》にもする事はない。狂人か、不具者と思つて、世間らしい望みを嘱して呉《く》れぬやうに」と答えると、父親は「新聞屋だの、書記だの、小使だのと、つまらん職業に我が子の名前を出されては、却《かへ》つて一家の名誉に関する。家には幸《さいは》ひ、空間《あきま》もある食物もある。黙つて、おとなしくして、引込んで居て呉れ」と言い捨て、暗黙の裡に、荷風が小説を書き続けていくことを許してくれたのである。

次章「森鷗外と上田敏の推輓《すいばん》で文学科教授に就任」で詳しく見ていくことになるが、久一郎は、明治三十(一八九七)年に、文部省会計局長の職を最後に官界から去り、日本郵船に入社、上海《シャンハイ》支店長の役職に就き、上海で生活するようになっていた。そして、中国の風土に触れ、中国の文人と交わりを深めるなかで、若いころ、森春濤《しゅんとう》について学んだ漢詩を詠む趣味を復活させていた。それは素人の域をはるかに超えるものであり、本場中国の漢詩人からも高く評価され、交わりの輪を広げ、深くしていた。

また、官の世界を去り、事業の世界に身を投じながら、長く失われていた漢詩人としての自己を取り戻すなかで、久一郎は、荷風がアメリカに渡るまえから書いていた小説をひそかに読み、アメリカに渡って以降も、結果として『あめりか物語』に収められることとなる短編小説が、日本の雑誌に掲載される都度読んでいたはずである。そして、息子が書く小説が、放蕩《ほうとう》息子の道楽の枠を超えて、新しい時代の文学表現に届こうとしていることも、相応に理解していたに相違ない。おそらく、そうした理解の深まりが、日本帰国後も小説を書いていきたいという息子を許す心の下地になっていたものと思われる。

好評をもって迎えられた『あめりか物語』

こうして、父親と子の壮烈な戦いは、父親の方が不承不承折れる形で終結し、荷風は、父親による子殺しの本能的意志の呪縛から解き放たれ、生まれて初めて自分のしたいこと（小説を書き、文学の世界で身を立てていくこと）が、したいだけできる「自由」を手に入れる。荷風にとって幸いだったのは、日本を不在にしていた間も、アメリカやフランスでの体験に基づいて短編小説を書き続け、それらを日本の文芸雑誌に発表していたことで、まだ完全には「忘れられた」、あるいは「消えた」小説家にはなっていなかったことであった。いやそれだけでなく荷風を勇気づけたのは、アメリカ滞在中に書きためた短編の原稿を、恩師の巌谷小波《いわやさざなみ》のもとに送ったところ、それが『あめりか物語』と題して、荷風が日本に帰国してすぐあと、明治四十一（一九〇八）年の八月四日に博文館から刊行され、新時代の小説集として大きな評判を呼んだことであった。

上述したように、当時、日本の文学界は、「早稲田文學」を中心とする自然主義文学が全盛を誇り、自然主義にあらざる文学は文学にあらずといった風潮が蔓延《まんえん》するなかで、島崎藤村や田山花袋《かたい》、国木田独歩、徳田秋声《しゅうせい》、正宗白鳥、島村抱月、相馬御風《ぎょふう》などが健筆を揮《ふる》っていた。

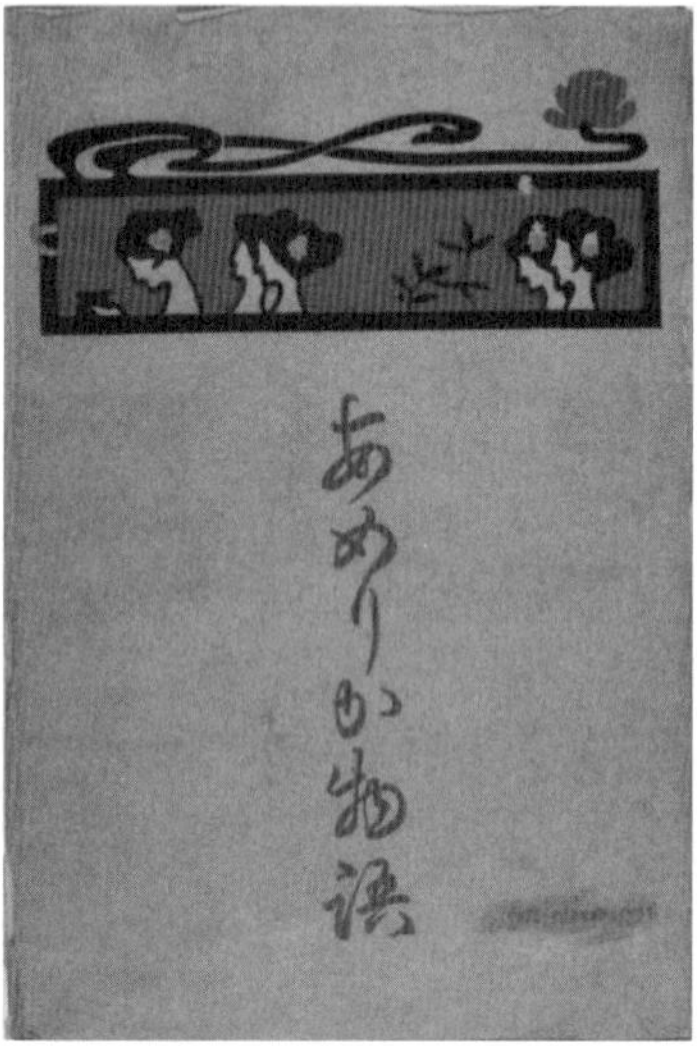

『あめりか物語』初版本の表紙。(さいたま文学館 提供)

そうしたなかで、自然主義とは一線を画した荷風の、多分にロマン的で、抒情《じょじょう》的、耽美《たんび》主義的、頽廃主義的で、作品の根底にモーパッサンやボードレールなどフランス世紀末の小説家や詩人の影響をうかがわせる小説文学は、自然主義文学とは趣を異にして、新しい時代の文学として評価され、「早稲田文學」までが毎年二月に発表される「推讃之辞」で、荷風を取り上げ、「昨一年の間、新に吾人の視野に聳えたるもの」、「吾人は過去一年の文勲に対する推讃の標目を此の作家に置かんとす」と称え、自然主義文学が席捲《せっけん》する、日露戦争後のある意味で閉鎖的な文学空間に新風を吹き込む気鋭の文学者として迎え入れられ、望みうる最高の形で再スタートを切ることができたわけである。

だがしかし、それにもかかわらず、永井荷風は、新帰朝者が必ず直面しなければならない現実適応不全障害とでもいうべき壁に阻まれ、モダニスト文学者として書き続けていくことに困難を感じるようになる。つまり、父親の拘束から解き放たれ、自分の思うさま小説が書けるという「自由」を手に入れた代償として、荷風は、新帰朝文学者として、そしてまた真正なるモダニストとして、文明開化というまやかしの近代化が、結果としてもたらした明治日本の皮相、醜悪な現実に対する違和や嫌悪の感覚と絶望感に起因する孤立感に追い込まれ、苦しみ、絶望し……自身がこれから先、それらの壁に阻まれ、不自由に縛られながら、文学者として生きていかなければならない運命を選びとってしまったことを悲しみ、嘆かなければならなくなる。

日本の自然や人工的都市空間に対する違和感

永井荷風が、日本に帰国してきて最初に直面しなければならなかった現実適応不全障害は、日本の自然的外部世界に対する違和と嫌悪の感覚によるものであった。たとえば、明治四十一年十一月一日発行の「新潮」に発表されたエッセイ「帰郷雑感」の冒頭部分、香港を発《た》って四日目、船が九州に近づき、緑の山々が見えはじめたときに感じた違和と嫌悪の感覚について、荷風は、ピエール・ロチの『お菊夫人』の冒頭、船が長崎に近づいていくときの印象に重ねて、「日本の海岸は、成程、ロッチの見た通り、小さな部分的の処に、山もある、林もある、瀑もある、余りに変化に富んで居る為めに、自然らしい感想が浮ばぬ。山や林の緑深い事は、亦ロッチの言ふ通りに『真実とは思へぬ程』である。日本の緑色は、同じ植物の緑色でも西洋のそれとは全く異り、毒々しい程濃い事が著しく自分の眼についた。海の色は地中海ほど美しくはない、空も青く、高く、澄んでは居るが、矢張り南方フランスあたりの方が自分には美しく思はれる」と違和感を表明している。

あるいはまた、神戸に上陸したときの印象について、荷風は「神戸に上陸すると、空気が澄明で、気味悪い程四辺《あたり》が明《あか》るい。然し、家屋は木造で塗つてないし、女の往来が少いので西洋の港へ上つた時に感ずる色彩の混乱と云ふものは毫《すこし》も無い。瓦屋根ばかりが黒く、不快な程目につく。松の繁りが、植物とは思はれぬ程、これも真黒に見えた。全市街は寂としてゐて、通行人が不規則に緩かに、だらしなく歩いて居る様子だけを見ると、近世的の面影は少しも認められず、如何にも原始的の楽土へ来たやうに感じられた」（傍点筆者）と記す。荷風は、さらにそのうえで、神戸から新橋まで列車から見た、東海道本線の沿線に広がる森や林、海や川、山、田畑、農村、地方の都市などの風景・景観、さらには父の家で生活するなかで感じた日本の家屋の色彩感の欠如と、居住空間の調和や落ち着きのなさ、不便さ、陰影の欠如、久しぶりに歩く西洋の植民地風の銀座通りや、日比谷公園界隈《かいわい》のいかにも安っぽく、まがい物臭い都市景観の趣の欠如……などなど、目に入ってくるものすべてに徹底して違和や嫌悪感を表明している。そのことからも、荷風が、ニューヨークやリヨン、パリで生活するなかで、優越的固着イメージとして脳裏に焼き付けてきた、欧米の自然的環境空間や人工的都市景観の印象に絶対的優越性を与え、その高みから日本の現実を見下ろしていることが読みとれる。

このように日本の自然的、あるいは人工的、社会的環境や現実が、あらゆるレベルで荷風を裏切り、違和感と嫌悪感を抱かせた結果、荷風は、不幸にも、二つの意味で逃げどころのない「孤立」の袋小路に追い込まれていくことになる。一つは、日本の自然空間や欧米の文明・文化の物まねに過ぎない人工的都市景観や文物・制度への違和感や嫌悪感を、小説やエッセイなどのなかで表白し、批判すればするほど、石川啄木の「（日本を）真に愛する能《あた》はずんば去るのみ」といったような批判や非難を読者から受けるようになり、孤立してしまうということ。そして、もう一つは、荷風自身が日本の現実世界のなかに居所を見失い、世界との関係性が壊れたまま、書くべきテーマが枯渇してしまったということである。

さてそれなら、どうすれば、そしてどこに、荷風は日本の現実のなかで、小説を書く人間としての足場を見つけ、世界との関係性を蘇《よみがえ》らせ、書くべきテーマを見出せばいいのか……真正モダニストとして生まれ変わり、日本に帰国してきた新帰朝文学者、永井荷風が、文学者として生きるか、死ぬかを賭して、どうしても潜《くぐ》り抜けなければならない審問、あるいは関門が、そこに用意されていたことになる。そしてその審問に答え、関門をブレーク・スルーするためのマニフェストとして書かれたテクストが、明治四十二（一九〇九）年二月一日易風社発行の雑誌「趣味」に掲載され、のちに発禁本『歓楽』に収められた「深川の唄」である。

「深川の唄」――モダニズムから反モダニズムへの転向

「深川の唄」では、荷風の分身「自分」が、「別に何処へ行くと云ふ当《あて》もない」まま、四谷見附から築地・両国行の市電に乗って観察した、およそ品位というものを欠いた電車のなかの人々の風貌や身なり、振る舞いや会話、さらに窓の外を流れる「九州の足軽風情が経営した」俗悪蕪雑《ぶざつ》な「明治」がもたらした、秩序と美観を欠いた文明開化のなれの果てと言ってもいい、東京市街の俗悪醜怪な景観を、あくどいほどのリアルな筆致で描写していく。ところが、市電が、日本橋の坂本町公園に差し掛かると、停電でストップしてしまう。かなり待たされるうち、車掌の「お気の毒様ですがお乗りかへの方はお降りを願ひます」という言葉に促され、「自分」は乗換券を受けとって、市電を降りる。

　歩道に降り立って周囲を見回すと、そこに広がっていたのは、「往来の上に縦横の網目を張つて居る電線が、云ふばかりなく不快に、透明な冬の空の眺望を妨げてゐる。昨日あたり、山から切出して来たと云はぬばかりの生々しい丸太の電柱が、どうかすると向うの見えぬ程、遠慮会釈もなく突立《つッた》つてゐる。其の上に意匠の技術を無視した色のわるいペンキ塗の広告が、ペタ〳〵貼つてある」、およそ美的感覚に欠け、ゴタゴタと殺風景な景観が広がるだけの東京市中の師走の町であった。そんな、秩序と美観に欠けた景観を怒りに近い感情に駆られて見ているうちに、「自分」は、「憤然として昔の深川を思返し」、「浅間しい此の都会の中心から、一飛びに深川へ行かう——深川へ逃げて行かうと云ふ、押へられぬ欲望」に駆り立てられ深川行の電車に飛び乗る。

　なぜそんな風に突然、荷風は、深川へ行こうと思い立ったのか……それは、数年前、「自分」

が、外国（アメリカとフランス・筆者註）に出ていくまで、「水の深川は久しい間、あらゆる自分の趣味、恍惚、悲しみ、悦びの感激を満足させてくれた処《ところ》であつた」からで、船に乗って、隅田川を渡っていく深川の場末の一画だけは、「到る処の、淋《さび》しい悲しい裏町の眺望《ながめ》の中《うち》に、衰残と零落の、云尽《いひつく》し得ぬ純粋、一致、調和の美が味《あぢは》はれた」からだという。あれから五年あまり、「自分」は今、市電に揺られ、窓の外に目を注ぎながら、昔、蒸気船に乗って通った深川を、「水にうつる人々の衣服や玩具《おもちや》や提灯《ちやうちん》の色、それをば諸車止《しよくるまどめ》と高札打つたる朽ちた木の橋から、欄干に凭《もた》れて眺める心地の、如何《いか》に美しかつたであらう」と、懐かしく思い返す。

さながら白昼の夢でも見るように陶然として「昔の深川」の思い出に浸っているうちに、市電は永代橋《えいたいばし》を渡り、橋を渡り切ったところで、「自分」は市電を降り、いよいよ深川の町に入っていく。二十歳前後のころ、毎日のように深川に出入りしていた「自分」は、大通りのどこに何という店があったか、ほとんど頭のなかに入っていた。あれらの店は、どうなったのだろうか。「角の蛤屋《はまぐりや》」にいた「意気な女房」、「名物の煎餅屋の娘」……彼女たちはどうしたろう。無論、彼女たちはもういない。しかし、「日あたりが悪く」、「妙に此の土地ばかり薄寒いやうな気」がする深川の大通りは昔と変わっておらず、「心は全く十年前のなつかしい昔に立返る事が出来た」という。

こうして十年前の深川に戻ったような気分で、大通りを深川不動の方に進み、「内陣、新吉原講」と金字で書かれた鉄の門のなかに入ってみると、そこでは人だかりがしていて、坊主頭の老人が木魚を叩《たた》いて「阿呆陀羅経《あほだらきやう》」をやっていて、その隣に「塵埃《ほこり》で灰色になつた頭髪《かみのけ》をぼう〳〵生《はや》した盲目の男」が、三味線を抱えてしゃがんでいる。見ていると、参詣帰りの客が、三、四人まえに立ち止まるのを聞き分けて、懐から樫《かし》のばちを取り出し、「チントンシヤン」と弾きだし、やがて「あきイ――の夜《よ》――ウ」と謡い出す。腕は悪くなく、弾きぶりと謡《うた》いぶりに気品と味わいがある。

「自分」は、男の弾く三味線と謡う唄が相当の腕であり、まぎれもなく歌沢節《うたざわぶし》であることを見抜き、しばしそこに立ち止まって、男の三味線と唄を聴きながら、「自分は何の理由もなく、かの男は生れついての盲目ではないやうな気がした。小学校で地理とか数学とか、事によつたら、以前の小学制度で、高等科に英語の初歩位学んだ事がありはしまいか。けれども、江戸伝来の趣味性は、九州の足軽風情が経営した俗悪蕪雑な『明治』と一致する事が出来ず、家産を失ふと共に盲目になつた。そして、栄華の昔には洒落《しやれ》半分の理想であつた芸に身を助けられる哀れな境遇に堕《お》ちたのであらう」と推量する。

　夕日が左手の梅林の方から差し込んできて、盲人の横顔を赤々と照らし、しゃがんだその哀れな影がいかにも薄く、背後の石垣に映っている。その石垣を築いた石には、奉納者の名前が赤い字で彫りつけてあり、芸者、芸人、鳶者《とびのもの》、芝居の出方、ばくち打ち……すべて近世《モダン》に関係のない名ばかりであったという。「自分」は、「近世に関係のない」、すなわち「モダン」の光が差し込んでこない深川不動尊の内陣の石垣のしたという、大都市東京全体から見れば、ごみにも等しい低く小さな空間《トポス》にあって、盲人の弾き謡う歌沢節に聴き惚《ほ》れながら、「近世に関係のない」時間の流れに浸り切る。どれほど時間が経《た》っただろうか、ふと気がついて、後ろを振り返ると、沈む夕日が「生血《なまち》の滴る如く」燃えている。そろそろ帰らなければならない時間だ。だが、「自分」は「いつまで、いつまでも、暮行くこの深川の夕日を浴び、迷信の霊境、内陣の石垣の下に佇《たゝず》んで、こゝにかうして、歌沢の端唄《はうた》を聴いてゐたい」と思う。

「深川の唄」は、「九州の足軽風情が経営した俗悪蕪雑な『明治』」という時代の文明・文化に辟易《へきえき》し、嫌悪感と絶望感を募らせた結果、孤立の地獄に堕ち込もうとしていた荷風が、隅田川を隔てて、東京の市中空間の向こう側、すなわち下町と呼ばれる水際の周辺、あるいは辺境とでも呼ぶべきトポスにおいて、ようやく自身の心身と「調和」し、「一致」し、全体性を回復できる場を回復できたことを、自他に宣言するために書かれたマニフェストであった。言い換えれば、真正モダニストを標榜《ひょうぼう》して日本に帰国してきた永井荷風という新帰朝者が、日本で文学者として生き抜いていくためには、自らのモダニズムを封印し、江戸の町人文化の名残を留《とど》める深川に自らの拠《よ》って立つべき拠点を置き、伝統文化回帰主義者という記号性をまとわなければならなかったということである。

そうした意味で、永井荷風は、ニューヨークやパリで身につけたモダン志向と、日本に帰国してから文学者として生き抜くために身につけた江戸大衆文化志向という反モダニズムの間を循環的にクロスオーバーしながら、前に進んでいくというモダニスト的伝統回帰主義者であり、同時に伝統回帰主義者的モダニストでもあったと言うことができるだろう。

『すみだ川』——踊ることが大好きな水辺のミューズを求めて

「深川の唄」を書くことによって、モダニストから伝統主義者への回帰宣言を行った永井荷風は、それより十カ月後の明治四十二年十二月一日発行の「新小説」の「本欄」巻頭に、日本に帰国して以来初めての本格的小説と言っていい、『すみだ川』を発表する。荷風自身が、後年、「フランスの郷土文学」にならって書いたというこの小説で、荷風は、自身の分身と言ってもいい、向島に住む俳諧の宗匠松風庵蘿月《らげつ》の目を通して、勝ち気で踊ることが大好きで、芸者になるために、三味線や唄の稽古に通う「お糸」という十六歳の少女と、彼女より二歳年上であるにもかかわらず、性格的におとなしく、母親からは末は大学を出て、出世してほしいという望みを託されて、勉学に励みながらも、本人は役者になりたいと思っている「長吉」という十八歳の、まだ少年の面影を宿した青年との淡い恋情の成り行きを、共感を込めて描いている。

この小説を読んで最初に気づく、新帰朝文学者として荷風が書いてきたそれまでの小説と大きく違う点は、筆者の荷風が記述の裏に隠れ、登場人物の性格や振る舞い、生活環境、さらにはストーリーの組み立てと展開、自然景観の描写などが、小説的に形象化された「長吉」や「松風庵蘿月」の目を通して見られたものとして書かれているせいで、小説全体が一つのフィクショナルな完結した世界として描かれているということ。そして、そこに小説家としての永井荷風の進化と成熟を読みとることができるということ。さらに、そのことの必然的結果として、この小説の世界には、「深川の唄」にあったような近代の影は、「長吉」が大学を出て、出世するために母親から勉強を強いられているという記述にかすかに差し込んでいるくらいなもので、あとはすべて、小説が書かれた明治の末あたり、隅田川の下流域にかろうじて残っていたかもしれない下町特有の人情と、ゆっくりとした古典的時間の流れのなかで展開される、美しく調和の取れた生活共同体の物語として書かれていることである。

『すみだ川』を読んで、もう一つ発見する大きな変化は、荷風が、この小説において、初めて踊ることが大好きな少女を、ミューズとして登場させ、彼女の容姿や性格、話しぶり、振る舞いをきわめて魅力的に、生き生きと描き上げていることである。重要なことは、『すみだ川』を書くことで、「お糸」という踊り子をミューズとして手に入れた荷風が、昭和の時代に入り、日本が軍国主義化し、戦争へ戦争へと突き進んでいくなか、そうした流れに対抗するようにして、『踊子』の「千代美」や、戦後の「裸体」の「左喜子」などなど、踊ることを何よりも喜びとし、「性」に対して自由に開かれた女たちを主人公に、日本の近代文学の歴史において最初と言ってもいい、「性」の小説群を書き抜いていくことである。

ここで見落としてはならないのは、「お糸」というミューズには、明治日本の現実に失望し、嫌悪感を抱く荷風の、日本の女性は人としてこのように生きてほしいという夢が確かに託されていたことだ。しかし、彼女は、そのときまだ十六歳の少女でしかなかった。つまり、荷風が、踊りが好きな浅草生まれで、浅草育ちの少女が、その後、踊りと唄の修練を重ね、売れっ子の新橋芸妓《げいぎ》に成長し、大正五（一九一六）年八月から翌年十月まで雑誌「文明」に連載した名作『腕くらべ』の「駒代」に形象化されるまでに、七年近くもの歳月を必要としたということである。「深川の唄」を書いたことで、隅田川下流域東岸の深川や本所、向島にくわえて、西岸の浅草など下町に、文明開化の毒に汚されない、古き良き時代の生活空間と風景・風俗を見出し、そこに「お糸」という幼いミューズを発見し、『すみだ川』という名作小説を書いた永井荷風ではあったが、『すみだ川』があまりにも完璧に完結した世界として、美しく、抒情的に書かれてしまったことで、せっかく手に入れた素材を消耗しきってしまう。そして、そのことによって、荷風は再び、書くべき世界とミューズが見つからないという危機に立たされることになってしまったのである。

『ふらんす物語』発禁処分――社会的存在権喪失の危機

真正モダニストとして、日本に帰国して以来、文明開化や殖産興業、富国強兵の掛け声の下に、国を挙げて日夜推進してきた近代化がもたらした現実に深く幻滅し、批判を繰り返すことで、日本において、自身の依って立つべきところを失い、孤立の危機に追い込まれた永井荷風は、それでも上述したように自らの居るべき世界が、江戸以来の風俗や景観を留める深川にあることを発見し、「深川の唄」を書き、さらにもう一つの心の「故郷」である隅田川とその両岸の浅草と向島を舞台に『すみだ川』を書くことで、危機を潜り抜けたかに見えた。

だがしかし、『すみだ川』がフィクショナリーに構築された美的世界であり、そこに生きる「お糸」というミューズが、現実にはすでに存在しない人間形象であり、同時にあまりに美しく、完璧に描き上げられてしまったことによって、荷風は、第二、第三の「お糸」の物語を書けなくなる。くわえて、それよりまえ、『あめりか物語』の続編として、刊行を予定していた『ふらんす物語』が、発売直前に発禁処分を受けたことで、荷風は、国家の権力によって文学者としての社会的存在権をも脅かされるという一層深刻な危機に立たされることになる。

父親から小説を書いていく自由を許された荷風は、『あめりか物語』の成功に気をよくして、フランスのリヨンとパリ滞在中に書いて、雑誌に発表した短編やエッセイなどを取りまとめ、『あめりか物語』と対にする形で、『ふらんす物語』と題して、日本に帰国して八カ月後の明治四十二(一九〇九)年三月二十五日、博文館から刊行しようとしていた。それまで、日本の近代文学者が外国文学から受けた影響というと、森鷗外におけるドイツ文学と夏目漱石におけるイギリス文学が主流で、フランス文学の影響を受けたことを看板にして日本に新帰朝してきた文学者は、永井荷風が最初であった。そうした意味でも、荷風だけでなく、周囲の文学者たちも『ふらんす物語』に期待するところは大きかったはずである。ところが、内務省は、全く予期せぬ形で、内務大臣平田東助の名をもって、「右出版物ハ風俗ヲ壊乱スルモノト認ムルヲ以テ出版法第十九条ニ依リ明治四十二年三月二十七日発売頒布禁止及刻版並印本差押ノ処分ヲ為シタリ」として、発売禁止を命じたのである。

禁止を知らされたときの荷風の驚きと憤りは、並大抵のものではなかったはずである。しかし、発売禁止処分が公にされてから二週間ほど経った四月十一日付の「読売新聞」に寄せた『『フランス物語』の発売禁止』という一文によると、荷風は「別に驚きもしませんでした」という。そして、驚かなかった理由について、「当局者の処置には已《すで》に幾度となく憤慨しぬいて居るので、今更私自身の著作が禁止されたとて、別に新しく驚いたり怒つたりする程事件が珍らしくなかつた為めでせう」と記している。

荷風は、さらに内務省が「風俗壊乱」という理由で発禁処分を下した根拠がどこにあるのか、考えを巡らし「巻中に収めた著作の大半は已に雑誌へ出したものであるから、禁止の原因はどうしても、まだ一度も発表せぬ巻頭の小説『放蕩』と脚本『異郷の恋』の二ツにあるらしい」と推測している。しかし、「西洋に十年近くも放浪して恋にもあきる、成功もつまらない、愛国の念も薄らぐ」ものの、「自殺する勇気もない」、無気力にその日、その日の生活を送る一日本人外交官、小山貞吉の頽廃的、且つ反政府的な思想を書き表したこの小説が、「風俗壊乱」にあたるとはどうしても思えないという。

確かに、「放蕩」と「異郷の恋」が「風俗ヲ壊乱」にあたらないという荷風の言い分は筋が通っている。にもかかわらず、内務省がこじつけの理由まで持ち出して、『ふらんす物語』に発禁処分を下さざるをえなかったのはなぜだろうか……考えられるのは、アーマという街娼《がいしよう》婦《ふ》との交情に現《うつつ》を抜かす小山という外交官を主人公に、小説が組み立てられ、要所要所に小山の非愛国的な言辞や行動が書き込まれていることが、検閲官の忌諱《きき》に触れ、危険思想と見なされたため、発禁処分を受けたのではないかということである。

荷風は、発禁処分を受けて「別に驚きもしませんでした」と書いているが、それは、荷風自身が、「放蕩」を通してかなり露骨に日本政府を批判していることを、自覚していたからにほかならない。ただ一つ、荷風が油断していたのは、『ふらんす物語』以上に露骨で、背徳的な性描写が描き込まれている『あめりか物語』が発売禁止にならなかったのと、『ふらんす物語』に収めた短編が、雑誌に発表されたときはどれも発禁処分を受けなかったことで、「大丈夫だろう」と油断していたことであった。

だがしかし、内務省が「危険」とみなしたのは、性的描写による「風俗壊乱」ではなく、小説のなかでのこととはいえ、外務官僚が、異国の娼婦とベッドを共にし、非愛国的思想や思念、感懐を抱く、つまりそこに荷風の反政府的思想が書き込まれていたことに対してであり、しかもその作品が、これ見よがしに『ふらんす物語』の冒頭に掲げられていたことで、荷風の反国家的な挑発の意図を読みとったからであった。

以上見てきたように、真正モダニストとして日本に帰国してきた永井荷風は、日本特有の自然的外部環境世界と文明開化がもたらした醜悪皮相な現実世界に対する不協和と違和の感覚、そしてそれらに起因する生理的嫌悪感に駆り立てられて、出口のない、蟻《あり》地獄のような孤立状態に堕ち込もうとしていた。さらにまた、『ふらんす物語』が発禁処分を受け、国家からも忌避され、危険視されてしまったことで、社会的存在権まで奪われ、まさに逃げようのない完全孤立状態に追い込まれようともしていた。そうしたときに、天から差しのべられた救いの手のように、荷風を窮地から救い上げたのが、慶應義塾大学部文学科という知的教育共同体からの、荷風を文学専攻の主任教授に招聘《しょうへい》したいという打診であった。

第四章　森鷗外と上田敏《びん》の推輓《すいばん》で文学科教授に就任

意外に近かった荷風と慶應の関係

五年に近い欧米生活、特にニューヨークとパリでの異邦人生活を通して身につけたモダニズムを精神とライフ・スタイルの柱としながら、その文学的生涯において、性狷介《けんかい》、脱俗不羈《ふき》、反権力的、反時代的生き方を貫き、吉原の遊女や新橋の芸妓《げいぎ》、銀座のカフェの女給、玉ノ井の私娼婦《ししょうふ》、浅草のダンサーなど、時代ごとの性的風俗の最先端で、且つ社会の一番低い所で生きる女たちと性の交わりを深め、日本近代文学史において稀有《けう》の「性」の小説と日記文学、そして都市遊歩文学を書き残した永井荷風が、明治四十三（一九一〇）年二月に、三十歳の若さで、慶應義塾大学部文学科の教授に抜擢《ばってき》されたと聞くと、「なぜ荷風が?」と、いぶかる向きも少なくないと思う。

しかし、荷風の出自や生い立ちの環境、あるいはそののち、文学者として立つまでにたどった生の軌跡を調べてみると、意外に慶應義塾と縁が近いことに驚かされる。まず最初に、荷風の父親の久一郎《きゅういちろう》は、名字帯刀を許された尾張藩の豪農の家の長子として生まれ、初め尾張藩の藩儒鷲津毅堂《わしづきどう》について漢学を学び、師の毅堂が明治新政府に招かれ京都、次いで東京へと出るに及んで、毅堂に従って京都、東京にと出てくる。しかし、明治という新しい時代の知と教養の主流が漢学ではなく、英語と英学にシフトしていることをいち早く見抜き、当時すでに英語と英学教育では日本で最高と目されていた慶應義塾に入塾している。そうした意味で、モダニスト福澤諭吉の創立した慶應義塾に学んだ荷風の父親は、諭吉が体現していたモダニズムを引き受けつつ、荷風のモダニズムを先取りしているところがあると言っていい。

久一郎は、明治三（一八七〇）年、慶應義塾在塾中に尾張藩の貢進生（大学南校の創設にあたり、各藩の推薦を受けて入学した学生のこと）に選ばれ、大学南校（のちの東京帝国大学の前身で、国学・漢学を教えた大学本校に対して、洋学を教えた）に入学するが、翌明治四年には藩の留学生としてアメリカに留学。二年半近く、アメリカ北東部ニュージャージー州のプリンストン大学やラトガース大学などで英語やラテン語を学んでいる。日本帰国後は、得意の語学を生かして外務省に出仕することを希望するが、その願いは叶《かな》えられず、二年ほど工学寮（のちの工部大学校、及び東京帝国大学工科大学の前身）で語学教師を務めたのち、文部省と内務省に出仕する。

文部省では最初は医務局に勤務するが、のちに湯島の聖堂内にあった日本最初の公立図書館・東京書籍館《しょじゃくかん》（国会図書館の前身）と博物館（東京国立博物館の前身）に勤務、書籍館の書籍票に「The Pen Mightier Than The Sword（ペンは剣よりも強し）」という、慶應義塾の建学精神の一つと言ってもいい、エドワード・ブルワー＝リットンの戯曲のなかの格言を印刷し、さらに書籍館が廃館になろうとしたときには、一国の文化の指標と言ってもいい書籍を残すことは国家の一大事であるとする上申書を書くなどしてその存続に力を尽くし、今日の国会図書館の基礎造りに貢献。のちに、東京女子師範学校（現お茶の水女子大学）三等教諭兼幹事、帝国大学書記官などを歴任し、最後は文部省会計局長にまで昇進している。

久一郎はさらにまた、内務官僚としては、衛生局統計課長、同統計局第三部長などを歴任し、明治十七（一八八四）年には、ロンドンで開かれた万国衛生博覧会に日本政府代表として出席し、ヨーロッパ各国の都市衛生事情を視察。帰国後に講演会を開いたり、見聞記を刊行するなどして、都市衛生思想の普及に努めるかたわら、東京の上下水道の改良に取り組み、都市の衛生施設の近代化の面でも業績を残している。当然、ドイツ陸軍の衛生制度や軍陣医学を学ぶためドイツに留学し、帰国後も陸軍内の衛生制度の確立・改善に努めてきた森鷗外とも面識があった可能性が高く、その意味で、久一郎はモダニスト森鷗外と永井荷風をつなぐ触媒でもあったことになる。

以上見てきたように、久一郎は、アメリカ留学から帰国してのち、文部官僚、内務官僚として、図書館や大学、高等学校、専門学校など高等教育機関関係の行政や都市衛生近代化事業の分野で才腕を振るい、明治日本の文明開化に大きく貢献。官を辞してのちは、日本郵船の経営に参画し、上海《シャンハイ》や横浜など重要港湾都市の支店長として重きをなしたことで、慶應義塾を卒業したわけではないものの、明治四十二（一九〇九）年に、三田商業研究会編で、実業之世界社から刊行された『慶應義塾出身名流列伝』に、慶應義塾を卒業して、のちに大きな仕事をし、社会的に知名度を上げた卒業生に並んで、略歴とその人となりを紹介する文が、写真入りで掲載されているほどである。

ところで、久一郎がなぜ、そしていかなる経緯で、文部省のエリート官僚から日本郵船の上海支店長に転身できたのかについては、西園寺公望《きんもち》や伊藤博文、加藤高明らの斡旋《あっせん》で実現したとされており、秋庭太郎の『考證永井荷風』（岩波書店、一九六六年）の「その十二」でも、「久一郎は西園寺の周旋に依り、日本郵船会社に職を奉じたのである」とし、久一郎をして、官を辞し、日本郵船会社に職を転じさせた要因として「友人加藤高明の口添へ」や「実業界に知己が多かつた」こと、「官界に在つた時代に久一郎が船舶水運並統計事務に造詣あり、且は欧米各国に再度渡航した経験から諸外国の事情に明るかつた」ことなどを挙げている。

しかしながら、久一郎が日本郵船に引き抜かれた背景には、西園寺公望や伊藤博文、加藤高明など、政財界の大物からの口利きだけでなく、日本郵船内部に慶應に籍を置いたことのある経営トップが何人もおり、その引きがあってスムーズに事が運んだことも見落とせない。特に久一郎が日本郵船に転身したとき、同郵船会社の社長をしていた近藤廉平は、久一郎と時を同じくして慶應義塾と大学南校に学んでおり、明治三十（一八九七）年に久一郎が日本郵船に引き抜かれるまえ、文部省の書記官として高等商業学校（現在の一橋大学）の商議議員（今の大学の評議会のメンバーのようなもの・筆者註）に名を連ねていたとき、日本郵船社長として商議議員の一人であったことからも、二人が緊密な関係性を持ち合っていたことがうかがえる。

さらに大正十一（一九二二）年に慶應義塾塾監局によって編集され、『慶應義塾塾員名簿』という名で刊行された卒業生名簿から、日本郵船に勤める卒業生の数をざっと数えただけでも百三十人前後に上る。おそらく、当時の日本郵船にあって、慶應卒業生は東京高等商業学校の卒業生と並ぶ最大派閥であり、当然のこととして、経営トップにも慶應卒業生が多かったはずで、そうした社内的背景も、久一郎の招聘《しょうへい》に有利に働いたものと思われる。

荷風、父に無断で銀行を辞めパリへ

前章で詳しく記したように、新帰朝文学者として永井荷風が、文学者として立っていくうえでいくつもの困難に直面していたときに荷風を窮地から救い上げ、結果として日本の近代文学の歴史において、きわめて特異な形で「個我」と「性」の文学者として、あるいは「都市遊歩」の文学者、さらには『断腸亭日乗』という稀有の日記における権力「批判」と「風俗・世相観察」の文学者として生涯を全うすることを可能にしたのが、明治四十三（一九一〇）年の二月、慶應義塾大学部文学科から、文学専攻課程の主任教授として招聘したいという申し出を受けたことであった。

永井荷風が、いかなる経緯で慶應義塾の文学科教授に招聘されたかについては、現在慶應義塾大学名誉教授の松村友視《ともみ》が、『三田の文人』（慶應義塾大学文学部開設百年記念「三田の文人展」実行委員会編、丸善株式会社、一九九〇年）に寄せた「鷗外・敏・荷風――荷風招聘をめぐる経緯」で、鷗外や上田敏、荷風の書簡や日記の記述に基づいて詳細を明らかにしており、本章の記述がその記述とかなりの部分重なることをお断りしたうえで、荷風がいかなる偶然の巡り合わせで、パリで上田敏と出会い、交友を深めたことが、結果として荷風の慶應義塾文学科教授招聘という幸運をもたらしたかについて、少しく立ち入って検証したく思う。

永井荷風が、慶應の文学科教授に招かれるに至った経緯で、森鷗外が重要な役割を果たしたことは論を俟《ま》たない。この点について、松村友視は「義塾当局をひとまず措けば荷風招聘の最大の立役者は森鷗外であり、上田敏がこの脇に添っている」と書いている。しかし、荷風の慶應招聘に関して、鷗外と敏とがどう関わったかを調べてみると、鷗外が立役者であることに異論はないが、上田敏は「脇」以上に重要な役割を果たしていて、鷗外と並ぶもう一人の「立役者」であったことが見えてくる。つまり、荷風がパリで上田敏と出会い、親交を深めていなければ、森鷗外から慶應の話を聞いて、荷風に対して慶應の招聘を受けるように説得することもありえなかったはずであり、したがって荷風が慶應でフランス語やフランス文学を教えることもなく、日本で唯一現存する大学文学部系の定期刊行文芸雑誌であり、且つまた百年以上の歴史を有し、幾多の優れた小説家や詩人、評論家を生んだ「三田文學」が創刊されることもなく、さらにまた今日私たちが知るような形で、荷風が特異な文学人生を全うすることも、あれらの膨大な作品群を書き残すこともなかったかもしれない。そうした意味で、上田敏は、慶應義塾文学科教授永井荷風を生み出すうえで、森鷗外と並んで決定的に重要な役割を果たした人物であったと言うことができる。

ところで、荷風と上田敏のパリでの出会いの経緯とその後の親交の成り行きをたどってみると、いくつもの偶然としか言いようのない幸運な出来事や、人との出会いが重なり、荷風が目には見えない運命の糸にたぐり寄せられ、招かれるべくして慶應に招かれたという経緯が見えてくる。最初の幸運は、明治四十（一九〇七）年の夏に、どうしてもフランスに渡りたいという念願が叶い、父久一郎の配慮と手配で、それまで現地採用の職員として勤めていた横浜正金銀行ニューヨーク支店からフランスのリヨン支店に転勤になったことだ。

ようやく叶えられたフランス渡航の夢。明治四十年七月十八日朝九時、荷風は、フランス汽船ブルターニュ号に乗ってハドソン河口の波止場を出航。船は九日間で大西洋を横断し、七月二十七日夜、フランス北東部の港町ル・アーヴルに着岸。船を降りて、その夜は港に近いホテルに一泊、翌二十八日の正午、特別列車でパリに着き、その日はパリに一泊。翌日再び汽車でリヨンに向かい、三十日未明の三時にリヨン駅に着き、ホテルで仮眠を取ったあと、横浜正金銀行リヨン支店に赴き、着任の挨拶を済ませる。

こうしてリヨンでの銀行員生活が始まったわけだが、すでにニューヨークでの銀行員生活に飽き飽きしていただけに、最初のうちはリヨン市内の見物やオペラやコンサートの鑑賞で、銀行勤務のつらさを忘れることができたが、秋深まり、街路樹のマロニエの葉が散り始めるころになると、次第に銀行勤務を続けることがつらくなる。そして早く銀行を辞めてパリに出たいという思いが強くなってくる。銀行支配人を含めて銀行内での人間関係がギクシャクしてきたことも、荷風に早く辞めたいという思いを一層強くさせていた。そのため荷風は、年が明けて明治四十一年の二月一日、父親宛に銀行を辞職しパリに出たい旨、手紙を認《したた》めて送ることになる。

だがしかし、父からの返書を待っていては、一カ月以上の時間がかかってしまい、その間いやでたまらない銀行勤務を続けることは到底不可能と悟ったのであろう、父に手紙を出してから二日後の二月三日、独断で、銀行支店長に辞意を伝えてしまう。そして、一カ月後の三月五日、銀行より解雇の命を受けたのを機に、辞表を提出し辞職する。ところが、銀行を辞めてパリに出たいという内容の手紙を父親宛に出してから一カ月半も経った三月二十日、ようやく父からの返書が届く。開けて読んでみると、最初に荷風が独断で辞めようとしていることを強く非難したうえで、とにもかくにも銀行勤務が続けられるように全力を尽くすように厳命し、独断で辞職した場合は、それから先のフランスでの滞在費も、帰国のための船賃も出さない。ただ、銀行から解雇される形で辞職せざるをえないなら、パリ滞在費は出さないが、帰りの船賃は出す。しかし、支払いは神戸に帰着してからのことにするという、大変厳しい内容のものであった。

手紙を読んで、荷風は呆然自失、あこがれのパリに出て生活するという夢は断たれ、父の力を頼る限り、自分は、日本郵船の船の特別三等室に乗って日本に帰国するしかないことを悟る。パリへの道は断たれた。残された道は、日本に帰るか、ニューヨークに戻りイデスとの元の生活に戻るか、二つしかない。悩みに悩み、苦しむ荷風……。『西遊日誌抄』の三月二十一日の記述は、荷風心中の苦悩を伝えて余りあるものがある。

夜しら〴〵と明けそめし頃ふと目覚めて夢とも現《うつつ》ともなく身の行末を思ふ。余は日本に帰るも父を見る事を欲せずいづこに姿をかくすべきか。余が懐中には今多少の金あり再び紐《ニュー》育《ヨーク》に帰りてイデスをたづね悪徳不良の生活を再演せんか。余は惑へり苦しめり余は決断すること能《あた》はず。

決断できず悩み苦しむ荷風。ところがその悩みと苦しみのどん底で、二番目の幸運が荷風を助け上げ、進むべき道を示してくれる。すなわち、二日後の二十三日の「西遊日誌稿」の記述に「三月二十三日　○姉崎博士を見る」とあるように、たまたまリヨンを訪れていた東京帝国大学教授であり、明治末期にワーグナーの『タンホイザー』などの楽劇を日本に初めて紹介したことでも知られる宗教学者の姉崎嘲風と、リヨン市内のソーン河畔のホテルで会い、上田敏がイタリア経由でパリに来ていることを知らされたのである。

「今、パリに行けば、上田敏先生に会えるかもしれない」。苦悩のために暗く閉ざされていた荷風の胸に一点、明るい灯がともる。そして、父親からの資金援助は期待しないでパリに出て、銀行勤務を続けるなかで貯《た》めた資金が尽きるまでパリで生活しようと決意する。ようやくパリに行ける道が開けてきた……。その喜びを、荷風は、大正七（一九一八）年十月一日発行の雑誌「花月」に発表した「書かでもの記」のなかで次のように記している。

此《これ》より先わが身猶里昂《なほりおん》の某銀行に勤務中（『西遊日誌抄』の記述によれば、そのときすでに荷風は正金銀行リヨン支店を辞めていた・筆者註）一日公用にてソオン河上の客桟に嘲風姉崎博士を訪《と》ひし事ありしがその折上田先生の伊太利亜《いたりあ》より巴里《ぱりー》に来《きた》られしことを聞知りぬ。わが胸はいまだ其人を見ざるに先立ちて怪しくも轟《とどろ》きたり。何が故ぞや。そも〳〵其の年月わが身をして深く西欧の風景文物にあこがれしめしは（中略）最近海外文学文芸論の如き上田先生が著述との感化に外ならざればなり。（中略）かくてわれはいかにかして仏蘭西《ふらんす》語を学び仏蘭西の地を踏まんとの心を起せしが、幸《さいはひ》にして今やその望み半《なかば》既《すで》に達せられんとするの時、恰《あたか》も好し斯道《しどう》の大家の巴里に来《きた》るを耳にす、後学の書生いかんぞ欣喜雀躍《きんきじやくやく》せざらんや。

かくして、荷風は、運命の糸に導かれるようにして、三月二十八日、リヨンを発ち、夜中の十二時にパリのリヨン駅に着き、駅前のホテルに一泊。翌二十九日、カルチェラタン地区のパンテオン近くのホテルに移り、以後、およそ二カ月間、パリで夢のようなエトランジェ生活を過ごすことになる。

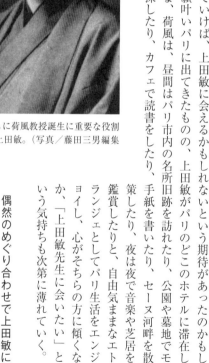

荷風としてはパリに出ていけば、上田敏に会えるかもしれないという期待があったのかもしれない。ただしかし、念願叶いパリに出てきたものの、上田敏がパリのどこのホテルに滞在しているか知る由もないまま、荷風は、昼間はパリ市内の名所旧跡を訪れたり、公園や墓地でモーパッサンの石像や墓を探したり、カフェで読書をしたり、手紙を書いたり、セーヌ河畔を散策したり、夜は夜で音楽や芝居を鑑賞したりと、自由気ままなエトランジェとしてパリ生活をエンジョイし、心がそちらの方に傾くなか、「上田敏先生に会いたい」という気持ちも次第に薄れていく。

森鷗外とともに荷風教授誕生に重要な役割を果たした上田敏。(写真/藤田三男編集事務所)

偶然のめぐり合わせで上田敏に紹介される

こうして憬れのパリ生活に心奪われていくなか、荷風は、三番目の偶然の幸運に恵まれる。すなわち、ある夜、パリ市内の「コンセールルージュ」という、コーヒーやワインなどを飲みながらクラシック音楽やフランスの現代音楽を楽しむ「寄席」（ミュージックホール）で、観客のなかにイギリス風の髭《ひげ》に、鼻眼鏡をかけた、どこかで見覚えのあるような東洋人が一人いるのを発見。向こうも荷風の存在に気づき、お互いに視線を交わし合うものの、相手が誰であるか分からないため、言葉を交わすこともなく終わってしまう。

ところが、幸運の女神は、ここでも荷風を見捨てることをせず、翌日、四番目の、それも奇跡的としか言いようがない偶然の幸運を荷風のために用意し、荷風はパリ市内のクルニュニー博物館前のホテルで、上田敏に会い、面識を得るようになる。その偶然の幸運について、荷風は、同じ「書かでもの記」のなかで、「次の日われサンヂエルマンの四ツ角なる珈琲店《こーひーてん》パンテオンにて手紙書きてゐたりしにふと向側なる卓子《ていぶる》に二人の同胞あり相見れば一人はわが身嘗《かつ》て外国語学校支那語科に在りし頃見知りたりし仏語科の瀧村立太郎《りふたらう》君、また他の一人は一橋の中学校にてわれよりは二年ほど上級なりし松本烝治《ぢようぢ》君なり。この旧友二人は其の夕《ゆふべ》クリユニイ博物館前なる旅館に在りし上田先生のもとにわれを誘《いざな》ひゆきたり」と回想している。

ここで、荷風を上田敏に紹介した瀧村立太郎と松本烝治について簡略に紹介しておくと、東京外国語学校で荷風と同期生だったという瀧村は、同外国語学校の第一期卒業生で、卒業後は母校のフランス語教授を務め、フランス語教育システムを確立する一方で、『新式仏語概要』や『最新フランス語講座』といったフランス語学習書を刊行するなど、近代日本におけるフランス語教育の基礎を固めるうえで功績を残した人であった。ということは、小説『普賢』で芥川賞を受賞した石川淳や中原中也、富永太郎、玉川《たまがわ》一郎、渡辺紳一郎など、東京外国語学校のフランス語科で学んだ小説家や詩人、ユーモア作家、ジャーナリストにフランス語を教えた教師の一人でもあったはずである。

一方、「一橋の中学校」、すなわち高等師範学校附属尋常中学校で荷風より二年先輩だったという松本烝治は、附属尋常中学校を卒業後、一高、東京帝国大学法科大学に進み、卒業後は農商務省に出仕、その後帝国大学に戻り、助教授に就任。明治三十八（一九〇五）年から四十二（一九〇九）年にかけてヨーロッパに留学、帰国後すぐに教授に昇進し、以後、満鉄理事、副社長、関西大学学長、斎藤実《まこと》内閣時の商工大臣などを務め、戦後、昭和二十（一九四五）年に幣《しで》原《はら》内閣が成立すると、憲法改正担当の国務大臣に就任し、いわゆる「松本私案」と呼ばれる憲法草案を作成するなど、法律学者、あるいは政治家として重きをなした人物であった。

上田敏から「近代人《モダアンズ》」と認められた荷風

上田敏が、瀧村立太郎と松本烝治から紹介された永井荷風をどこまで知っていたかは定かでないものの、荷風が日本を出る前に出版した『夢の女』や『女優ナ、』などの小説を読んでいたり、アメリカ滞在中に書き上げ、日本の雑誌に発表し、のちに『あめりか物語』に収められることとなる短編小説もいくつか読んでいて、「ああ、あの永井さんですか」と知っていた可能性は高い。
ともあれ、偶然の幸運が重なって上田敏にパリのホテルで会うことのできた荷風に、運命の女神が五番目の幸運として用意したのは、上田敏が、すでに翻訳詩集『海潮音』の著者として、そしてまたヨーロッパの文学や音楽、演劇、美術界の最新の情報をいち早く日本に紹介する文芸評論家として、名声嘖々《さくさく》たる文学者であったにもかかわらず、実に誠実・謙虚で、しかも人物を見抜く眼識をそなえた人であったことである。上田は、初対面であるにもかかわらず、荷風の人柄と感性の鋭さ、才能の大きさ、アメリカやフランスでの生活体験を通して蓄積してきたものの大きさを見抜き、「ここにまったく新しい気鋭の文学者が出現した」と、心中ひそかに舌を巻き、全面的に受け入れてくれた。上田敏は、そんな荷風の印象を、日本に帰国してから、明治四十一（一九〇八）年十二月発行の雑誌「趣味」に掲載された「漫遊雑感」のなかで次のように記している。

永井君には度々逢《あ》ひました。ある日舞踏を見に行つてゐますと、見物人中に一人の日本人がゐるのです。よく見ると何処《どこ》かで見た事があるやうなので、誰れだらうと幾ら考へても分らない。其後不図《ふと》した事である料理屋で紹介せられて、初めて永井荷風君だと云ふ事が知れたのです。それからは度々一処にカフェなどへ行つて話したのですが、実に偞《えら》い人です。まだ若い人ですが、何でもよく分つて、華かな人です。あんな人が巴里のやうな処へ行つてゐたら面白いでせう。どうしても吾々とは一時代違ふやうな気がします。近代人（モダアンズ）です。帰つてから「アメリカ物語」を読んで益々感服しました。（傍点筆者）

上田敏は、パリのカフェで荷風と会うたびに、欧米、特にフランスの文学や音楽の新潮流について詳しく話を聞かされるなかで、このように荷風に対して好印象を持ち、日露戦争後の日本の近代文学空間にあって、自然主義にあらざれば文学にあらずといった、ある意味では文学的閉塞状況が蔓延《まんえん》するなか、新風を吹き込み、新時代の文学をリードしていく気鋭の文学者が現れたことを確信したのである。

ここでも荷風に幸いしたのは、上田敏が、年齢の差や、学歴の有無・優劣、文壇における地位の上下などに拘泥することなく、荷風の人となりを虚心に受け止め、交わりを深め、日本帰国後も、新帰朝文学者として孤立の壁に閉ざされ、ややもすると絶望の淵に沈もうとしていた荷風を励まし、文学者として立っていけるように便宜をはかってくれたことであった。

快く永井荷風を推した上田敏の厚情

いくつもの偶然の幸運が重なりパリで上田敏と出会い、昼間はカフェでフランスの文学や演劇、音楽について語り合ったり、連れ立ってセーヌ河畔や公園を散策したり、古本屋をあさったりし、夜は夜でコンセールルージュやムーランルージュでフランスの現代音楽を聴いたり、レビューを楽しみ、さらにはオペラ・コミックでオペラを鑑賞……と親交を深めた荷風は、明治四十一年五月二十八日、パリを発ち、ロンドンから日本郵船の讃岐《さぬき》丸に搭乗し、帰国の途に就き、同年七月十五日神戸に帰着する。

一方、上田敏は、荷風より三カ月ほど遅れて同四十一年十月に帰国したものの、ただちに京都帝国大学文科大学講師を嘱託され、翌四十二年には教授に昇格し、京都に定住するようになったため、荷風とは日常的に交わりを温めることはできなくなっていた。しかし、折に触れて手紙を交わし、敏が東京に出てきた折には、荷風の元を訪ねてきて、パリでの思い出話に耽《ふけ》ったという。

明治四十一年夏、パリから日本に帰国して八カ月あまり。永井荷風はすでに前年八月には『あめりか物語』を博文館から刊行して高い評価を獲得、さらに年を越して四十二年一月には、荷風短編小説の白眉と言ってもいい「狐《きつね》」を「中学世界」に発表、江戸下町の風俗や情緒、人情がまだ残る隅田川下流域の深川への憧憬とシンパシーを謳《うた》った「深川の唄」を「趣味」に、三月には新帰朝してきて以来、日本の自然や都市環境、社会環境、さらには生活風俗、文明・文化に対して抱き続けてきた根源的違和感を深く見据え、絶望的心情を託して書かれた「監獄署の裏」を「早稲田文學」に発表。同じく三月に刊行される予定であったにもかかわらず、発禁処分を受けた『ふらんす物語』に収められた、リヨンとパリ滞在中に書いた短編も、巻頭の「放蕩《ほうとう》」と戯曲「異郷の恋」以外の作品は、その多くが日本の雑誌に掲載されており、永井荷風の名は、自然主義とはまったく趣を異にする新帰朝文学者として、文学界だけでなく、一般読者の間に知られていた。まさに正宗白鳥が『文壇五十年』のなかの「人気作家荷風の出現」の項で、「荷風帰国（明治四一・八）のころには、無風流殺風景な自然主義小説が読者に飽果てられていたので、荷風のつやのある文章、色気のある話が、旱天の慈雨のように持てはやされたのであつた」と記したように、荷風は、日本帰国後一年足らずで、華々しく注目される新進小説家として名声を獲得するに至っていた。

しかし、前章「孤立する新帰朝文学者」で詳しく記述したように、荷風は、それまで慣れ親しんできたアメリカやフランスの自然環境と日本のそれとのあまりの格差と異質性、さらには文明開化の掛け声のもと、うえからの命令で強制的に推し進められてきた近代化と西洋化に起因する、あまりに皮相的な模倣文明や文化がもたらした混乱や無秩序、あるいは美観の欠如に対する違和・齟齬《そご》の感覚に苦しみ、絶望と孤立の深淵《ブリス》に堕ち込もうとしていた。そうしたとき、荷風を励まし、救い上げたのが上田敏からの温かさにあふれた手紙であり、上田敏が上京した折に交わした心温まる語らいのひとときであった。

おそらくこのとき、荷風は、孤立の淵に沈みつつある自身の不安や苦悩を上田敏に語り、上田の方も、なんとかこの前途有為な青年のために力になってあげようという思いを強くして、京都に帰っていったはずである。そうした関わりのなかで、荷風は、京都の第三高等学校が新任のフランス語教師を求めているという話を聞きつけ、早速、自分には京都に行く意志があるので、事実関係を確かめたうえで、可能性があるなら、なんとか取り計らってもらえないかという内容の手紙を、上田敏宛に書き送っている。それに対して上田敏は返信を認《したた》め、三高のフランス語教師のポストについては、京都のような田舎の都市の高等学校のフランス語の教師に、荷風のような若くして、前途有為な文学者を推すようなことはあまり気が進まない旨、丁寧に断ったうえで、東京からの手紙（おそらく森鷗外からの手紙）で、「珍らしき事を聞込候」として、次のような手紙を書き送っている。

　此事は非常に秘密に致居候やうに承居候が実は今度東京の慶應義塾にて其文学部を大刷新しこれより漸々文壇に於て大活動を為さむとする計画有之《これあり》、それにつき文学部の中心となる人物を定むる必要を感じ候趣に候、そこで三田側の諸先輩一同交詢社にて大会議を開き森鷗外先生にも内相談ありしやうに覚え候が、義塾の専任となりて諸《もろ〳〵》の画策をする文学家を選び候処夏目漱石氏か小生をといふ事に相定候由、然るに夏目氏は朝日新聞の関係を絶つ事難《かた》くして交渉纏らず、又森先生より小生に頼むやうにと義塾の人が千駄木を訪問したる時、森先生のいはるゝには、京都大学の関係上小生の交渉もむづかしからむと申され候由、そこで先方の言ふには小生のことわりたる時誰がそれならば適当ならむとあるに答へて、森先生は貴兄を推薦なされ候、先方の申すには然らば小生に頼む時いつそ事情を打明けて小生の身上動き難き場合には直ちに小生より貴兄へ此事件交渉して貰ひたしとの事に御座候、小生は森先生の手紙に対し種々考を述べ置候が要するに只今京都を去る事は出来兼ね候趣返事いたし、又貴兄を推薦されし森先生の眼光に服し居る旨申送り候、右様の次第万事打明け候が貴兄は此交渉に御応じの御心如何にや、三田の中心となりて文壇にそれより御雄飛の御奮発は小生の偏に懇願する所、何卒御快諾の吉報に接したく存居候、もとより御内意を伺ふまでにて事定らば別に正式の交渉は可有之《これあるべく》候。

ここに引用した上田敏の荷風宛書簡からも明らかなとおり、慶應義塾は、大学部の文学科をして「文壇に於て大活動を為さ」しめるため、大刷新をはかるべく、新たに主任教授を迎えるにあたって、誰が適任か森鷗外に諮ってみたところ、鷗外は第一に夏目漱石を推し、ついで上田敏を推した。ところが、漱石はすでに「朝日新聞」に入社しており、専属小説家として連載小説を書くことになっているため断られた。そこで慶應側は漱石招聘をあきらめて、第二の候補として上田敏の意向を聞いてほしい旨、鷗外に頼み込んだわけだが、鷗外は、上田敏も京都帝国大学の教授に就任したばかりだから、断られる可能性が高いと、懸念を表明。そこで、慶應側がもし上田に断られたら、ほかに誰が適任かと聞くと、鷗外は、永井荷風の名を揚げ、荷風を強く推したことになる。

それを受けて、慶應側は上田敏に引き受けてもらえない場合は、上田の方から永井荷風に直接話をしてもらえるように鷗外に頼み、鷗外は、事の次第を手紙に認めて上田敏に送り、荷風に慶應側の意向を伝えるように依頼。さらに、鷗外自身も荷風宛に、「慶應からの教授招聘の話はぜひとも承諾してほしい。この件については、いずれ上田敏君から手紙が行くはずだから、よろしくお引き受けください。慶應の方には貴兄を重用するよう、小生の方で話をつけます」という趣旨の手紙を書き送り、慶應からの文学科教授招聘の話を受け入れるよう強く説得。かたわら、慶應側には決して粗略に扱わないように自分が取り計らうからとまで書き添えている。

こうして荷風招聘に向けて交渉の段取りと役割の分担がおのずから定まり、鷗外は待遇などを含めて、慶應側との交渉を進め、上田敏は、鷗外から知らされた慶應側の意向を荷風に伝え、慶應からの招聘を受けるように話を進めた結果、慶應義塾大学部文学科教授永井荷風が誕生したというわけである。

なぜ森鷗外は荷風を推したのか

すでに見てきたように、永井荷風が、慶應義塾大学部文学科の教授に招聘されるうえで、パリ滞在中にはからずも上田敏と出会い、知遇を得たことなど、さまざまな偶然と幸運が荷風に有利に働いたわけだが、さらに荷風に幸いしたのは、森鷗外が第一に推挙した夏目漱石が東京帝国大学文科大学講師の職を辞し、「朝日新聞」に入社していたこと、次いで鷗外が第二の候補として挙げた上田敏も京都帝国大学文科大学の教授に就き、東京を去っていたこと、さらに最後の幸運として大きく働いたのは、森鷗外が、フランスの近代文学をベースにして、自身のアメリカやフランスでの生活体験に基づいた耽美《たんび》主義的、ロマン主義的、且つデカダン的作品を立て続けに発表し、反自然主義の旗を掲げて近代文学空間に復帰、あるいは再起してきた永井荷風の文学を、自身の文学的バックグラウンドや志向性と重なり合う、新しい時代をリードする文学として高く評価してくれていたことであった。

　さてそれでは森鷗外はなぜ、このとき三十歳で、アメリカとフランスで五年近く遊学体験を有するとはいえ、大学を卒業したわけでもなく、専門分野で特に際立った学術的実績を上げたわけでもない永井荷風を慶應義塾大学部文学科の教授に推したのか。背景的要因として考えられるのは、鷗外が陸軍軍医として、軍事衛生学にも関心を抱き、平時と戦争時における陸軍兵士の衛生環境の改善にも努めていた関係で、前述したように内務官僚として都市の、特に東京の衛生環境の近代化と改善に努め、明治十七（一八八四）年、ロンドンで開かれた万国衛生博覧会に日本政府代表として出席するかたわら、ヨーロッパ近代諸国における都市衛生事情を視察し、帰国後はそのときの見聞に基づいて、帰国報告講演会を開き、また著述をも刊行していた荷風の父親の永井久一郎のことを知っていた可能性が高いということである。

　さらに、久一郎は、妻である恆《つね》の父親で、江戸末期から明治期にかけて、儒者であり大沼枕《ちん》山《ざん》や森春濤《しゅんとう》と並ぶ代表的な漢詩人の一人であった鷲津毅堂に師事して漢学を学んだ人であり、明治中・後期の漢詩の世界においても名の知られた人であった。当然、鷗外は久一郎の名を知っていて、荷風が久一郎の長男であることを知ったときも、鷗外は「ああ、あの永井久一郎さ

ん の……」と頷《うなず》き、荷風のことを好意的に受け止めたはずだということである。

次に、永井荷風を慶應に推輓するうえで、文学者森鷗外に直接関わる文学的要因として考えられるのは、鷗外が、新帰朝してきた荷風が文学者として立つに至った経歴と文学的趣味や志向性、小説の根底に流れる主題性において、自身といくつもの共通性、あるいは共同性があることを見抜き、親近感を抱いていたということである。

すなわち、鷗外は、荷風が日本を出る前に刊行した、ゾラの自然主義を念頭に置いて書かれた『夢の女』とか『女優ナ、』といった小説、あるいはアメリカやフランス滞在中に書き、日本の雑誌に発表した少なからぬ短編小説、さらにはそれらの小説を集めて日本帰国後に刊行した『あめりか物語』や、日本帰国後に書かれた「狐」とか「深川の唄」、「監獄署の裏」、「帰朝者の日記」、『すみだ川』などの小説を読んでいた。そして、永井荷風という小説家が、非常に斬新で、反自然主義的な方向で、新時代の文学表現の先端を走る文学者であることを見抜き、自然主義文学の牙城と言ってもいい早稲田の文学科と「早稲田文學」に対抗する形で、慶應が文学科を刷新し、「三田文學」を発刊することで、文学界に新風を送り込もうとするのなら、これ以上恰好《かっこう》の人材はいないと確信し、荷風をと強く薦めた。そして、その結果永井荷風のもとに「黒い洋服を着て濃い髯《ひげ》のある厳《いかめ》しい顔立の紳士」が訪ねてくることになったわけである。

さてそれなら、生涯を軍医官僚として国家に仕える形で貫きとおした森鷗外と、国家や軍部に対立・逆立する形で文学的生涯を全うした永井荷風との間の共通性、あるいは共同性とは何か。それを要約列記すると以下のようになる。

1　第二章「真正モダニスト永井荷風の誕生」で詳しく記したように、反時代的文学的生を貫いた永井荷風が、その本質においてモダニストであったように、陸軍軍医官僚として生涯を貫いた森鷗外もまた、生粋のモダニストであった。

2　二人はモダニストでありながら、鷗外の場合は、漢詩や漢文学、万葉集以来の和歌や江戸期の俳諧文学にも深い造詣を有していたように、荷風もまた、中国の古典詩や小説文学、さらには江戸の大衆文学や歌舞伎、浮世絵などにも造詣が深く、共に伝統主義者でもあった。

3　森鷗外の場合は、官費による国費留学生として、地球を西回りでドイツに留学したのに対し、永井荷風の場合は私費で、東回りで太平洋を横断してアメリカに渡り、留学生として正規に大学に籍を置くこともなく、アメリカ大陸を横断し、ニューヨークで横浜正金銀行の現地職員として二年近く生活したのちに、フランスに渡り、リヨンとパリにおよそ十カ月、一介の異邦人として生活したうえで日本に帰国と、新帰朝文学者として立つに至るまでの経緯に違いはあるものの、共に母国共同体としての日本国家と言語共同体の日本語から遠く離れた異国での、孤独な生活体験を通して身につけたものをベースに、文学者として立つ位置と思想性、そして書く方向性を見定めていること。

4 森鷗外がドイツ留学体験とベルリンの陋巷《ろうこう》で知り合った小説『舞姫』のヒロイン「エリス」のモデルとされるドイツ人女性との恋愛体験、さらにはドイツ文学への知識と素養に基づいて初めての小説『舞姫』を書いて、小説家としてブレークしたように、永井荷風もまた、アメリカとフランスでの生活体験とワシントンのダウンタウンの酒場で知り合った娼婦イデスとの「性的」体験、さらにはフランスの近代文学に対する深い理解とシンパシーをベースにして『あめりか物語』や『ふらんす物語』に収められた短編小説を書いてブレークしたことで、共通するところがあった。

5 『舞姫』の主人公の太田豊太郎の恋人が「踊子」であったように、荷風がアメリカ、フランス滞在中に愛し合い、性的関係を持った女性のほとんどは街娼婦や踊子であったことで、鷗外は荷風に親近感を抱いていた。

6 そしてそれゆえにというべきか、鷗外はエリス、荷風はイデスと共に、民族や言語、宗教、国家の壁を越えて、異国の最底辺に生きる女性と、国籍も言語も、社会的地位や名声をも捨てて、結婚するかどうかのギリギリの地点まで関係性を深めながら、二人ともほとんど一方的に切り捨てるようにして、関係を断ち帰国している。

7 すなわち、「性愛」の可能性と限界を見据え、深い絶望と罪責感を抱いて日本に帰国、新帰朝文学者として小説を発表することで、文学者として立つ契機をつかみとり、それぞれの文学的世界を構築したことで、お互いの文学に共通するものを感じとっていた。

8　日露戦争に勝利したあと、自然主義文学が全盛期を迎え、自然主義文学以外の文学は文学にあらずといった風潮が蔓延するなか、『ヰタ・セクスアリス』の冒頭部分で、「自然派の小説を読む度に、その作中の人物が、行住坐臥《ぎょうじゅうざが》造次顛沛《ぞうじてんぱい》、何に就けても性欲的写象を伴ふのを見て、そして批評が、それを人生を写し得たものとして認めてゐるのを見て、人生は果してそんなものであらうか」と思ったと、自然主義文学に疑念を感じていた森鷗外にとって、反自然主義文学の旗を掲げて日本に新帰朝してきた永井荷風は、自然主義文学とは違った方向で、共に新しい文学を切り開いていくに足る文学上の「同志」、あるいは「後進」と見えていたということ。

9　さらにまた、『ヰタ・セクスアリス』が発禁処分を受けたことで、鷗外は、『ふらんす物語』と『歓楽』で発禁処分を受けた荷風に同情と親近感を抱いていた。

概略、以上のような共同性を踏まえて、森鷗外は永井荷風を慶應義塾文学科の文学専攻課程の教授に推輓したわけだが、最後にもう一つ見ておかなければならないのは、荷風を文学科の文学専攻課程の教授と「三田文學」の編集主幹に就かせ、自身も「顧問」に就くことで、鷗外自身が日本近代文学の新しい気運、あるいは潮流に主体的に関わり、新しい文学を創造していこうという「野心」のようなものも抱いていたのではないかということである。

すなわち、日露戦争に日本が勝利したあとの新しい時代の潮流に呼応するようにして、一方では島崎藤村や田山花袋《かたい》らの自然主義文学が台頭し、もう一方では、夏目漱石が『吾輩は猫である』や『倫敦塔』、『坊っちやん』、『草枕』など、自然主義文学とは一線を画した理知的で美文的文体を駆使しつつ、且つ痛烈な文明批判にユーモアの味わいをくわえた小説を立て続けに発表し、国民作家としてブレークしていくなかにあって、ドイツ留学から帰国して直後に『舞姫』や『うたかたの記』、『文づかひ』など新帰朝者小説を発表するものの、それ以降、小説の筆を断ってきた鷗外が、明治四十二（一九〇九）年七月、雑誌「スバル」に発表した、初めての性的自伝小説、『ヰタ・セクスアリス』のなかで、「そのうちに夏目金之助君が小説を書き出した。金井君は非常な興味を以て読んだ。そして技癢《ぎやう》を感じた」と記したように、あるいは「行住坐臥造次顚沛、何に就けても性欲的写象を伴ふ」自然主義作家の小説を読んで、それくらいの小説なら「俺でも書ける」という思いに駆られて、『半日』とか『ヰタ・セクスアリス』といった小説を書き、小説家として復帰してきた。そんな鷗外には、荷風を主任教授に据え、「三田文學」の編集を委ね、「早稲田文學」に拮抗《きっこう》、あるいは凌駕《りょうが》していく雑誌を発行させていくことで、自然主義文学や漱石の文学と対抗する形で、新しい文学表現の世界を切り開いていかせる。そしてそこに自分も小説家として、主体的に関与していこうという思惑が働いていた。その意味で、永井荷風を慶應義塾大学部文学科教授、及び「三田文學」編集主幹に推輓したことは、森鷗外が小説家として復権を図っていくために打った、巧妙な一手であったと言うことができるだろう。

第五章　三田山上に現出した「文学的自由空間」

品川湾を見晴らす三田山上の洋館で荷風初講義

永井荷風が、慶應義塾大学部文学科教授として、品川湾を見晴らす三田山上の洋館ヴィッカース・ホールで初めて講義を行ったのは、明治四十三（一九一〇）年の四月十八日のことであった。この日のことについては、理財科本科の二年生でありながら、この日、荷風の初講義を聴きにきていた学生の一人であり、のちに「三田文學」に小説「山の手の子」を発表して小説家としてデビュー、卒業後は、父親が創立した明治生命保険会社に勤務しながら、サラリーマンとしての生活体験に基づいた小説や評論を「三田文學」に発表し、久保田万太郎と並んで「三田文學」を代表する小説家として重きをなした水上瀧太郎《みなかみたきたろう》が、十四年後の大正十三（一九二四）年、雑誌「随筆」の八月号に寄せたエッセイ「永井荷風先生招待会」の冒頭で次のように回想している。

> 永井荷風先生が三田の文科の教授となられたのは明治四十三年の四月で、「三田文學」の創刊号はその五月に出た。自分は其の時慶應義塾の理財科の二年になつたばかりだつた。
> （中略）
> 忘れもしない四十三年四月十八日の始業日に、始めて目のあたり永井先生を見た。（中略）数人の見知らぬ文科の学生の後に、自分は畏怖と喜悦と羞恥にかたくなつて居た。次の時間からアルフオンス・ドオデエの小説を教科書に使ふと云ふ事だつた。

荷風が三田キャンパスで初講義を行ってからおよそ二週間後の五月一日に、荷風の責任編集によって「三田文學」創刊号は発刊された。第一章で述べた「『三田文學』の発刊」に書かれてあるように、荷風が、「黒い洋服を着て濃い髯《ひげ》のある厳《いかめ》しい顔立の紳士」の訪問を受け、慶應義塾の文学部の教授に招聘《しょうへい》したいという申し出を受けたのが明治四十三年の二月で、実際に講義が始まったのが二カ月後の四月であったことからも、いかに慶應義塾と森鷗外と上田敏《びん》、そして永井荷風との間で周到に事前の話し合い、あるいは書簡によるやり取りが交わされ、結果としてスムーズ、且つ敏速に大学教授永井荷風が誕生したかが分かる。

ちなみに「『三田文學』の発刊」によると、この二カ月の間に、荷風は、「銀座の裏通りに立つてゐる英吉利風《いぎりすふう》の倶楽部《くらぶ》で幾度か現代の紳士と晩餐《ばんさん》を共にした。マロツク皮の大きな椅子に腰をかけ石炭の焔《ほのふ》が低い響《ひゞき》を立てる煖炉《だんろ》を前にして、大勢の人と葉巻を喫《ふか》しながら」文学部の刷新や「三田文學」創刊の話をし、「非常に風の吹く」日に、森鷗外の居宅観潮楼《かんちょうろう》を訪れ、慶應義塾文学科の教授に推輓《すいばん》してくれたことの礼を述べ、上京してきた上田敏と銀座を歩きながら、慶應での講義や「三田文學」の編集をどう進めたらよいか相談したという。

折しも時節は春の気配が日ごとに濃くなっていく三月から四月の初め、荷風は、「『三田文學』の発刊」のなかで、そのころのことを振り返って、「殆《ほとん》ど毎日自分は芝の山内を過ぎて三田まで通つた。通ふ一日毎《ひとひごと》に自分は都の春色の次第に濃《こまやか》になつて行くのを認めた。燕《つばめ》の来るのを待つて、水鳥の群はまだ北へ帰らずにゐるお濠《ほり》の土手には、いつか柳の芽が嫩緑《わかみどり》の珠を綴つた。霊廟《おたまや》の崩れた土塀のかげには紅梅が咲いた。東京見物に出て来る田舎の人の姿が諸処《しょしょ》に見られる。桜が咲いた」と記し、さらに続けて、教室の窓から品川湾を見晴らし、次のような感懐に囚《とら》われている。

自分はまた誠に適度な高さから曇つたり晴れたりする品川の海を眺望する機会を得た。房州の山脈は春になるに従つて次第に鮮《あざやか》に見えて来た。品川湾はいくら狭くても矢張り海である。満潮の夕暮、広く連なる水のはづれに浮ぶ白い雲の列は、自分をして突然遠い処へ行つて仕舞ひたいなと思はせる事があつた。Chateaubriand《シャトーブリアン》が小説 René《ルネ》の篇中に「去ると云ふ堪へがたき羨望を抱く事なくして行く舟を眺《ながむ》る能《あた》はず」と云つた一句を思ひ出す。

新帰朝して以来、気鋭の新進作家として名は揚がったものの、故国日本の自然的、社会的、文化的環境に適応できず、且つまたそうした現実のなかにあって、自身の文学的立脚点と進むべき道筋を探し求めて苦悩し、さらには孤立に陥ろうとしていた永井荷風ではあったが、慶應義塾大学部文学科教授という社会的に認知された地位と記号をようやく手に入れることができた。そして、自身を「安全圏」のなかに置くことができたことによる安心感とある種の高揚感、それとは裏腹の新たに始まる大学教授という社会的使命を担うことへの緊張感と不安、さらにそこから逃げ出し、自由な世界にもう一度、自身を解放したいという気持ちがストレートに伝わってくる文章である。

慶應義塾文学科――学生数十五人に満たない小さな学科

さてここで、永井荷風が教授に就任したころの慶應義塾大学部文学科がどのような学科であったかについて、概略を見ておくことにしたい。最初に注意しておきたいのは、正規の名称が「慶應義塾大学」ではなく、「慶應義塾大学部」と「部」が付けられていることである。つまり、大正九（一九二〇）年の大学令によって旧制大学に昇格し、慶應義塾大学の名称が正式に認められるまでは、準大学という扱いで、教育行政上は専門学校に位置づけられ、「慶應義塾大学部」が正規の名称であったということである。

永井荷風が慶應義塾の文学科の教授に招聘された明治四十三年の時点で、「大学」という名称が正規に冠せられていたのは東京帝国大学と京都帝国大学、東北帝国大学、九州帝国大学だけであった。そして、現在では、文学部のしたに英米文学専攻や仏文学専攻、独文学専攻、国文学専攻などと専攻が分かれているが、当時は大学部のしたに文学科、理財科、法律科と三つの学科が置かれ、各科は、現在の教養課程に相当する「予科」と専門課程にあたる「本科」に分かれ、文学科の場合、「予科」は、第一外国語が英語で、第二外国語はドイツ語とフランス語に分かれ、本科では、四十三年の機構改革に伴い、文学と哲学と史学の三つの専攻課程が置かれるようになっていた。

慶應義塾は江戸末期に福澤諭吉が創立した蘭学塾に源を発する英学校であり、その教育の基礎は英語教育にあった。いわば語学校的性格の強かった慶応義塾が、「大学」という名を冠し、最高等教育機関としての体裁を確立するのは、明治二十三（一八九〇）年に、名称を「慶應義塾大学部」と変え、文学科と理財科、法律科という、現在の文学部と経済学部、法学部に相当する三つの学科が設置されてからのことである。

このことから分かることは、慶應義塾大学の文学科が、慶應義塾が「大学」という名称を使い出したときから存在する由緒ある学科であったことである。ただしかし、学生数は、理財科が全学年通して七十～八十人であったのに対し、文学科は全学年を通して、たかだか十五人程度と極端に少なく、大学としての慶応義塾の教育主体は、福澤諭吉の唱導した「実学」の教育機関としての理財科にあった。事実、慶應義塾の理財科に籍を置いたもの、あるいは卒業したものの大半は、得意の語学力を生かして、日本郵船や横浜正金銀行、三井物産、三菱商事など、海外との交易を積極的に進めることで、ビジネス・ネットワークを広げ、業績を拡大・成長させてきた優良企業に勤務し、才腕を揮《ふる》うものが多かった。慶應義塾が東京や京都帝国大学に次ぐ最高の高等教育機関として社会的評価と名声を勝ち得たのも、ひとえに理財科卒業生の努力と実績によるものであった。

そうしたなか、慶應義塾が、東京帝国大学と京都帝国大学に次ぎ、早稲田大学と並ぶ近代日本の最高教育・学術研究機関として規模を大きくし、内実を充実させ、社会的評価や影響力が高まるにつれて、文学部の存在はいかにもとってつけたようで、貧弱に見えた。いや、外からそう見えただけでなく、慶應の文学科を卒業して、名を高めた小説家や詩人、評論家はほとんどいないというのが現実であった。慶應にとっては最大のライバルである早稲田の文学科が、その前身である東京専門学校に明治二十三年に、坪内逍遥《しようよう》らが中心となって創設される以前から、北村透谷《とうこく》や国木田独歩、木下尚江《なおえ》らの文学者を生み、文学科創設以降は、後藤宙外《ちゆうがい》や島村抱月、正宗白鳥、相馬御風《ぎよふう》らの文学者を生み出し、さらにその機関誌「早稲田文學」が、日露戦争勝利後の日本近代文学の台頭期にあって、大旋風を巻き起こしていた自然主義文学の旗振り役、あるいは牙城として縦横に存在感と影響力を発揮してきたのに対して、慶應の文学科はあまりにさえない状況に甘んじていたわけである。

この辺の状況については、慶應義塾文学科予科のドイツ語コースの学生でありながら、「三田文學」が創刊された年の翌年、すなわち明治四十四（一九一一）年に、小説「朝顔」を「三田文學」に発表して一躍ブレークした久保田万太郎が、昭和三十一（一九五六）年十月五日発行の「文藝」の臨時増刊「永井荷風読本」に寄稿した「三田時代の荷風先生」のなかで、「わたくしは、明治四十二年、二十一の年に、慶應義塾の普通部から大学部の予科に入つた。だが、そのとき、文科を志望して、普通部の仲間から、大へんわらはれた。文学をやるなら、何も、慶應義塾に残ることはないではないか、いゝえ、早稲田に行つたつていゝではないか、といつてである。……それほど、当時の慶應義塾の文科といつたら、学校の内部からでさへ爾《しか》く相手にされない位の、だらしのない、恰好のつかない存在で、従つて学生にしても、予科と本科を合せて、それこそ、十五人ゐるかゐないかだつたのである。しかも、文科とは名ばかりの、じつは教員養成機関にしかすぎず、いかに文学と縁が遠かつたかは、わたくしの名前を知つてゐる先生といつたら馬場孤蝶《こちょう》先生だけだつたことでも知れよう」と、いささか自嘲気味に回想している。

さらに、万太郎より一カ月遅れて、最初に書いた短編「山の手の子」が「三田文學」の七月号に掲載され、ブレークした水上瀧太郎もまた、「三田文學」の大正八（一九一九）年一月号に掲載された「先生の忠告」というエッセイのなかで、水上を「先生」と呼び、水上の下宿にやってきては、文学の話を聞きたがり、将来小説家として立ちたい、それには東京に出て早稲田の文科に入って文学の修業をしたいという抱負を熱く語る「少年」に、「先生」が「軽々に文学者になどなろうと思ってはいけない」と諭す場面で、当時の慶應文学科の劣等性について、「少年」の口を通して次のようにユーモラスに語らせている。

彼は文学書生の常例にもれず、早稲田大学の文科に入学し度《た》いと希望してゐるのであるが、彼処《あそこ》は風儀が悪いからいけないと身内の者に反対されたさうだ。何故彼が早稲田大学を択《えら》んだかといふと、どんな雑誌を見ても執筆者の大多数はその学校の出身者で、数に於て到底他の学校出身の文士と比較にならない程有力であるから、将来自分が世に出るにも最も有利だらうと考へたのださうである。まことに恐るべきは頭数の勢力である。

「それでは慶應義塾がいいでせう。」

と先生は曾《かつ》てその学校で落第した事などを思ひ出しながら云つた。

「あそこは金ばかりつかうてる怠け者の学校だからいかんと云うてます。」

「成程ね。」

先生は一言も無く参つてしまつて、感服する外に致し方がなかつた。

「それにあの学校からは余り偉い文学者は出てゐませんだつしやろ。」

少年の舌は滑《なめらか》に動いた。

「それにあの学校からは余り偉い文学者は出てゐませんだつしやろ。」という「少年」の断言ほど、当時、慶應義塾の文学科の屈辱的劣等性を物語る言葉はなかった。くわえて、その当時、文学者、特に小説家の社会的地位は低く、筆一本で人々をたぶらかし、生きていこうとする不《ふ》逞《てい》の輩《やから》と見なされ、文士と新聞記者は社会のごみのように蔑《さげす》まれ、娘とか妹を嫁にやってはいけない輩とされていた。

それほど程度が低いと見なされていた小説家ですら、慶應義塾の文学科は一人も出していなかったのである。

三田山上に荷風旋風

以上、見てきたように、明治四十三年四月十八日、永井荷風は初めて慶應義塾の教壇に立ち、以来六年間、文学科教授としてフランス語とフランス文学、文学評論の講義を行い、「三田文學」の主幹として編集の責任を負い、「早稲田文學」に対抗しうる文芸雑誌に育て上げ、また学生たちに発表の場を与えることで、文学創造の芽を育て上げ、そこから久保田万太郎や水上瀧太郎、佐藤春夫、堀口大學といった小説家や詩人が育っていった。

確かに、その時点で文学科は、学生総数十五人前後と規模は小さかった。にもかかわらず、小さな共同体であったが故に、永井荷風という真正モダニストが持ち込んだ文学爆弾の威力は強烈で、モダニズムという触媒によって誘発された爆発から生み出された文学的創造のエネルギーは強力であった。荷風の教え子のなかから、才能ある小説家や詩人が、短期間に少なから

慶應義塾大学部の文学科教授としてフランス語とフランス文学、文学評論を講じていたころの永井荷風。（写真／藤田三男編集事務所）

ず出てきたのは、真正モダニストを標榜《ひょうぼう》する荷風の存在とそこから発せられるオーラ、文学だけにとどまらず音楽や絵画にわたる広く、深い知識と教養、そして型にはまらない自由で、常に学生たちの文学的創造力を引き出そうとする教え方などが、学生たちにとって魅力的であり、刺激的であり、創作意欲を掻《か》き立てるものであったからにほかならない。そうした意味において、永井荷風が慶應で教えた六年間、荷風は、三田山上だけでなく、日本の近代文学空間においてもセンセーショナルであった。

　重要なことは、久保田万太郎や水上瀧太郎、佐藤春夫、堀口大學など、荷風門下から出た文学者のほとんどが、慶應に招かれた荷風の教えをうけたことで、彼らがそれぞれの人生を文学者として生きる方向に切り替えたということ。つまり、三田山上での文学科教授永井荷風との出会いがなければ、彼らは文学者の道を選ばなかったし、歩まなかっただろうということである。

たとえば、久保田万太郎は、明治二十二（一八八九）年十一月七日、浅草の袋物製造販売業者の次男として生まれている。本来であれば、家業を継ぐ必要はなかったが、家庭内の事情で万太郎が継ぐことになっていた。だが、子供のころから文学書を読むことを何より楽しみとしていた万太郎は、家業を継ぐのを嫌がり、もう少し学業を続けさせてほしいと両親に頼み込み、慶應義塾の普通部に進む。そして、普通部を卒業するものの、その時点で徴兵猶予期間が残っていたため、猶予期間が終わるまで、「気随に好きな本を一冊でもよけいに読んだほうがいい」と思い、両親を説得して慶應の文学科に進み、英語とドイツ語を学んでいる。ところが、予科の二年のときに、永井荷風が教授に招かれるという大事件が起こり、万太郎の人生は大きく文学の方へと流されていくことになる。そのときのことを、万太郎は、前出の「三田時代の荷風先生」のなかで、次のように回想している。

ところがである、明治四十三年、わたくしが予科の二年になつたとき、突然、文科の機構が改革されたのである。森鷗外、上田敏博士が顧問になり、永井荷風先生が教授として来られることになつたと同時に、〝三田文學〟といふ機関雑誌さへ出来、それも永井先生が主宰されることになつたのである……

わたくしの人生に対する考へは、この突然の出来事によつて、たちまち一変した。わたく

しは救はれた。（中略）
わたくしは本気で文学に立向ふ決心をした。それには、徴兵検査の結果の、第一乙で徴集を免除されるとわかつたことが、一層、その決心に拍車をうけた。
――兵隊にとられたと思つて、学校をつゞけさせてくれ……
わたくしは父にかういつて迫つた。

久保田万太郎は、さらに続けて「当時、永井先生に対する憧憬だけで文学に志すにいたつたもの、ひとりわたくしのみにとどまらなかつたことは、水上瀧太郎の〝貝殻追放〟を読めばわかる。もし永井先生が学校に来なかつたら、そしてもし〝三田文學〟が創刊されなかつたら、自分は小説作家にならなかつたらう、と、かれはいつてゐる（以下略）」と書いている。
その水上瀧太郎は、前出の「永井荷風先生招待会」の冒頭部分で、荷風との出会いによって、文学者の道を選ぶことになった経緯について、「子供の時分から文学美術に対して異常な憧憬の念を抱いては居たが、自分が作家にならうとは思はなかつた。否、なれやうとは考へられなかつたのである。若し其の時永井先生が学校に御出でにならなかつたら、若し『三田文學』が創刊されなかつたら、自分は結局小説作家にはならなかつたであらう。或は『三田文學』の発刊以前に学校を卒業してゐたら、矢張り創作の筆を試《こころみ》る機会は無くて終つたらう。人の一生を支配するさまざまの機縁の不可思議を、自分は度々おもふのである」と述懐したうえで、次のように記している。

それ迄、慶應義塾には、作家にならうと志す生徒などは殆ど一人も居なかつた。夥《おびただ》しい数の生徒の大部分が、月給取になつて、後々重役になる事を夢見て居た。四囲の空気が、芸術を娯楽として享楽する紳士を育てるには差支へなかつたらうが、芸術家をはぐゝむもので は無かつたのである。従而《したがつて》手近に先達を持たない自分の如きは、軽々しく文学の制作に従ふ事を只管《ひたすら》もつたいない事のやうに思ふばかりで、手の出しやうも無かつたのである。其処に突然永井先生がお出でになり、続いて「三田文學」が生れたのであるから、全く新しい世界が開かれた喜びであつた。

永井荷風が慶應義塾大学部文学科の教授に就任したことと、「三田文學」が荷風の責任編集で創刊されたことは、文学の道を選び、本人の資質や才能、思想、願望、理念を追求し、その道をきわめつくして後世に残る小説や詩を書き残すことが、その人間が人間として生きるうえで最善の選択であったという意味で、久保田万太郎を救い、水上瀧太郎や佐藤春夫、堀口大學を救った。その意味で、三田山上の慶應キャンパスに、文学科教授として来臨した永井荷風は、慶應義塾文学科だけでなく、久保田万太郎や水上瀧太郎、佐藤春夫、堀口大學らにとっても救世主であった。

早稲田の文学科の学生からも羨望された荷風の教授就任

以上見てきたように、慶應義塾は、明治四十三年に文学科の機構改革を断行し、文学専攻コース、または課程の主任教授に永井荷風を招き、「三田文學」を荷風の責任編集で発刊させることによって、慶應義塾の文学科、あるいは文学部の歴史に新しいページを書き加えることになった。その結果、荷風の教授就任と「三田文學」の発刊は、外の世界でも大きなセンセーションを巻き起こしていた。

たとえば、荷風が慶應の文学科教授に就任した年に、早稲田大学の英文科に入学し、のちに「蔵の中」や『苦の世界』、『子を貸し屋』などの作品で、私小説作家として知られることとなる宇野浩二は、『文学の三十年』（中央公論社、一九四二年）のなかで、慶應義塾文学科教授永井荷風の存在と荷風の責任編集になる「三田文學」が、いかに早稲田の学生にとってフレッシュに輝く、憧れの存在であったかについて、「その頃（明治四十三四年頃）は、或る種の二十歳の文学書生には、『三田文學』と永井荷風は、今の言葉でいふと、神様のやうなものであつた。神様のやうなものであつて、もつと親しみのあるものであつた。そのために、白銀町の都築《つづき》に集まつた学生たちは、殊に今井白楊《はくよう》（鹿児島県出身の詩人。早稲田大学部英文科を卒業。「自由詩社」に参加。一九一七年犬吠埼《いぬぼうざき》で遊泳中に溺死・筆者註）などは、早稲田を止めて、三田へ転校しようか、と云つた程である」と回想している。

宇野は、さらに「三田派の人々」のなかでも、早稲田の学生たちの荷風と「三田文學」に対する熱狂的羨望ぶりを次のように紹介している。

或る日、自由詩社の同人の今井白楊が、何処《どこ》で聞いて来たのか、「慶應の文科では、教師の永井荷風や、小山内《おさない》薫《かおる》が、喫茶店《カッフエー》の二階で講義をするさうだ、冬はストオヴを囲んで講義を聞くんださうだよ、」と云つた。（中略）その今井の話は、三日とたたないうちに早稲田の文科の文学書生たちに、大抵ひろまつてしまつた。と、又、ある日、今井が、今度は、「どうだ、今のうちに、慶應の文科に転校しようぢやないか、」と云ひ出した。「しよう、しよう、」と、その場にゐた者たちは言下に応じた。

永井荷風の慶應義塾文学科教授就任と自由でモダンな空気のなかで行われた講義、さらに「三田文學」の発刊は、慶應側がライバルとみなしていた、いやライバルとみなすこともできないほど優越していた早稲田の文学科の学生をそれほど惹き付け、憧れの対象となっていた。にもかかわらず、早稲田の文学科から慶應に移った学生は、荷風が文学科の教授に招かれた年に転学してきた象徴派の詩人三木露風《ろふう》だけであった。また三田山上で文学を志す学生の数も増えなかった。

だがしかし、そうであればこそ、荷風を中心とした少人数のまとまりのなかで、密度の濃い講義が行われ、教師と学生の間の人間的交流が深まり、学生たちは荷風から書くことへの励ましや、啓示を受け、小説や詩を書き、「三田文學」に掲載してもらえることで、文学者として生きる決意を固め、それぞれ独自の表現世界を構築し、文学者として立つに至った。そして、それが、のちに「三田派の文学」と呼ばれる系譜の基礎を固めていくことになったのである。

凌霄花《のうぜんかずら》のからまる三田山上の洋館ヴィッカース・ホール

上述したように、慶應義塾文学科文学専攻課程の主任教授に招かれた永井荷風の最初の講義は、水上瀧太郎が、「永井荷風先生招待会」のなかで記したように、明治四十三年四月十八日、三田キャンパスの西側、品川湾を見晴らす崖のうえにあったヴィッカース・ホールで行われた。さてそれなら、三田文學革命とでも呼ぶべき大旋風が起こったヴィッカース・ホールとは、どのような教室であったのか、ここで述べておくことにしたい。

『慶應義塾百年史』の「中巻（前）」の第一章第二節「大学部の開設」のなかの「注」の記述によると、ヴィッカース・ホールは、福澤諭吉が明治二十（一八八七）年ごろ、外国人教師の居住用に建てた木造二階建ての建物で、明治三十一（一八九八）年に来日し、慶應の理財科の主任教授に就任し、荷風が文学科教授に招聘された年の明治四十三年まで十二年間、経済原論や経済学史、財政学を教えたアメリカ人経済学者ヴィッカース・E・ハワードが居住した建物であったが、ヴィッカースの帰国に伴い、一階が教職員クラブに、二階が文学科の教室として

ヴィッカース・ホール内の教室にて、永井荷風教授（右から２人目）と学生たち。講義はテーブルを囲んでゼミナール風に行われた。（日本近代文学館 提供）

使われるようになっていた。

ちなみに、前出の『小説永井荷風傳』の「第三章　三田の学塾にて」のなかで、文学科予科の学生として、ほとんど毎日この教室に出入りし、荷風の講義を傍聴するかたわら、学生たちが「溜り」と呼んでいた予科の一年生用の部屋で「とぐろを巻いてゐた」佐藤春夫が、自身の記憶に基づいて、当時のヴィッカース・ホールについて、以下のように記述している。

文学部の学生は各クラスを通じて十何人であつたらうか記憶はおぼつかないが、二十人に達してゐなかつただけは確実であつた。それが構内の最も奥まつた一隅にあつた例のギッカースホールといふのを教室として占拠して荷風を頭にとぐろを巻いてゐたものであつた。

この建物は凌霄花のからまつた玄関があり、その隣りの食堂のヴェランダが薔薇やあぢさゐや木犀などのある庭に面して、どこやら偏奇館《へんきかん》の造りと一脈の相通ずるものがあつた。偏奇館は多分このホールなどを参考にしこの時代の洋館を摸倣して、設計し建造されたものであらう。ギッカースの住んで以後空家になつて荒廃に委ねられてゐたこの建物を、文学部の教室に使用しようといふことも、もしかすると主任教授荷風の持ち出した案であつたかも知れない。とさう思はれるほどギッカースホールは荷風好みであつた。

偏奇館とは、大正九（一九二〇）年五月、荷風が、東京市麻布区市兵衛町《いちべえちょう》一丁目六番地に新築した居住用の洋館のことで、引用文中で佐藤が、偏奇館がヴィッカース・ホールと「一脈の相通ずるものがあった」、つまり偏奇館がヴィッカース・ホールを模して建てられたのではないかとしたうえで、自分が講義する教室を、品川湾を見晴らし、玄関に凌霄花がからまるこの洋館にしようと言い出したのは、荷風ではないかと推測しているのは興味深い。

つまり、文学専攻の主任教授に就任することが決まった荷風は、実際に講義を行う教室をどこにしたものか、塾関係者と共にキャンパス内を視察し、そのうえで、「構内の最も奥まった一隅」にあったこのホールを選んだ可能性が高いということである。荷風としては、熊本第五高等学校の教授夏目漱石が、英語や英文学を教えたときのような、広い教室に机と椅子が並び、それと対面する形で一段高い教壇のうえに教卓と黒板が置かれ、そのうえから見下ろすように学生たちに講義するのは、自分の趣味に合わないと感じ、あえてキャンパスの一番奥の目立たない崖のうえに建ち、海を見晴らす洋館を選んだのではないだろうか。

この辺のところに、中学生のころから学校という厳格な規律性を求めてくる社会的組織に対して、一貫して反抗的姿勢を貫き、そこから逸脱することを繰り返してきた永井荷風の生得的違和感と嫌悪感と、あるいはある種の気おくれのようなものが読みとれる気がする。そこにはまた、大学教授という優越的記号と単位認定権者という管理者的記号を笠に着て、うえから目線で学生たちを支配しようとする大方の大学教授の姿勢と戦術をしりぞけ、できる限り自由でモダン、且つ文学的な雰囲気のなかで学生たちに接し、近代フランス文学の神髄を伝えたいという荷風の本音がうかがえるような気がする。

「溜り」——三田山上に現出した文学的自由空間

久保田万太郎や佐藤春夫によると、ヴィッカース・ホールの二階には、講義用の教室のほかに、予科と本科の学生用の部屋が三室用意され、そのなかで一番小さい部屋が、佐藤春夫や堀口大學らの予科一年生用に宛てがわれていたが、その部屋は「溜り」と呼ばれ、荷風教授や予科、本科の学生たちの溜り場にもなっていたという。万太郎は、「三田時代の荷風先生」のなかで、この「溜り」について「最も奥の教室には、真ん中に、大きなテーブルが一つ置いてあるばかりだつた。われわれはそこを〝溜り〟と名づけて、講義のないときの時間を自由に消す場所にした。（中略）――めつたに教員室に顔を出されなかつた永井先生は、毎日、まづ、そこへ来て、講義をしまふと、そこからまた帰つて行かれた」と記している。

佐藤春夫もまた後年、『小説永井荷風傳』のなかで、ヴィッカース・ホールについて、「玄関から踏み込むと階段のある不正形の広いホールの右手《ママ》には三メートルに四メートルばかりの長方形の食堂と右手《ママ》には四メートル平方ほどの応接間があり、玄関正面の奥には厨房《ちゆうばう》や物置場厠《かわや》などがあり、階上は総二階で大小四室の外は階段のをどり場や廊下などをゆつたりととつてゐた。階段の手すりなども十九世紀風にこつたものであつた」と回想したうえで、「溜り」についても、次のように記している。

主としてこの二階が教室に使はれたのであるが、そのうちの最小のもので精々三メートルかそこらの多分寝室であつたらうと思はれるものが我々三人（一人は一学期からの同級の先輩直木勝三と堀口にわたくし）の文学部予科一年の教室に充てられてゐた。人数は三人だし、最低の学年だけにこの小部屋が与へられたのであらうが、これが偶々《たまたま》全文学部生のためのたまりのやうに使はれてゐた。小じんまりとしてゐたうへに最も奥まつて周囲に煩はされないといふ理由のほかに、当年のこの学塾の制度として文学部も予科二年間は、一往理財科法科など他の一般の予科生とともに彼等の教室で学び、文学部特有の授業だけに限つて文学部の教室に来て学ぶといふわけで、我々予科一年の教室はいつも空いてゐる時間が多かつたので文学部の本科生たちが我々の留守の間ここに集合し占拠したため、ここが自然と文学部学生のたまりのやうなことになつたのであつた。

佐藤春夫が書いたように、予科の一年生用に宛てがわれた二階の一番奥の小さな部屋は、佐藤ら一年生が予科の学生であるため、今で言う一般教養としてほかの学科の講義を聴講するために別の教室に出かけていって、空室になっていることが多かったため、上級生が勝手に入り込んで雑談したり、議論したりすることが多く、次第に久保田万太郎言うところの「溜り」場になっていったものらしい。部屋には学生だけでなく、教師の荷風も暇があると顔を出し、学生たちと談笑を交わし、「三田文學」の編集の打ち合わせなども、この部屋で行われたという。荷風は、さらにまた文学談義を学生たちに聞かせるだけでなく、学生たちに小説や詩を書くことをすすめ、内容がよければ「三田文學」に掲載してあげようと励ましもした。その結果、学生間に創作意欲が俄《にわか》に燃え上がり、その熱気のなかから久保田万太郎や水上瀧太郎、佐藤春夫、堀口大學といった小説家や詩人が生まれ出てきたわけである。

そうした意味で、ヴィッカース・ホールの二階は、荷風だけでなく、学生たちにとっても、「文学的に自由な創造空間」を意味していた。そして、三田山上に現出したこの「文学的に自由な創造空間」こそが、宇野浩二はじめ早稲田の文学部の学生を羨ましがらせ、後々、日本の近代文学の展開において独自の地歩を占める「三田文學派」と呼ばれる文学の系譜を生み出す母胎となったのである。

きわめて厳正であった荷風教授の講義

さてそれでは、新任教授永井荷風の講義はどのように行われていたのか、大いに興味が持たれるところであるが、肝心のこの点に関しては、記録が残っていないせいで、残念ながら正確なことは分かっていない。確かに、久保田万太郎や水上瀧太郎、佐藤春夫、堀口大學といった自他ともに認める荷風の門下生が、文学科教授永井荷風について、少なからぬ回想記の類《たぐい》を残している。しかし、それらのほとんどは、売れっ子作家であった永井荷風が文学科の教授に就任し、フランス文学や文学評論の講義をするようになったことが、いかにセンセーショナルで、「事件」であったか、そして荷風の謦咳《けいがい》に接し、励ましを受けたことで自分たちがどのように小説家や詩人の道を選ぶに至ったか、その経緯を記したものであり、またその講義ぶりも、久保田万太郎が、「文藝・臨時増刊」の「永井荷風読本」に寄せた「三田時代の荷風先生」のなかで、荷風の謹厳実直な講義ぶりについて回想した「どんな雨の日でも、風の日でも、そして教室に入られたが最後、一時間なら一時間、二時間なら二時間、先生は三分が五分でも無駄にされなかつた。ぎり〳〵もう、鐘の鳴るまで、正しく講義をつゞけられた」といった記述が断片的に残されているだけで、実際にいかなる教科を、いかなる教材を使って、いかに講義をしたかについては具体的な記述がほとんど残されていない。したがって、文学科教授永井荷風の講義の実態を正確に知ることができないのは残念である。

そんななか、荷風が慶應の文学科の教授を続けていると思い込み、荷風の教えを受けたいという一念で、大正九（一九二〇）年に慶應の文学部予科に入学し、のちに中国文学者として、さらには洒脱《しゃだつ》な文章で味わいの深いエッセイをいくつも書いて、慶應の名物教授の一人となった奥野信太郎が、校史関係の資料を調べ、昭和三十四（一九五九）年六月一日発行の「三田文學」の「永井荷風追悼6月号」に、「永井壮吉教授」という一文を寄せ、荷風が受け持った教科と講義時間、さらには「厳正」な教えぶりについて、以下のように書いている。

永井教授の担当課目については「文学評論・仏語・仏文学　永井壮吉」という一項が学報第九十二号に出ている。大正二年七月以前の学科課程の詳細記録が現在塾に欠けているので、はっきりとその時間数その他を知ることができないのは残念であるが、現行の教授責任時間数週八時間の制度はかなり古くから行われていたから、かりにその当時もまたほぼ同じであったとみるならば、特殊研究にあ（た）る文学評論二時間、概説にあたる仏文学二時間、演習にあたる仏語四時間、計八時間で、当時の単位の数えかたでいうと四単位であったのではなかろうか。

永井教授の授業が厳正であったことは、塾においても語り草となっているところである。振鈴から振鈴までの授業を、かならずおろそかにしなかったということだけでも、これは並大抵のことではないと思う。永年教師をやっているだけにこの話にはまったく頭が下がる思いがする。

奥野信太郎はまた、荷風自身が慶應で教えていたころ、すなわち大正二（一九一三）年七月から大正三年六月まで、身辺の出来事を手紙の形で書きつづった「大窪だより」などの記述を基に、荷風の出勤ルートについて、「義塾へ出勤するに際しては、四谷塩町乗換えで、青山一丁目から霞町《かすみちょう》経由で古川橋三之橋へ出たほうが飯倉経由の路線よりも多かったらしい。というのは出入に塾の裏門を利用した記述がしばしばあるからである」と推定し、三田キャンパスに出勤し、あるいは講義を終えて退勤する荷風の姿を、「たとえば出勤の秋の日の朝、裏門の坂路を蔽う大木のなかでも、榎の落葉の雨がいちはやいことに感傷を催したり、またその帰途には表門から三田通りに出て、牛屋の今福の横丁の古本屋を漁《あさ》ったりしている。帰途はきわめて自由に白金辺の古寺から目黒の不動尊あたりまで歩いたり、二本榎の歌川豊国の墓に詣うでたり、日和下駄《ひよりげた》さながらの散策を試みた」と、美しく再現している。

佐藤春夫が聴いたユイスマンスについての講義

最後に、荷風の講義が具体的にどのように行われたかについてであるが、予科の学生でありながら荷風の講義を傍聴していた佐藤春夫が、『小説永井荷風傳』のなかで、イギリスのオスカー・ワイルドと並ぶ、フランスの特異なデカダン派の小説家として知られるジョリス＝カルル・ユイスマンスの初期の短編小説を取り上げ、ユイスマンスの文学の今日的新しさについて、荷風が講義したときの講義ぶりについて紹介している。佐藤春夫はそのなかで、荷風が取り上げた短編の題名は忘れたとしながら、その粗筋について「主人公は作者の分身らしいパリの貧しい小役人でその生活を丹念に描いただけのものであつた。彼は無味乾燥な役所の事務にも黙黙として堪へ、退けると役所に近い場末の食堂で靴の底のやうでうすつぺらで固いビフテキを毎日ひとりで満足げに食べてゐる。家にはこの貧しく世事に疎い良人にあいそをつかしてゐる妻が姦夫を引き入れてふざけ散らしてゐるかも知れない。彼はこれをもうすうす気づかないでもないが、それを考へ想像してみても別に苦にもならない。何も彼自身が使用中、彼を押し退けて使はうとするのではない。留守に使ふ分には一向差し支へもない話であると、彼は徹底したニヒリストで、またストイックな生活者なのである」と紹介したうえで、この小説の新しさ、すなわち今日性について、荷風が講義した内容を次のように再現してくれている。

かういふ世俗的に醜悪な世界を虚無的に取扱ふところに新しい散文の詩趣といふやうなものを求め卑俗な日常生活から新しい文学を企てたもので、そのためには神経の細かな文字で溌剌たる情景をこまごまと描写する文章の妙技を極めてゐる、とここで黒板に五十字ばかりの文句が書かれたが、生憎とわたくしにはよめない。しかし訳によると何やら良風美俗に反する文句であつたやうである。

かういふふうに良風美俗などは雑草のやうに踏みにじつて、美醜を問はぬ虚無的態度は今までの芸術至上主義ともまた別個の、世俗的な美よりは、むしろ醜悪なものでも、これが真であるために新しい詩美であるとするやうな主張がにじみ出てゐる。かういふ芸術的ポーズはボードレールなどとも一脈相通ずるもので、ゾラの出現などで生れたこの一時代の芸術思潮とも見るべきものであらうか。などと、文学者の反俗いや超俗の精神と独自の詩美にもとづく芸術至上主義が説かれ、卑俗な日常生活が官能美や詩魂と結びつくがために文学となる秘義が力説された。

その詩美の追求の赴くところユイスマンスは後年官能の頽廃から精神を求めてカソリックの信仰に生き「逆に」（小説『さかしま』のことか・筆者註）のやうな神秘で象徴めいた作風に推移して霊的自然主義者とも呼ばれるやうになつた。これらの初期の作品と晩年のものとでは見かけは大へん違ふやうでも、常に斬新な詩美と作者自身の気質とを表現したといふ点では終始一貫したものが見られる。

佐藤春夫は、荷風教授のユイスマンスの短編小説についての講義ぶりをこのように再現したうえで、「先生の講義はひとり合点ではなく、せつかく話す以上はみんなによくわからせたいといふ親切のよく現はれたものであつた」と、荷風の講義が専門的な知識や見識を振りかざした権威主義的なものでなく、学生のレベルに降り立って懇切、且つ分かりやすく行われていたことを強調している。

今から百年以上も昔、明治の終わりに近い時期にユイスマンスの初期の作品を例にして、「今までの芸術至上主義ともまた別個の、世俗的な美よりは、むしろ醜悪なものでも、これが真であるために新しい詩美であるとするやうな」ユイスマンス文学の神髄を、具体的にテクストを読むことを通して、学生たちに精緻に解読してみせたところに、荷風教授の講義の今日的新しさがあったと言えるだろう。

第六章　「三田文學」創刊――反自然主義文学の旗手として

反自然主義文学の台頭

自然主義文学が、日露戦争後の文学空間にあって、いかに強いインパクトを持っていたかは、明治二十三（一八九〇）年に「国民之友」に発表した「舞姫」に端を発し、「うたかたの記」、「文づかひ」と連なる新帰朝者小説を発表しながら、明治二十四年に「早稲田文學」と「しがらみ草紙」を舞台にして、坪内逍遥《しょうよう》と「没理想論争」を交わして以降、小説の筆を断ってきた森鷗外が、短歌雑誌「明星」の廃刊を受けて、明治四十二（一九〇九）年一月に、与謝野鉄幹・晶子夫婦らと共に、ロマン主義的文学の創造を志向する文芸雑誌「スバル」を創刊。それを機に、自身と妻、そして自身の母親との三角関係における妻と母親の対立と葛藤の板挟みになって苦労する自身の「家長」としての日常生活体験に基づいて書いた、多分に自然主義的小説「半日」を「スバル」に発表、さらにこれまた自然主義的色合いの濃い性的自伝小説『ヰタ・セクスアリス』を同七月号に発表して、新時代の小説家として復帰してきた事実にもうかーの表紙の右側に直接、黒の字体で「三田文學」と印刷され、明確に差別化がはかられている。

さらにまた、淡いレモン色の表紙の右手上方には茶色に塗られた「三田」の「田」字を四葉のクローバーに見立てたロゴを三つ横に並べ、それぞれの「田」のクローバーの葉を流線形にしなう形で支え、表紙左下方に流れる淡い緑色の細い茎とそれを握る左手を、これも茶色であしらったデザインは、明らかに「スバル」創刊号の、古代ギリシャの牧神《パン》がニンフを追いかける画像にならいつつ、さらに一層モダン且つシンプルにしたものであった。

それはまた、「早稲田文學」が人間の生の暗く、重い事実、あるいは真実を、地を這《は》うような文体で克明に記述していくことを旨とする自然主義文学の牙城としての雑誌にふさわしい厳

「三田文學」創刊号の表紙。

慶應義塾側がライバルと目していた「早稲田文學」の表紙。(日本近代文学館 提供)

格、且つ重厚な表紙デザインであったのに比べて、いかにも軽やかで清新、且つ新時代の文芸雑誌にふさわしく都市的で、モダンな感覚にあふれたものであり、ある意味ではやがて来る大正モダニズムを先取りするものであった。

内容面でも徹底して「早稲田文學」との差別化がはかられる

以上見てきたように、雑誌の名称や表紙に印刷されたロゴにおいては、「早稲田文學」を踏襲しつつ、表紙全体のデザインにグラフィックな要素を取り入れ差別化がはかられたことで、「三田文學」は、新時代の雑誌にふさわしい斬新なイメージを持って誕生したわけだが、「早稲田文學」との差別化は、さらに目次や本文ページの構成とデザインの面でも徹底的にはかられていた。すなわち、「三田文學」は、表紙をめくると、「表紙絵　藤島武二」に始まり、十本の掲載作品のタイトルと執筆者の名前だけが、シンプルに並ぶ目次が記されている。目次の筆頭に、表紙をデザインした藤島武二の名が記されているのも前例がなく斬新だが、驚くのはページが記入されていないことで、それが一層シンプル感を際立たせている。この目次の表記がいかにシンプルかということは、「早稲田文學」の明治四十（一九〇七）年六月発行の第十九号の目次の煩雑さと比べてみれば明らかである。

「早稲田文學」は、掲載されている作品数と執筆者数が圧倒的に多く、しかも全体が「本欄」と「彙報」と「附録」の三つに分けられ、「本欄」が早稲田の文学科と関わりのあるなしにかかわらず、たとえば、明治四十二年の三月号に、反自然主義の一方の旗頭とも言うべき永井荷風の「監獄署の裏」が掲載されているように、文学的志向性が自然主義とは違う文学者が書いた小説や詩や戯曲、評論の原稿でも載せることを建前としたオープン・スペースであった。これに対して、「彙報」の方は、「社会」や「文芸界」、「文芸消息」など、ジャンルに分けて、早稲田の文学科と関わりのある記事が掲載されることで、クローズドなスペースとなっていた。さらに「附録」は、自然主義文学者の小説やシェークスピアやイプセンの戯曲の翻訳などが掲載されることになっていた。このように雑誌が、三つのスペースに分けられ、それぞれにかなりの数の執筆者が原稿を寄せているため、その目次のレイアウトは、「三田文學」と比べると、いかにも煩雑で、窮屈且つ重苦しい感じがする。

これに対して、「三田文學」の方は、作品名のしたにかなりスペースを空けて、執筆者名が記されているだけで、ジャンル分けも、ページの表記もなく、きわめてシンプルで、清新なイメージにあふれている。言い換えれば、「早稲田文學」が掲載記事の量の多さと重さで勝負しようとしているのに対して、「三田文學」の方は量的には軽少であるものの、一つひとつの作品のシャープな切れ味と質の高さ、さらには味わいの深さで勝負しようとする姿勢が打ち出されていると言えよう。そうした「三田文學」の基本姿勢は、本文の構成にも明確に打ち出されていて、最初に驚かされるのは、掲載作品のタイトルのしたに執筆者の名がクレジットされておらず、作品の末尾に記されていることである。ここにおいても、執筆者の名前の大きさや重さと関わりなく、作品自体を前面に押し出そうとする姿勢が明確に読みとれる。

次に一ページずつの構成を見ていくと、文字の組み立てでは、「早稲田文學」が一行三十五字詰、横十七行であるのに対して、「三田文學」は一行三十四文字詰の十六行と幾分少なく、そのせいでそれぞれのページ及び雑誌全体から受ける印象が窮屈で重苦しいという感じを免れていると言える。さらにまた、「早稲田文學」には、小さな活字による二段、三段構成のページが少なからずあるのに対して、「三田文學」は、最初から最後まで一段構成で組まれており、一冊の総ページ数も、各号平均して「早稲田文學」が少ないときで百五十ページ程度、多いときで三百ページを超えているのに対して、「三田文學」は創刊号は百八十四ページとかなりのページ数であるものの、それ以降は百二十〜百五十ページ前後に抑えられている。

慶應義塾及び森鷗外と縁の深い執筆陣

次に、掲載された作品の執筆者について見てみると、荷風一流の戦略的配慮から、執筆者が慎重に選ばれていることが分かる。すなわち、「早稲田文學」が、掲載するに値する作品はすべて掲載するというポリシーで、「本欄」では、早稲田と関わりのない執筆者にもスペースを提供していたのに対して、「三田文學」は創刊されたばかりの雑誌であり、文芸雑誌としての実績もないし、人脈も乏しいということもあって、表紙をデザインした藤島武二に始まり、原稿執筆者のうち冒頭の森鷗外を筆頭に、野口米次郎《よねじろう》、木下杢太郎《もくたろう》、三木露風《ろふう》、馬場孤蝶《こちょう》、山崎がわれる。

あるいはまた、それまで辛辣な文明批評にユーモアのスパイスをきかせた饒舌《じょうぜつ》な文体で『吾輩は猫である』に始まり、『坊っちゃん』や『草枕』を立て続けに発表、「高踏派」とか「余裕派」と呼ばれてきた夏目漱石が、明治四十二年発表の『それから』以降、『門』、『彼岸過迄』、『行人』、『こころ』、『道草』、『明暗』と、自身の内面の孤独と自己の存在そのものに対する根源的懐疑、あるいは妻や子供や愛の対象としての女性との対的関係性に対する本能的恐れや不協和の感覚、さらにはもっと広がって、社会とか国家とか世界といった全体集合的共同性に対する生理的嫌悪と違和の感覚を徹底的に見据えた作品を執拗《しつよう》に書き続けたのも、人間の生の暗く、重い現実を見据え、克明に記述することを建前とする自然主義文学の影響と見ることができるだろう。このように、自然主義は、自然主義小説家の枠を超えて、本来非自然主義的立場に立つ小説家にもインパクトを与えつつ、時代の文学表現のメイン・ストリームとして、日本の二十世紀近代文学の展開に決定的影響を及ぼしていたのである。

しかし、自然主義文学のパイオニア「早稲田文學」と「早稲田文學」を作品発表のよりどころとした自然主義文学者たちだけが、日露戦争勝利後の日本の近代文学の新展開を宰領し、リードしていったわけではなかった。確かに、「早稲田文學」と早稲田派の小説家や評論家たちの唱導する自然主義文学が、「自然主義にあらざれば、文学にあらず」といった態《てい》で、日本の近代文学界を制覇したかに見えた時期はあった。ただ、それはたかだか二年か三年のことであり、明治末期から大正期にかけての文学空間が、自然主義一色で塗りつぶされたわけではなかった。

すなわち、小説では森鷗外を筆頭に、夏目漱石、永井荷風らにくわえて、志賀直哉や有島武《たけ》郎《お》、武者小路実篤《むしゃのこうじさねあつ》らの白樺《しらかば》派の小説家や反道徳的耽美《たんび》主義を標榜《ひょうぼう》する谷崎潤一郎などが、さらに詩人では木下杢太郎《もくたろう》や高村光太郎、北原白秋、吉井勇など新しい文学者が続々と時代の最前線に躍り出てきて、ある意味で文芸復興の観を呈していたことも見落とせない。さらに、そうした新潮流に対応するようにして、文芸雑誌の世界では、明治四十（一九〇七）年十月には小山内薫《おさないかおる》によって「新思潮」が創刊され、四十一年十月には短歌雑誌「アララギ」が、四十二年一月には「スバル」がと文芸雑誌の創刊が相次ぎ、四十三年四月には武者小路実篤や志賀直哉、有島武郎など学習院卒業者を中心に「白樺」が創刊される。

そんななか、明治四十一年十二月には、北原白秋や木下杢太郎、吉井勇、石井柏亭《はくてい》らの詩人や画家たちによって、より鮮明に反自然主義的で、ロマン派的、且つ耽美主義的芸術表現を志向する自由結社「パンの会」が結成され、明治末期から大正初期にかけて、日本近代文学の可能性と、その展開を一層多面的、複層的で、モダン且つ色彩とバラエティにあふれるものにしていった。このように、自然主義と反自然主義的志向性が渦を巻くようにして時代の文学思潮をリードし、新しい文学の扉が次々と開かれようとしていくなか、新たに「スバル」を模しつつ、「スバル」以上にモダニズムの装いをこらし、軽快な足取りで、二十世紀日本近代文学のーの表紙の右側に直接、黒の字体で「三田文學」と印刷され、明確に差別化がはかられている。さらにまた、淡いレモン色の表紙の右手上方には茶色に塗られた「三田」の「田」字を四葉のクローバーに見立てたロゴを三つ横に並べ、それぞれの「田」のクローバーの葉を流線形にしなう形で支え、表紙左下方に流れる淡い緑色の細い茎とそれを握る左手を、これも茶色であしらったデザインは、明らかに「スバル」創刊号の、古代ギリシャの牧神《パン》がニンフを追いかける画像にならいつつ、さらに一層モダン且つシンプルにしたものであった。

それはまた、「早稲田文學」が人間の生の暗く、重い事実、あるいは真実を、地を這《は》うような文体で克明に記述していくことを旨とする自然主義文学の牙城としての雑誌にふさわしい厳

「三田文學」創刊号の表紙。

慶應義塾側がライバルと目していた「早稲田文學」の表紙。（日本近代文学館 提供）

格、且つ重厚な表紙デザインであったのに比べて、いかにも軽やかで清新、且つ新時代の文芸雑誌にふさわしく都市的で、モダンな感覚にあふれたものであり、ある意味ではやがて来る大正モダニズムを先取りするものであった。

内容面でも徹底して「早稲田文學」との差別化がはかられる

以上見てきたように、雑誌の名称や表紙に印刷されたロゴにおいては、「早稲田文學」を踏襲しつつ、表紙全体のデザインにグラフィックな要素を取り入れ差別化がはかられたことで、「三田文學」は、新時代の雑誌にふさわしい斬新なイメージを持って誕生したわけだが、「早稲田文學」との差別化は、さらに目次や本文ページの構成とデザインの面でも徹底的にはかられていた。すなわち、「三田文學」は、表紙をめくると、「表紙絵　藤島武二」に始まり、十本の掲載作品のタイトルと執筆者の名前だけが、シンプルに並ぶ目次が記されている。目次の筆頭に、表紙をデザインした藤島武二の名が記されているのも前例がなく斬新だが、驚くのはページが記入されていないことで、それが一層シンプル感を際立たせている。この目次の表記がいかにシンプルかということは、「早稲田文學」の明治四十（一九〇七）年六月発行の第十九号の目次の煩雑さと比べてみれば明らかである。

「早稲田文學」は、掲載されている作品数と執筆者数が圧倒的に多く、しかも全体が「本欄」と「彙報」と「附録」の三つに分けられ、「本欄」が早稲田の文学科と関わりのあるなしにか舞台に躍り出てきたのが、永井荷風を編集主幹に据え、慶應義塾大学部文学科のなかに設けられた三田文學會の機関雑誌として創刊された「三田文學」であった。

大正モダニズムを先取りする斬新なデザイン

新雑誌の創刊にあたって、永井荷風が最も腐心したのは、慶應の側から文学科教授就任と同時に、機関雑誌の編集主幹の仕事を委嘱されたとき、「早稲田文學」に引けを取らないような雑誌を刊行してほしい旨、強く要望されていたこともあり、いかに「早稲田文學」との差別化をはかり、新時代にふさわしい斬新で、一味違う雑誌を発行させるかということであった。そのため荷風は、「敵に勝つには敵をよく知る」の格言どおり、「早稲田文學」をよく研究し、大学文学科の機関雑誌として、雑誌の名称や、雑誌の顔と言ってもいい表紙のデザインなど外形的なところで、取り入れるべきところは取り入れる一方、執筆者の陣容や掲載する原稿の質や内容の面では徹底的に差別化をはかり、新機軸を打ち出そうとした。

荷風に幸いしたのは、前の年に森鷗外の肝入りで、文芸雑誌「スバル」が、石川啄木を編集兼発行人として創刊されていたことであった。荷風は、反自然主義的スタンスでは盟友ともいうべき「スバル」も入念に分析し、新時代に新風を送るにふさわしい斬新で、モダンな雑誌を作ろうとした。

さて、それなら、荷風はどのようにして、「早稲田文學」や「スバル」との差別化をはかったのか、雑誌そのものの名称及び表紙のデザインから見ていくことにしたい。雑誌のタイトルに関しては、当初、慶應側は「早稲田文學」に対抗して「慶應文學」を要求したはずだが、それでは、あまりに早稲田大学に対する対抗意識が出すぎるということで、退けられた。そして、二年前の明治四十一（一九〇八）年に学生たちの組織として「三田文學會」が立ち上げられ、学生たちの間で文学科の刷新について議論が交わされたさいに、機関雑誌発行のことが取り上げられ、「早稲田文學」に対抗して名称は分かりやすく、しかも共に「田」の字が入ることになるので、「三田文學」にしようという話が出ていたこともあって、「三田文學」に落ち着く。

だがしかし、慶應義塾のキャンパスが三田にあることを知らない読者には、「三田文學」が慶應義塾文学科の「三田文學會」が発行する機関雑誌であることは分からない。表紙であれ、裏表紙であれ、何らかの形で慶應義塾と関わりのある雑誌であることを示すものが必要であった。そのため、裏表紙に「文芸の嗜《たしなみ》は人の品性を高くし精神を娯ましめ之を大にすれば社会の平和を助け人生の幸福を増すものなれば亦是れ人間要務の一なりと知る可し」と、墨筆で書かれた福澤諭吉の「真蹟《しんせき》」が掲げられたのである。

ところで、表紙に書かれた「三田文學」の文字は、「早稲田文學」が隷書で表記されているのにならって隷書体で書かれ、「早稲田文學」と同じ大学文学科の機関雑誌であることを読者に印象づけつつ、且つ「早稲田文學」が表紙に、「早稲田文學」と黒地に白抜きで刻したロゴが縦に印刷されているのに対して、「三田文學」の方は黒地の囲みを排し、淡いレモン・カラ紫紅《しこう》、永井荷風と最初から七人までが、森鷗外及び慶應義塾と縁の深い文学者が選ばれており、残りの黒田湖山と深川夜烏（井上唖々の筆名・筆者註）の二人も、永井荷風の長年の文学仲間であり、その荷風が慶應の文学科の教授であるという意味で、この二人もまた間接的ではあるものの、慶應義塾とつながりのある文学者だということになる。

以下、それぞれの執筆者と慶應との関わりについて、概略を見ていくと、表紙をデザインした藤島武二は、明治の末期から大正、昭和の初めにかけて文展や帝展に作品を発表するかたわら、東京美術学校（現在の東京芸術大学）の教授を務め、日本の近代洋画界の重鎮として重きをなした画家であった。慶應とは直接的関わりはなかったものの、森鷗外の主宰する「観潮楼《かんちょうろう》歌会」を通して関わりのあった与謝野鉄幹・晶子夫妻の主宰する短歌雑誌「明星」の表紙を手掛けていたことと、鷗外が与謝野夫妻と共に創刊した「スバル」の挿絵を描いていたことなどから、鷗外とは面識・交友があり、鷗外の依頼で表紙のデザインを受け持ったものと思われる。

次に、巻頭小説として「桟橋《さんばし》」を寄せた森鷗外は、明治二十五（一八九二）年以来、慶應義塾の文学科で審美学を講じ、荷風招聘《しょうへい》にともなう文学科刷新にさいしては、文学科と「三田文學」の顧問に就任するなど、慶應と縁の深い文学者であった。英詩「The morning glory」を寄せた野口米次郎は渡米以前に慶應義塾に籍を置いたことがあり、日本帰国後は母校の文学科教授として後進の指導にあたっていた。小説も書き、詩も書き、戯曲も書き、「スバル」から刊行された吉井勇の短歌集『酒ほがひ』に口絵を寄せるなど、文学だけでなく絵画の面でも特異な才能を有し、当時まさに新進気鋭の小説家として、また詩人、戯曲家として売り出し中であった木下杢太郎も、東京帝国大学医科大学卒で医師が本業であり、「スバル」の寄稿家であることで、おそらくは森鷗外が推したものと考えられる。

木下杢太郎に次いでモーパッサンの短編「ブウル・ド・スイフ（＝脂肪の塊）」の翻訳を寄せた馬場孤蝶は、卒業こそ島崎藤村と同期の明治学院であったが、慶應義塾の分校と目されていた三菱商業学校に籍を置いたことがあり、森鷗外とも関わりが深く「スバル」にも寄稿、明治三十九（一九〇六）年には、荷風より四年早く慶應義塾文学科の教授に就任している。

次に、明治三十八年、十六歳の若さで最初の詩集『夏姫』を上梓《じょうし》し、四年後の四十二年には第二詩集『廃園』を刊行、「早稲田文學」にもたびたび寄稿し、二十歳の若さですでに象徴派の詩人として知られていた三木露風は、最初は早稲田の文学科に入学したが、荷風が慶應義塾文学科教授に就任した年に慶應の文学科に転校してきた、早熟の詩人であった。

さらに、「着物」を寄せた山崎紫紅は、あまり名を聞いたことがない書き手であるが、当時は戯曲の作者として知られ、森鷗外の弟の三木竹二が編集・発行していた演劇雑誌「歌舞伎」にたびたび寄稿していた関係で、鷗外とも面識があったはずで、その縁で「三田文學」の創刊号に寄稿することになったものと思われる。

最後にもう一人、慶應関係者として忘れてならないのは、雑誌の発売元を引き受けた籾山庭後《もみやまていご》（仁三郎）で、明治三十四（一九〇一）年に慶應の理財科を卒業している。「三田文學」の発行をゆだねられたとき、籾山は、出版社籾山書店を経営し、内藤鳴雪や高浜虚子、河東碧梧《かわひがしへきご》桐《とう》らの俳書を刊行するかたわら、森鷗外や夏目漱石、谷崎潤一郎、島崎藤村、泉鏡花ら、当時すでに有力小説家と見られていた文学者の著書を少なからず刊行し、良心的な文学書の出版社として評価されていた。そうしたことがあって、「三田文學」発行の話が持ち込まれたものと思うが、荷風は明治四十年の二月か三月に、籾山に初対面したときの印象について、後年、日記のなかで「言語態度の非常に礼儀正しく沈着温和上品」と記している。このことからも分かるとおり、荷風は出版人としての庭後を信頼し、「三田文學」の発行人を引き受けるからには、営利を度外視して「三田文學」を俗化から守ることを要請。庭後はそれを了承し、引き受けた。そうした意味で、「三田文學」の創刊号が、営利を無視して贅沢《ぜいたく》な装いと内容でスタートできたのは、荷風の意向を酌んだ籾山庭後の配慮と努力によるものであったといえよう。

荷風の文学仲間から選ばれた二人の文学者

さて最後の二人、黒田湖山と深川夜鳥は、慶応義塾とは関係なく、荷風の文学上の友人関係から選ばれている。黒田湖山は、荷風が巌谷《いわや》小波《さざなみ》の主宰する「木曜会」に出入りしていたころからの文学仲間で、荷風のアメリカ、フランス滞在中にも一番頻繁に手紙を書き送ってきた友人であった。岩波版『荷風全集』の第二十七巻所載の「断腸亭尺牘《せきとく》」に収められた明治四十年七月十一日付の黒田湖山宛の書簡のなかで、荷風は芸術の尊さと「性」を結婚という社会的制度の外側に置き「文化」としてエンジョイしたいという心情を素直に吐露している。このことからも、荷風が黒田を「分かる」男として、心を許していたことがうかがえる。

一方、「深川夜烏」と、いかにも荷風好みの江戸趣味にかなった筆名で「火吹竹」を寄せた井上唖々《ああ》は、荷風が高等師範学校附属尋常中学校の学生であったころからの友人で、父親の書斎から漢籍を持ち出して質屋に預け、それで得た金で共に吉原に登楼、遊女を買ったりするなど、まさに荷風の悪友の一人であった。ただ荷風は、井上唖々の文学に対する並々ならぬ知識と鋭いセンス、特に江戸軟文学への深い知識と理解に対しては、一方ならぬ畏敬の念を抱いており、上述の黒田湖山宛の手紙のなかで、唖々の早熟の天才ぶりについて、「唖々君は一代の奇人である。先生も一時は天才であつた（今日《こんにち》は知らない。）先生の短篇（木曜会で朗読した事のある）の中でも『水の音』だの『夜の人』だの其他先生が反古《ほご》にしてしまつた幾篇は実に名作だと僕も此頃思出して居る。シンボリズムの議論から僕は此間《このあひだ》ボードレールの散文詩を読んだが其の中の一二篇は唖々子の短篇と同想同形式のものがあるのを発見し僕は大《おほい》に唖々子の天才に驚いたのだ。先生はどことなしに失敗したフランスのデカダン派の詩人らしいところがある。式亭三馬の軽い処《ところ》とアメリカのポーの放縦陰鬱な処とイギリスのスヰフトの不快な処とを混じたやうな男であらう」と記し、その鬼才・天才ぶりに驚嘆し、高く評価している。

荷風は、日本に帰国して以後、井上唖々との文学上の交わりを復し、「三田文學」発刊にあたって、いろいろ相談したこともあったはずで、それに恩義を感じて、かつて「失敗したフランスのデカダン派の詩人らしいところがある」と評した啞々のために、少しでも書く場を広げてやろうと思い、原稿を依頼したものと思われる。荷風はさらに、大正五（一九一六）年二月、慶應義塾文学科の教授を辞したのち、井上啞々と籾山庭後と共に、雑誌「文明」を発刊、また大正七（一九一八）年には、井上啞々と久米秀治（慶應での荷風の教え子で、「三田文學」にも作品を発表、卒業後は帝国劇場に勤務した）らと新雑誌「花月」を発刊している。

しかし、井上啞々が、大正十二（一九二三）年七月十一日、四十五歳の若さで冥界へと旅立ってしまったことで、荷風と啞々との交わりは長く続かなかった。その狷介《けんかい》奇矯な性格と生きざまの故か、少なからぬ友人と一時は親しく文学上の交わりを結びながら、断交・絶交を繰り返してきた荷風ではあるが、井上啞々だけは生涯を通して心を許し、畏敬の念を抱きながら付き合ったほとん

青年時代における荷風（後列右）の文学仲間。後列左は、高等師範学校附属尋常中学校からの親友で、生涯の交わりを結んだ井上啞々。前列左が黒田湖山。（写真／藤田三男編集事務所）

どただ一人の友人であった。『断腸亭日乗』の昭和五（一九三〇）年七月十一日のくだりには、「七月十一日　啞々子が八年目の忌日なり」という書き出しで、井上啞々との交わりを追憶し、啞々の徹底して時代に背を向けた、凄《すさ》まじいまでにデカダンな文学的生きざまを、異例の長文で紹介。その記述の最後のところで、荷風は、「深川夜烏」という筆名の由来について、「明治四十三年八月都下大洪水の頃子は凡一年あまり元下谷の妓なりし女と狎れ親しみ深川東森下町なる女の家に入り込みゐたりし事あり、子が別号を深川夜烏と称せしは此の故なり」と記している。

以上見てきたように、「早稲田文學」とは正反対の方向で、徹底してシンプル且つモダンで、ハイカラな「リトル・マガジン」としてのイメージ性を前面に打ち出していたことで、「三田文學」は、雑誌それ自体が一つの「作品」として作り上げられているという印象を与える。それはまた、永井荷風が創刊号に寄せたエッセイのタイトル「紅茶の後」が象徴的に物語るような、紅茶を飲み終わった後のくつろいだ気分のなかで、精神を自由の気圏に遊ばせる時間と空間にふさわしい、滋味あふれる、おしゃれな雑誌として作られたものであった。そのへんが、アメリカのニューヨークやフランスのリヨン、パリで生活するなかで文学的、芸術的感性に磨きをかけてきた永井荷風の面目躍如たるところと言っていいだろう。

ひそかに持ち込まれた反モダニズムの志向性

永井荷風の責任編集ということで話題を呼び、時代を先取りしたような斬新なデザインで、自然主義文学に飽き足らないものを感じていた読者に、「三田文學」は受け入れられ、売れ行きは予想以上に伸び、順調なスタートを切った。

だが、その内容、すなわち掲載された作品は、反自然主義ということではすべての作品が共通しながら、二十世紀文学としての今日性という点では、モダニズム志向の作品と反モダニズム志向の作品が相半ばし、矛盾・分裂をさらけ出す結果となってしまった。そのことを最初に敏感に見抜いたのは、ほかならぬ荷風の教え子たちで、たとえば久保田万太郎は、『よしやわざくれ』(青蛙房、一九六三年)のなかで、創刊号のデザインについては、「――ほう、きれいだ。……なるほど永井さんの雑誌だ……」と、「だれもそれを手にとつて、まづもつてかういつた」とほめたものの、雑誌の内容については、「一トたび仔細にページを翻すや、誰もまた同時に、その内容の寂しさ、貧しさ、精彩のなさに失望した」、「――かりにもこれが、われらの輝ける永井先生を主幹にいたゞく雑誌だらうか?……(中略)……われ〳〵学生にしてさへがなほかつ疑ひの目をみ張つた」と、学生たちが失望感を抱いたことを伝えている。

さてそれなら、万太郎は、創刊号に収められた作品の何に、どのように失望したのだろうか。『よしや　わざくれ』の記述に沿って見ていくと、万太郎は、創刊号巻頭に置かれた、森鷗外の「桟橋」と木下杢太郎の戯曲「印度王と太子」や荷風のアンリ＝ド・レニエの詩の翻訳、さらに巻末に置かれた「紅茶の後」の四つは「われ〳〵を喜ばせた」としながら、残りの作品については、野口米次郎の英詩「The morning glory」は「装飾以上の何ものでもない」と切り捨て、さらに山崎紫紅の「着物」と黒田湖山の「立てた箸」、深川夜烏の「火吹竹」の三作が、ページ数で雑誌全体の半ばを占めたことに対し、「われ〳〵の世代にかゝはりのない執筆者の進出を、われ〳〵の世代にかゝはりないといふだけで憎んだ。永井先生、及び、永井先生の〝三田文學〟を冒瀆するものとした」と、不快感をあらわにしている。

要するに久保田万太郎をはじめ、永井荷風のいかにもモダニストらしい風貌とフランス仕込みの新帰朝者らしいファッションとスタイル、そしてフランス近代文学についての講義に魅《み》せられた文学科の学生たちは、新発刊された「三田文學」に対しても、編集主幹の永井荷風が体現していたモダニズムを反映して、モダンで、粋で、ロマンチックで、読むものをワクワクさせるような魅惑的な小説や戯曲、詩が掲載されるものと思い込んでいた。

ところが、出てきたものは、確かに表紙や雑誌全体のデザイン性は、モダンで、粋で、おしゃれで、高踏的に仕上がっていて学生たちを満足させるものだったが、内容的には、古臭く、前近代的で、時代の文学表現の最前線から取り残されたような書き手の作品が、量的にも半分近く占めていたことで、学生たちをいたく失望・落胆させるものであった。言い換えれば、慶應義塾大学部文学科の顔と言ってもいい「三田文學」に、なぜ自分らが望み、志向するものとはまったく違う、古臭い小説家や戯曲家の作品が掲載されなければならないのかというのが学生たちの言い分であった。そして、学生たちは、このような結果になってしまったのは、守旧的で、権威主義に凝り固まった学校当局が、編集主幹の荷風先生に圧力をかけたからだとし、もっと自分たちが読みたいと思う書き手の作品を載せるべきだと、不満の声を上げた。

だが、モダニズム志向の雑誌に反モダニズムの作品が掲載されたのは、学校当局の介入というより、荷風自身が、モダニズムと反モダニズムという相反しあい、矛盾する志向性を、あえて新雑誌に持ち込もうとしたからであった。それは明治末期の日本においてモダニズム一辺倒で押しとおすことの難しさと限界を、慶應義塾の文学科教授に就任する前から痛感し、隅田川下流域に広がる東京下町に残る、江戸伝来の自然景観や風俗、人情、文化の名残を残す世界に、逆転的に下降していくことで文学者として生き延びる道を探し求めようとしていた荷風にとって、文学科教授として、ひいては反自然主義文学の旗手として、日露戦争後の文学空間にあって、自身の足場というか、安全性を確保し、生き延びていくために欠かすことのできない戦術的仕掛けでもあった。ただ、まぎれもないモダニスト文学者、永井荷風の存在そのものから発露してくる華やかで、洗練された、ロマンチックな記号性に魅惑・幻惑されていた学生たちには、雑誌編集者としての荷風のそうした苦渋の戦術的狙いが見抜けていなかった。久保田万太郎が、新雑誌の内容に失望・幻滅した理由がそこにあったと言っていいだろう。

こうした事実は、永井荷風が、大学教授としてはモダニストとして通しながら、文学者としては反モダニストへの傾斜を深めていたことで、二重生活を送っていたことを物語っている。その二重性は、「三田文學」の表紙や目次、本文ページのデザインや構成から雑誌全体のレイアウトなど、モダニズムの粋を凝らした雑誌の外的（表層的）体裁から、掲載された作品の内容にまでストレートに反映されることとなる。すなわち、「三田文學」創刊号に掲載された小説、詩、戯曲、エッセイ、翻訳と五つのジャンルにわたる作品を読んでみると、反自然主義という志向性においては、どの作品も共通するものの、モダニズムという視点から読むと、前半にはモダニズムを志向する作品が取り上げられているものの、後半では、反モダニズムを志向する作品が並んでおり、そこに二重性が読みとれるということである。

そうした二重性を、具体的に掲載された作品に則して見ていくと、森鷗外の短編小説「桟橋」や野口米次郎の英詩「The morning glory」、木下杢太郎の戯曲「印度王と太子」、三木露風の詩「快楽と太陽」、馬場孤蝶のモーパッサンの小説「ブウル・ド・スイフ（＝脂肪の塊）」の翻訳、さらに七番目の永井荷風によるフランス象徴派の詩人アンリ＝ド・レニエの詩「正午」の翻訳と八番目の黒田湖山の「立てた箸」は、モダニズムを志向する作品と言っていい。しかし後半に並べられた作品のうち、最後に置かれた荷風の慶應義塾文学科教授招聘と「三田文學」創刊に至る経緯を記した「紅茶の後」は別として、残る三つの短編、すなわち山崎紫紅の「着物」と深川夜鳥の「火吹竹」と「溝」は、いずれも西洋文明・文化の皮相的物まねを通して性急に進められてきた明治日本の表向きのモダニズムから取り残され、その裏側に生きる人間の生活や情緒、風俗、自然にまなざしを向け、そこに人間として生きていける心的、美的、倫理的共同性を見出《みいだ》そうとして書かれた、反モダニズムを志向する作品で、「三田文學」のモダニズムの装いの裏に、ひそかに持ち込まれた反近代文学を志向する「仕掛け」であった。

創刊号から明確に打ち出された反自然主義志向

さて次に、反自然主義志向という視点から、掲載作品を読んでみると、「写生小品」と題して、創刊号巻頭に掲載された森鷗外の「桟橋」は、「知」の分野における日本の西洋化と近代化の最高シンボルといえる東京帝国大学文科大学を卒業し、結婚後官命を帯びてロンドンに旅立つ夫（伯爵）を、夫の二番目の子を宿している妻が横浜港の桟橋から見送ったときのことを、書き手の鷗外が妻になり代わる形で写生文風に、簡潔・平明な文体で記した作品であり、男性である鷗外が、夫を桟橋まで見送る妻（おそらくそのモデルは、その当時「スバル」に小説を発表していた鷗外の二番目の妻・志げ）になり代わって書くということ自体が、小説の主人公イコール小説の書き手であるという自然主義文学の常道と一線を画するものであった。

二番目の野口米次郎の英語で書かれた、旅の僧侶と「モーニング・グロリー（朝顔）」の精霊が語り合うという能楽風のスタイルで書かれた劇詩「The morning glory」と、一つとんで四番目の三木露風の象徴詩「快楽と太陽」もまた、自然主義とは無縁のところで詠まれた詩である。

三番目に「戯曲習作」として掲げられた、木下杢太郎の「印度王と太子」は、冒頭のト書きに、「恆河（ガンジス河のこと・筆者註）に近き印度の王国。釈迦《しゃか》出山の後程なき頃」とあるように、ドラマが進む場所がガンジス河に近い古代インドの一王国とされ、時間が今から二千五百年近い昔、釈迦が六年に及ぶ山林のなかでの苦行ののち、過度の苦行に励むことの無意味さを知り、悟りを得るために山を出てから「程なき頃」とされていること、さらにまたギリシャ古典劇を頭において書かれたと思われる、一種の弁論劇、あるいは思想劇としての戯曲の構造や登場人物のキャラクターの描かれ方から見ても、この未完に終わった実験劇は、島村抱月や小山内薫らの自然主義文学運動と連動して、人間の生や社会のリアリティ性の表出を近代演劇の最も基本的、且つ重要な根本命題とする近代演劇革命が志向するものとは明らかに一線を画し、真逆の方向で近代演劇の可能性を模索する意図をもって書かれたものであった。

一方、馬場孤蝶翻訳のモーパッサンの「ブウル・ド・スイフ」は、ただ一つ自然主義作品であり、モーパッサンの自然主義小説家としての評価と名声を決定づけた出世作とされた小説であった。反自然主義文学を標榜する「三田文學」の創刊号に、なぜこの作品の翻訳が選ばれたのか、いささか理解に苦しむところである。

ただしかし、それも、書き手自身の日常生活上の事実や実態、感情や意識の働きをありのまま、徹底して克明に記述するという姿勢において、結局は「私小説」に収斂《しゅうれん》していくことになる明治末期の日本の自然主義文学が、ゾラやモーパッサンなどの、社会的広がりとバックグラウンドを持った人間の生の現実や、そうした人間によって構成される社会が生み出す矛盾や悪や悲劇を抉《えぐ》り出そうとして書かれた、本場ヨーロッパの自然主義文学とは本質的に違うものであることを、「早稲田文學」派の自然主義文学者たちに教え示してやろうという意図で、この作品の翻訳が選ばれたのではないかと考えると、「三田文學」の創刊号に掲載された狙いというか、編集者永井荷風の意図が見えてくるような気がする。

「ブウル・ド・スイフ」に次いで、六番目に掲載された山崎紫紅の「着物」は、「雪野はま子」という未亡人が、座敷と次の間の柱に張り渡した細引きに吊《つ》るされた四つの着物、すなわち「二十一歳の折の結婚の晴着」と、「二十四歳のときの京都行の小袖《こそで》」、「二十六歳のとき、熱海に温泉療養の節、調製せし小袖」、「二十七歳のとき、別れし夫利行《としゆき》の葬式の翌日《あした》、墓参の為めに作りし衣裳」を見ながら、それぞれの衣装にまつわる男との心的交流、交情のいきさつを思い出して語るという、新派劇の舞台などで上演されることを意識した独白劇で、そのタイトルや独白を通して過去の恋の思い出が語られるという趣向そのものが、自然主義文学とは縁の遠いものである。

さらに八番目に置かれた黒田湖山の短編小説「立てた箸」は、東京に出てきたものの、「幸運」を見つけることができず、うだつの上がらない生活を送る「僕」が、郷里の母親から早く帰って来いという手紙を受けとる。しかし、「今郷国《くに》へ帰つてしまうのは、運の光に背いて、日陰へ去《い》つてしまうやうに思はれる」という理由で、優柔不断、帰るか留《とど》まるべきかで悩みぬく。そして、ようやく得た結論は、東京市街を歩き回り、何か「幸運」をもたらしそうな落とし物を探すことで、郷里に帰るか帰らないかを決めようというもの。「僕」は終日地面に落ちているものを探し回るものの、はかばかしい結果は得られず、最後は箸立てが倒れた方向によって決めようとするという内容の小説である。

創刊号に収められた作品のなかでは、唯一滑稽な味わいを持つ小説ではあるが、田舎から大望を抱いて東京に出てきたものの、一向にうだつが上がらず、最後は箸立ての倒れた方向で、自分の進む道を決めようというところまで追い詰められた明治末期の青年の、笑うに笑えず、泣くに泣けない生の実態を描いたという意味で、自然主義文学に近い感じもする。しかし、幸運を求めて地面を見つめながら東京市街を歩き回るという筋立てや、箸立ての倒れた方向で自分の運命を決しようとするフィナーレの描き方は、明らかにフィクションとして書かれていて、自然主義とは違った方向で書かれた小説といえる。

最後にもう一つ、深川夜烏名義で井上唖々が書いた二つの小品「火吹竹」と「溝」は、前者が相思相愛の女と深川界隈《かいわい》の通りに散歩に出た男が、表通りに軒をつらねる商店の店頭に置かれた商品に女が目を奪われているのを見て、買ってやりたいと思いながら、買ってやれない自分を無念に思う。女は、男のそんな心中を察し、所帯を持ったときに必要となる「火吹竹」を買ってくれという。男は、これならと買ってやるものの、こんなものしか買ってやれない自分のふがいなさを恥じ、照れ隠しに歌舞伎の『白浪五人男』の所作をまねて、火吹竹を腰に挟み反身になって見栄を切る。それに合わせて女も口三味線で音頭を取るというだけの小説である。だがしかし、歌舞伎の所作の物まねで体を反らせて見得を切る男と口三味線でそれに合わせる女の反近代的パフォーマンスによって、現実には結ばれない男と女が、せめて心のレベルだけでもという思いを共有して結ばれるという結末は、明らかにフィクションとして書かれていて、自然主義とは無縁の小説といえる。

また、「溝」は、細い溝を隔てて向かい合い、双方から手を握ろうと手を伸ばすものの、指先がかすかに触れるだけで、握り合うことのできない男と女の関係性を描こうとしたもので、男と女の引き裂かれた関係性、すなわち絶対に出合い、合体できない心と身体の距離と不可能性が象徴的に表現されているという意味で、自然主義文学とは明らかに一線を画した作品と言える。深川夜烏は、さらにまた「左の通」という別の作品のなかで文明開化や富国強兵の掛け声の下、急速に押しすすめられてきた明治の近代化による伝統的な文化や風俗、人情、道徳、自然景観の破壊がもたらした醜悪皮相、無秩序な現実を痛烈に批判。そのうえで、「正気の沙汰で、女の蒲団《ふとん》の臭《にほひ》を嗅いだり、姦通《まをとこ》を遣り損なつて、急に厭世観を起したり、早稲田の新開地の淫売宿に流連《いつゞ》けをした放蕩《ほうとう》惰弱《だじやく》の不始末を、耽溺だのと大袈裟な表題で小説を書いたり（中略）半獣主義だとか、自然主義だとか、主義といふ字の使ひ方さへ知らぬ癖に、咆《ほ》え散らかし、唸り散らかす様な輩は、先づ小人の部に入れて了《しま》つても、孔子様から格別御《お》叱言《こごと》は頂戴せまいと思ふ」と、痛烈に自然主義文学を批判するなど、「三田文學」創刊号に作品が掲載された書き手のなかでは、最も先鋭、ストレートに反自然主義的姿勢を打ち出した文学者といえた。

挫折した反自然主義文学季刊雑誌発刊の計画

すでに何度か指摘したとおり、「三田文學」は、反自然主義文学の旗印を掲げて、明治四十三（一九一〇）年の五月に創刊されたわけだが、「自然主義にあらざれば文学にあらず」といった風潮に反発し、反自然主義文学を志向する言説は、それより二、三年前から、森鷗外やロマン派系の短歌雑誌「明星」の主宰者、与謝野鉄幹らによって展開されていた。

たとえば、森鷗外は、田山花袋《かたい》の『蒲団』を読んで、これが新時代の文学といわれるのなら、自分でも書けるという気持ちに駆られて、性的自伝小説『ヰタ・セクスアリス』を書いたわけだが、そのとき鷗外の心中に自然主義文学を「こんなもの？」と、軽んずる気持ちが働いていたことは疑いないだろう。また、与謝野鉄幹は、「明星」の明治四十年十二月号で、「『明星』を刷新するに就て」という一文を載せ、性欲と安っぽいセンチメンタリズムを売り物にして、自然主義文学が市場にはびこっている現状を慨嘆し、「『明星』は来る新年号以下、社外先覚の熱烈なる助成と、社中同人一層の刻苦精励とを以て、一大刷新を加へ、文芸の大道に一個の標石を建てむことを期す」と、激越なる反自然主義宣言を行っている。

この鉄幹の反自然主義宣言は、そのあと、「スバル」や「三田文學」など反自然主義文学系の文芸雑誌が刊行され、「早稲田文學」を中心とする自然主義文学と対抗しあう形で、明治末期から大正初めにかけて、日本の近代文学の展開をより多義的にし、多彩で実り多いものにしたという意味で、画期的な意味を持つものであった。しかし、自然主義文学が全盛を誇る時代の潮流にあっては、鉄幹の主張は多くの理解を得られず、吉井勇や北原白秋、木下杢太郎ら「明星」の発行母体となっていた東京新詩社の有力会員が次々と脱会し、それが「明星」の廃刊へとつながっていくことになる。

だがしかし、「明星」が廃刊されたことを受けて、森鷗外や与謝野鉄幹・晶子らが中心となって、反自然主義文学を志向する月刊総合文芸雑誌「スバル」が、明治四十二（一九〇九）年一月に創刊され、さらに翌年の明治四十三年五月には、森鷗外の肝入りで永井荷風が「三田文學」を創刊させるに及んで、「早稲田文學」に対抗する反自然主義文学の旗印を掲げた二つの雑誌による双頭体制が整う。さらにくわえて、「三田文學」の創刊より一カ月早く、四十三年四月には武者小路実篤や志賀直哉、有島武郎、里見弴《とん》など、学習院卒業の若手の文学者たちによって「白樺」が創刊され、さらに同年九月には谷崎潤一郎や和辻哲郎ら、東京帝国大学文科大学系の若手の文学者によって「新思潮」が同人誌として再創刊されるに至って、反自然主義文学系の雑誌四誌による、「早稲田文學」、あるいは自然主義文学包囲網とでも呼ぶべき体制が確立することになる。

しかしながら、これら四つの反自然主義文芸雑誌は、「スバル」と「三田文學」が森鷗外と永井荷風との関係で、一種の同盟関係があったものの、相互の関係性というものは存在せず、ロマン派や耽美派、頽唐派、象徴派、人道派など、それぞれの雑誌の個性や表現志向に即した名称で呼ばれているだけで、「早稲田文學」に対抗するために、反自然主義文学共同戦線という形で、相互が連携、協力、援助しあうという関係性、あるいは組織運動体といったものは構築されていなかった。

そうした状況にあって森鷗外を盟主として、これら四つの雑誌を統合する形で、季刊の反自然主義文芸雑誌を出そうという機運が、森鷗外や石川啄木の後を受けて「スバル」の編集の任にあたっていた平出修《ひらいでしゅう》や「三田文學」の永井荷風らの間で高まった結果、明治四十四（一九一一）年一月十八日の夜、上野の精養軒で、それぞれの雑誌の主だった同人の参加のもと、反自然主義文学季刊雑誌の発行を議する初会合が開かれる。会合には、「スバル」からは大逆事件の被告団の弁護士を務めるかたわら、小説や評論を書き、短歌を「スバル」に発表、「スバル」の編集人をも兼ねていた平出修が、「三田文學」からは永井荷風と同誌の発売元籾山書店の店主籾山庭後、「新思潮」からは和辻哲郎、「白樺」からは武者小路実篤、志賀直哉、正親町公和《おおぎまちきんかず》、里見弴らが出席。夕食会のあと、各誌の代表が別席に集まり、新雑誌創刊の話し合いが行われた。

この話し合いについて、最初は昭和三十（一九五五）年五月発行の「文藝」に掲載され、のちに高見順の『対談　現代文壇史』（筑摩叢書、一九七六年）に収められた、志賀直哉と高見順の対談「白樺派とその時代」において、志賀は、司会という立場で会議を取り仕切ったのが平出修だったことを明らかにしたうえで、要旨次のようなことを語っている。

1 森鷗外が盟主となって、自然主義に対抗して「スバル」と「三田文學」と「新思潮」、「白樺」が一緒になって季刊の文芸雑誌を出そうという会合が、上野の精養軒で開かれた。

2 白樺派は、自然主義は嫌いだったけれど、その計画に乗る気はなかった。しかし、出席してほしいという要望を受けて、かなりの人数が参加した。森鷗外や弁護士の平出修、永井荷風も出席していた。

3 精養軒で開かれた会合では、各雑誌から一人ずつ代表が出て、反自然主義の旗印を立てた雑誌を季刊で発行する話し合いが進められ、大筋合意に達した。

4 ところが、その雑誌をどういう形で発行するかという話になって、発行元を引き受けた籾山書店の店主籾山庭後が、売り上げを伸ばしたいという理由で、新雑誌が発行される月には、それぞれの雑誌は休刊にしてほしいという要求を出してきた。それに対して、少し離れた席で話を聞いていた武者小路実篤が、「そんなこと、できるもんか」と大きな声で言ってしまったために、計画は白紙になってしまった。

5 「スバル」とか「三田文學」の方としては、最初から「白樺」のメンバーは自分たちの仲間と思っていたのだろうが、武者小路の一言で、そうじゃないことがはっきりしたので、自分たちとしては、それはそれでよかった。

ところで、高見順との対談で、志賀直哉は、「その日の鷗外さんの日記を読むと、幸徳秋水の大逆事件の号外が出たって書いてあるそうだ」と語っている。これは、会議が開かれた明治四十四年一月十八日に、平出修が被告人弁護を担当した大逆事件の判決が下り、幸徳秋水ら二十四人の被告に死刑の判決が下されたことを指したものであり、平出は、反自然主義文学者の会合に出るまえに、大逆事件の最終公判に出席し、被告二十四人に死罪が下された判決を聞き、そのうえで会議に出席し、司会を務めたことになる。そのことは、平出が直接弁護した被告ではないものの、被告の内でただ一人の女性で、死罪を宣告された管野《かんの》スガに宛てた手紙のなかで、「覚悟のない人が覚悟を迫られたらどんな心持でしたらうと、それが私の心を惹《ひ》いて十八日以来何も手につきません」と、書いていることからも明らかである。

平出修は、被告の弁護に当たった弁護士のなかでは、三十三歳と年齢的に最も若く、しかも短歌を詠み、小説や評論も書くといった文学青年でもあった。そのため、被告たちに「こんなに若い弁護士で大丈夫だろうか」という不安を抱かせていた。ところが、実際に裁判が始まると、平出は膨大な裁判資料を読み込み、さらにまた文学上の師とも仰いでいた森鷗外から、ヨーロッパ先進国における無政府主義や社会主義思想とそれぞれの政治活動の実態について教えを受けたことで、事件の真相が、国家の意思がすべてに優越するという明治日本の国家原則を貫徹させようとする国家権力によってねつ造された「フレームアップ（でっちあげ）」であるこ

とを見抜き、被告たちが無政府主義や社会主義の思想を抱き、それを文章に書き表すことは、思想・信条、言論表現の自由として保障されるべきであり、したがって無罪であることを強く主張。「この人なら大丈夫」という信頼を、被告たちから勝ち得ていた。

　被告の弁護に当たった平出修は、国家の意思や決定が個人より絶対的に優越するという明治の、ひいてはそののち日本が太平洋戦争で敗北し、無条件降伏するまで日本人の心身を徹底的に縛ることとなる国家原則が、個人の内心の自由、すなわち思想・信条を言語によって表現することすら禁圧してくることを見抜いた、おそらくは最初の弁護士であり、文学者であった。

　その前日まで、被告の弁護に当たっていた平出修が、「スバル」を代表してこの会議に出席し、司会兼進行役として会議をリードし、「スバル」、「三田文學」、「新思潮」、「白樺」を統合して、反自然主義の季刊雑誌を発行する計画をまとめようとしたのは、国家が個人の内心の自由（思想・信条・表現の自由）の領域にまで土足で踏み込み、ひいては文学的表現の自由を奪いとり、天皇を頂点とする絶対主義的支配体制を確立しようとしてきたことに対して強い危機感を抱いたからであった。そして、その危機感は森鷗外や永井荷風らも共有するところとなり、四誌合同の反自然主義雑誌の発刊を、「白樺」や「新思潮」の若い小説家に呼び掛けることとなったのである。

　さてそれなら、国家の専横と対決するはずの新雑誌は、なぜ「反自然主義文学」を標榜しなければならなかったのか。鷗外や荷風、平出修らは、自然主義文学者たちが、個人の私的現実

の描写に執着するあまり、文学的表現が社会的広がりを失いつつあった当時の日本の近代文学の現状を憂えていた。そのため「天皇暗殺計画」をでっち上げまでして、個人の思想信条や表現の自由を圧殺してかかろうとする明治日本の国家権力に対して、「書く」側から抵抗するためには、社会的広がりを持ち、国家の悪と批判的に対峙《たいじ》しうる人間像を、文学表現の場を通して創出し、そのことによって表現の自由の権利を守る闘いの足場を構築していく必要があると考えたからであった。

であればこそ、荷風や平出は、四誌の代表が集まって行われた協議の場で、反自然主義文学季刊雑誌の発刊の必要性を説いた。ところが、志賀直哉が語ったように、籾山庭後の口から、売り上げを伸ばすために雑誌発行の月には、各誌休刊にしてほしいという話が持ち出されてきたことで、武者小路実篤が、思わずかっとなって「そんなこと、できるもんか」と大声を発し、話をぶち壊しにしてしまったのである。この点について、武者小路実篤は、大正十二（一九二三）年一月刊行の『或る男』の「百四十二」と、昭和三十（一九五五）年八月一日付の「読売新聞」に掲載された「自分の歩いた道」のなかで、志賀直哉以上に詳しく、具体的に回想、記述しているので、その内容を見ておきたい。

武者小路実篤の「そんなこと、できるもんか」の一言で計画はとん挫

武者小路実篤の回想記の記述によると、反自然主義文芸季刊雑誌発刊の話し合いがおじゃん

になった経緯は、次のようなものであったという。

1 協議は平出修が取り仕切る形で、永井荷風と籾山庭後が主立って発言し、新雑誌発刊の話はスムーズに進み、春の四月に合同雑誌の創刊号を出そうということになった。

2 ところが、合同雑誌が出る四月は、各誌とも休刊するという話になって武者小路実篤が「白樺は休むわけにはゆかないね」と大声を発し、それを受けて、平出修がかなり激高して武者小路に反論しようとしたが、白樺派からの参加者が、相手にせず、ゾロゾロと席を立って退席してしまったため、話はおじゃんになってしまった。合同季刊雑誌発刊の話が、ぶち壊しになったことを、武者小路ら白樺派の同人たちは痛快に思った。

志賀直哉の回想談と武者小路実篤の回想記から見えてくるのは、白樺派の中核メンバーだった志賀直哉や武者小路実篤らは、自然主義に対する反対感情はある程度持っていたが、大逆事件の真相について知るところがほとんどなく、鷗外や荷風、さらには平出のようには強く国家に対する危機感や抵抗意識もなかった。そのため鷗外や荷風のように、反自然主義文学系の文学者が統合して新雑誌を出すことで、強権的な政治権力と対峙し戦うことの戦術的意味についても積極的意義を見出せなかったということである。

くわえて、年齢的にも若く、学習院出身の良家のお坊ちゃんというイメージが付きまとう白樺派のメンバーに対して、海千山千の鷗外や荷風、さらには気鋭の弁護士であり、文学者でもある平出修らから無意識のレベルで出てくるうえから目線の態度やものの言いようが、「お前らは黙ってついてくればいい」といった印象を与え、「白樺」からの参加者に、「面白くない」という気持ちを募らせてしまった。そこに、四誌合同の雑誌が発行される月には、各誌休刊にしてほしいという要求が出されたことで、武者小路実篤がかっとなって大声をあげた。そのせいで、一気に座が白け、白樺派の参加者が次々と帰ってしまったため、計画は水泡に帰すことになったということなのであろう。

このことに関して、残念なのは、新雑誌発刊の話に中心的に関わった鷗外や荷風、平出修らが何も語り、書き残していないことで、鷗外は精養軒で会合が開かれた当日の日記に「大逆事件」の判決について号外が出たことを記すだけにとどまり、荷風もまた、大逆事件より九年後の大正八（一九一九）年十二月発行の「改造」に寄せた「花火」と題するエッセイで、慶應義塾文学科教授だったころ、大逆事件の被告が囚人馬車に乗せられ護送されていく現場を目撃し、「自ら文学者たる事について甚《はなは》し《だ》き羞恥を感じた。以来わたしは自分の芸術の品位を江戸作者のなした程度まで引下げるに如くはないと思案した」と書き残しているだけで、自らが反自然主義文芸雑誌発刊の計画に主体的に関わったことについては何も書き残していない。

さらにまた、平出修も『定本 平出修集』全四巻（春秋社）を読む限り、第三巻の二十八ページに、「反自然主義大同団結問題メモ」と題しノートに走り書きされたものが残されているだけで、四誌合同会議でどういうやり取りがあって計画がとん挫したのか、また平出自身と鷗外と荷風が、そのことについてどう思ったかなどについては一切記述が残されていない。

ところで、このノートによると、会合には、「発起人」として、吉井君、正親町、木村荘太、小山内、平出らの名が記され、「スバル」からは吉井、高村、与謝野、万造寺、江南、太田、山崎、長田幹彦、北原らの名が、「新思潮」からは木村、小山内、谷崎、和辻、後藤、大貫らの名が、「白樺」からは正親町が、さらに雑誌の表記はないが「三田文學」からは永井と籾山の二人の名が記され、「日」として「十八日　正午後四時」とあり、「会費」とあるものの金額は書かれていない。

このノートに記された走り書きは、明治四十四（一九一一）年一月十八日上野の精養軒で開かれた四誌合同の会合に参加が見込まれていた文学者の名を記したものと思われるが、一つ奇異に思うのは、「白樺」からの参加予定者の名が、正親町公和以外一人も書かれていないことである。このことは、平出がノートに参加予定者の名を列記した時点では、白樺派同人の名は平出の頭のなかになかった、それが、合同会合の開催が間近に迫った時点で、「新思潮」からの参加者が和辻哲郎一人になってしまったため、「白樺」同人も巻き込もうということになり、急遽《きゅうきょ》志賀直哉や武者小路実篤、里見弴らに声をかけたものと思われる。

さてそれなら、なぜ鷗外、荷風、平出らは「白樺」同人に声をかけたのか。ここからは筆者の推測であるが、反自然主義の擬装を凝らした反政府的文芸雑誌が発刊されれば、政府権力から当然のこととして監視され、発売禁止といった手段で妨害され、鷗外や荷風の立場が危うくなる可能性が十分予測された。その危険性をできる限り回避するために、乃木希典《のぎまれすけ》大将が学長を務める学習院の卒業生で、親に貴族や有力政治家、実業家を持つ白樺派の若手の文学者を巻き込んでおけば、政府・官憲からの不当な干渉、妨害を防ぐことができるかもしれないという判断が働いたためではないかということである。

里見弴の回想——反自然主義文学季刊雑誌がもし発刊されていれば

ともあれ、こうして、四誌合同の季刊雑誌発行の計画は水泡に帰してしまった。そして、大同・団結に向けた話し合いに関して、具体的内容についての記述や回想記、回顧談の類はここで紹介したもの以外は、ほとんど残されないまま、なかったものとして歴史の闇の彼方《かなた》に消えてしまった。

ただ、そうした中で、一つ注目されるのは、「白樺」を代表して、新雑誌発刊の協議に参加した里見弴が、昭和十一（一九三六）年十月発行の「中央公論」に寄せた「青春回顧」という回想記のなかで、「四十四年の晩春か初夏の頃と憶えてゐる、たしか『昴《スバル》』の平出修氏あたり発企だつたらう、『昴』『三田文學』『新思潮』それに、『白樺』へも勧誘があつて、この四誌が合同して、年四回雑誌《ペリオディカル》を出さうといふ相談会を、上野の精養軒で催したことがある。森鷗外、与謝野寛、永井荷風といふやうな大家を首《はじめ》として、四十人あまりも集つたらうか」と書き起こして、合同会議について以下のように記していることである。

「白樺」でも、珍しく武者や志賀まで出席し、卓についてから、一人々々順番に立つて、「私は昴の何某《なにがし》です」「僕は三田文學の何某」といふ風に自己紹介をしたが、大部分は初対面の、而も今と違つて明朗派の少い当時の文壇人のことゆゑ、司会者じみた立場の平出修氏が、議題といふほどでないまでも、座談的にいろ〳〵と、各誌の意嚮《いこう》を引き出すやう努めたにも拘らず、相談らしい相談にはならなかつた。他誌の人々にはどう響いたか知らないが、我々「白樺」同人には、提案者の調子に、反自然主義を標榜する運動《ムウブメント》としての大同団結、といふ感じが強すぎて、それゆゑ乗り気になれなかつたのではないか、といふ風に思はれる。

里見弴はこのように記したあと、反自然主義を唱導する雑誌としてではなく、「たゞ四誌の同人中から、誰でも傑作を書いた場合、或は普通の雑誌では載せきれない長篇で、而《しか》も出来もい、といふやうな場合、合同の年四回雑誌《ペリオディカル》でもあつたら大へん好都合ではないか、といふ風な話の持ち出し方だつたら、この会合も或は実を結んだかも知れない」と、平出の話の持ち出し方が反自然主義に傾きすぎたことを惜しむ口調で、回顧している。

確かに、里見弴が記したように、平出の方が反自然主義を前面に押し出さなければ、あるいはまた籾山庭後が、新雑誌発行の月は、各誌休刊にしてほしいという要求を持ち出さなければ、新雑誌は発刊に漕ぎつけ、明治末期の文学界に新風を巻き起こし、文学が国家に一方的に屈服するという日本近代文学の不幸は、多少なりとも回避できたかもしれない。いやそれだけでなく、永井荷風の文学的生の軌跡も多分に異なったものになっていたかもしれない。

しかし、鷗外、荷風、平出修らの期待は水泡に帰し、四誌合同雑誌発刊をめぐる動きは、自然主義文学と反自然主義文学がせめぎあう形で、明治の終わりから大正の初めにかけて展開された日本近代文学の発展の歴史から消えたままになってしまった。その結果、慶應義塾大学部文学科の教授永井荷風が、四誌合同協議の首謀者の一人として会議に参加し、反自然主義文学雑誌発刊の意義と必要性を説いたということが、これまでの荷風論や評伝ではほとんど取り上げられていない。筆者の知るところでは、わずかに伊藤整が、『日本文壇史　十四』の「反自然主義の人たち」のなかで、出典を明らかにしないまま、志賀直哉の回顧談を中心に事の経緯を簡単に紹介したのと、秋庭太郎が、『考證永井荷風』（岩波書店、一九六六年）のなかの「明治四十四年（一九一一）」の項で、「一月某日夜、鷗外の肝煎りで上野精養軒に於て『昴《スバル》』『三田文學』『新思潮』『白樺』の同人が会合して、自然主義に対抗する合同雑誌刊行の相談があつた際、荷風も出席した。此時白樺の志賀直哉も出席してゐたといふ」と記しただけだということである。

永井荷風と大逆事件の関わりについては、上述したように、荷風が大正八（一九一九）年十二月、雑誌「改造」に寄せた「花火」のなかで、「わたしは文学者たる以上この思想問題について默してゐてはならない。小説家ゾラはドレフユー事件について正義を叫んだ為め国外に亡命したではないか。然《しか》しわたしは世の文学者と共に何も言はなかつた。わたしは何となく良心の苦痛に堪へられぬやうな気がした。わたしは自ら文学者たる事について甚しき羞恥を感じた。以来わたしは自分の芸術の品位を江戸作者のなした程度まで引下げるに如くはない」という思いにとらわれ、拱手《きょうしゅ》傍観を決め込んだ。そしてそれが、荷風の江戸戯作者《げさくしゃ》への擬装転向宣言であるという風にこれまでの荷風論では受け止められ、筆者自身もそう思ってきた。

しかし今回、本書を書き進めるなかで、「スバル」と「三田文學」、「新思潮」、「白樺」の四誌合同の季刊雑誌発刊の動きが、鷗外や荷風、平出修らを中心に進められていたことを知り、関連する資料を読み込んで初めて見えてきたことは、確かに永井荷風は、大逆事件に関して表向きは何も言わなかった。しかし森鷗外や平出修らと反自然主義合同季刊雑誌を発刊させるべく接触するなか、荷風は大逆事件の本質が「フレームアップ」であることを知り、その本質が言論・表現の自由という基本的人権に関わるものであることを見抜いた。そしてそれゆえに、強権的な国家権力の専横に対抗し、表現の自由を守るためには、反自然主義の擬装を凝らしたうえで、反政府的季刊文芸雑誌を発刊させ、文学的表現を通して国家と闘おうとしていたのではないだろうか。大逆事件に永井荷風が文学者としてどう関わったかについては、今後、森鷗外や平出修との関わりを通して、さらに深く検証される必要があると考えるゆえんである。

無抵抗、日和見《ひよりみ》、拱手傍観を装った大学教授文学者永井荷風ではあったが、その仮面の裏側にはもう一つ、国家権力と闘う文学者の素顔が隠されていた。そしてその素顔は、その後の荷風の文学人生を通して、ひそかに戯作者永井荷風の仮面の内側で生き続け、昭和の時代に入り、日本全体がファナティックな国家主義と、軍国的絶対主義に巻き込まれ、無謀な戦争へと雪崩を打って突き進み、民族滅亡の危機に追い込まれていくなかで、『断腸亭日乗』という日記をひそかに密室で書き続け、国家や戦争、軍部の悪を徹底的に批判し続けた抵抗の文学者、荷風の面貌のうえに現れ出てくることになったのである。

ともあれ、白樺派同人たちの反対で計画は水泡に帰し、荷風は荷風で慶應義塾の文学科教授という立場上、「三田文學」を通してあからさまに政府批判を行うことは憚《はばか》られ、森鷗外も『キタ・セクスアリス』が発禁処分を受け自分が書くものに対して国家が監視の目を光らせていることを思い知らされていたところに、大逆事件が国家によるでっち上げであることを知った。鷗外は、それでも「ファスチエス」や「沈黙の塔」、「食堂」など、国家に批判的な作品を「三田文學」に発表していたが、四誌合同会議が開かれたその日に、被告二十四人に死刑の判決が下されたことで、これ以上、国家を批判することは危険であると察知したのであろう、反自然主義文学季刊雑誌発行の企てから手を引く一方、書く内容を歴史小説や史伝の方向に切り替え、あからさまな政府批判を控えるようになる。

さらにまた、平出修も、四誌合同会議が開かれた明治四十四年一月十八日から三年後の大正三（一九一四）年三月十七日、悪性の骨腫瘍が原因で死去してしまったことで、反自然主義文芸雑誌を創刊することで国家に一矢を報いようとする文学者の側からの努力はほぼ完全に挫折し、歴史の闇に葬り去られたままになってしまったのである。

第七章　「三田文學」から飛び立った荷風門下生（1）

1　久保田万太郎

学生たちの要望に応えて、「三田文學」の門戸を学生たちにも開く

「三田文學」の創刊にあたって、編集主幹の永井荷風は、学校当局から、第一に雑誌の書き手と内容の面で「早稲田文學」に匹敵、あるいは凌駕《りょうが》することを、そして第二に売り上げを伸ばし、雑誌を継続的に発行していくことが、慶應義塾の経営に負担とならないようにと求められた。そのため、荷風は、すでに実績と名声の確立した書き手を選び、小説や詩、戯曲、翻訳などを掲載したわけだが、前章で見たように、創刊号そのものから、モダニズムと反モダニズムという矛盾をはらんだ作品構成となり、それ以降の号にも、そうした対立・矛盾は持ち込まれ、かつまた秋田雨雀《うじやく》、吉江孤雁《こがん》や相馬御風《ぎょふう》など「早稲田文學」系の文学者の自然主義的作品も掲載されるなど、「三田文學」は内容的に統一感に欠けるところがあった。

さらに、久保田万太郎が『よしや　わざくれ』に書いたように、学生たちの「慶應義塾関係の書き手に」という意向に沿って書き手が選ばれず、慶應とは無関係で、しかも旧態依然たる書き手の作品が選ばれていることに対して、学生たちは不満を募らせていた。結果、雑誌の内容と編集方針を変えてほしいという学生たちの声につき上げられたのであろう、大学側からは荷風招聘《しようへい》の交渉にあたった幹事の石田新太郎や英文学教授の馬場孤蝶《こちよう》などが参加する形で、『「三田文學」』を今後どうするか」というテーマで、学生たちとの話し合いが持たれることになる。会議では、学生側から、「もう少し慶應と関わりのある書き手を登用できないものか」という意見が出され、石田は、「君たちがそれほど慶應、慶應というなら、君たち自身が書いたらいいじゃないか」と、逆に学生を煽《あお》る。しかし、学生の方では今すぐ小説を書ける自信もないので、しり込みしてしまい、結局、会議はあいまいな形で終わってしまう。

この会議に、永井荷風が出席したかどうかは分からない。しかし、あとで馬場孤蝶あたりから、学生たちの言い分を聞かされ、感じるところがあったのだろう、荷風は、学生たちに「君たちも、作品を書きなさい。それで書き上がったら、私に見せてください。出来が良かったら、雑誌に載せてあげますよ」と奨励する。この一言で、文学科の雰囲気は、がらりと変わり、水上瀧太郎《みなかみたきたろう》が「誰の心にも創作熱が泉の如く湧いて来た」(「永井荷風先生招待会」、「随筆」、大正十三年八月)と回想したように、学生誰もが目の色を変え、競うように小説を書き始めるようになる。

こうして、ヴィッカース・ホールは、教授や講師の講義を受け身で聴くだけの教室から、小説を書くことを通して文学に能動的、積極的に関わる一種の創作教室に一気に変貌する。慶應義塾大学の文学部と「三田文學」が、今日まで百年を越える歴史を有し、その間に日本の近代／現代文学史に名を残すこととなったいくたの小説家や詩人、文学評論家、文学研究者を生み出してきた歴史は、まさにこのとき、荷風の「君たちも小説を書きなさい。そして書き上がったら、私に見せてください」という一言が発せられたときからスタートしたと言っていい。

久保田万太郎、「朝顔」で「三田文學」デビュー、一躍注目を集める

荷風の励ましを受けたことで、文学科に在籍する学生たちが、本科、予科を問わず、目の色を変えて小説や評論を書き始めるなか、最初に作品が「三田文學」に掲載されたのは文学科本科で美術史を専攻していた澤木梢《こずえ》（本名四方吉《よもきち》）で、「ニイチエの超人と回帰説」と題した評論が二回に分けて、明治四十三（一九一〇）年八月一日発行の第一巻第四号と十月一日発行の秋季特別号に掲載される。さらに、十一月一日発行の第七号に小林乳木の「対話外七篇」が、翌四十四年三月一日発行の第二巻第三号には井川滋の「逢魔時」、第六号には堀口大學の「女の眼と銀の鑵と」と久保田万太郎の「朝顔」が、第七号には水上瀧太郎が「阿部省三」という筆名で書いた「山の手の子」と江南文三の「逢引」、久保田万太郎の「遊戯」、さらに佐藤春夫の詩「憤」が、第八号には小林乳木の「凋落に酔へるダンヌンチオ」と佐藤春夫の「キイツの艶

書の競売に附せらる丶とき」、澤木梢の「無名詩人の生立」が、また第十号の「秋季特別号」には松本泰の「樹陰」が掲載されるなど、荷風門下の学生の作品が号を追って掲載され、「三田文學」は慶應文学科の学生のための登竜門としての性格を強くしていくことになる。

そうしたなかで、最初にブレークし、社会的に認知されたのは、ドイツ語及びドイツ文学専攻で、本科に進んだばかりの学生久保田万太郎で、最初の小説「朝顔」が、明治四十四年六月一日発行の第二巻第六号に掲載された。万太郎にとって幸いしたのは、この小説が夏目漱石の門下生の一人で、文学科の講師として万太郎にドイツ語とドイツ文学を教えるかたわら、「東京朝日新聞」の「文藝欄」に「蓬里雨」という筆名で文学時評を書いていた小宮豊隆によって、六月十一日付の記事で取り上げられ、「布置結構から描写の仕方乃至《ないし》文章に至る迄極めてなだらかにも亦染々《しみぐ》とした出来栄である。（中略）実際 淑《しつとり》とした然《しか》も温味のある詩的《リヽカル》な主観に世界を包んで生きて

慶應義塾大学部文学科の学生だったころの久保田万太郎。

ゐる人でない限り、かゝる纏まつた感じの作品が出来やう筈がない。此作者は詩人である、真の意味に於ける詩人である」と絶賛されたことで、「朝顔」とその作者久保田万太郎の名は一気に、文学界に知られるようになる。

　万太郎にとってさらに幸運だったのは、「早稲田文學」の記者で、小説も書き、文学評論も書いていた中村星湖が「早稲田文學」で小宮の時評に論駁《ろんばく》し、「朝顔」を「用意の到らぬ」作品と評し「物哀れに書いてあるから好いと言ふやうな評を聞くと、一体今年は明治何年だと問ひたくなる」などと批判、さらにまたそれに対して小宮が七月二十三日付の「文藝欄」に「早稲田文學記者に與ふ」と題して反論を書くなど、「東京朝日新聞」の紙面と「早稲田文學」誌上で応酬があったことで、一層「朝顔」と久保田万太郎の名は世間的に広く認知されるに至る。

　このように久保田万太郎は、「朝顔」一作を書いて、「三田文學」が生み出した最初の新人作家として認知され、続いて、初めて書いた戯曲「遊戯」も「三田文學」に掲載され、さらに雑誌「太陽」の懸賞戯曲に応募した「プロローグ」が小山内《おさない》薫《かおる》の選で入賞し、「太陽」に掲載されるなど、劇作家としてもブレーク。万太郎は学生でありながら、特異且つ前途有為な新進小説家、劇作家として、大正初期の文壇において早々と地位と名声を確立していったのである。

『すみだ川』を下敷きにして書かれた「朝顔」

　すでに指摘したように、久保田万太郎は、「三田文學」の創刊号が発刊されたとき、掲載された作品のなかに、反モダニズムを志向する旧態依然たる作品が含まれていたことを批判的に受け止めた学生の一人であった。ところが、皮肉と言うべきか、万太郎が書き上げ、「三田文學」に掲載された「朝顔」は、最初から最後まで、「近代」の光が差し込まない、徹底した反モダニズム小説として書かれたものであった。しかも、「朝顔」は、「三田文學」創刊号の反モダニズム志向を批判的に受け止めてから一年もしないうちに書かれている。なぜ万太郎は反モダニズムの権化ともいうべき小説家に一気に変身し、「朝顔」を書いたのか……。

考えられる理由は二つある。一つは、実際に小説を書く段となって、万太郎が、自身の出自である浅草の反近代性に足場を据えて書くしかないことを自覚したこと。二つ目は、万太郎が、荷風の慶應義塾文学科教授就任まえから、荷風の「深川の唄」とか「監獄署の裏」、『すみだ川』などの作品を読んでいて、荷風が明治日本の皮相的、且つ醜悪な文明・文化の近代化に辟《へき》易《えき》、嫌悪し、モダニストから反モダニストに変身し、東京下町の性的風俗の世界に生きる女性との交情のいきさつを主題に小説を書こうとしていることを、いち早く見抜いた。そのためせっかく書き上げた小説が荷風先生に気に入られ、「三田文學」に掲載されるには、荷風先生の江戸下町志向、あるいは江戸回帰趣味にかなった作品を書くにしくはないと判断したからであろう。

その結果、書き上げられた「朝顔」は、明らかに『すみだ川』を下敷きにして書かれたものであった。万太郎が何より『すみだ川』に魅《み》せられたのは、主人公の「長吉」に少年期の自分自身を重ね合わせ、『すみだ川』を万太郎自身の身の上が書かれた物語として読んだからにほかならなかった。であればこそ、浅草の奉公先でちょっとした不正を働いたのがばれて解雇され、そのまま旅回りの女役者の母親の後を追って、役者の世界に身を落としていく「朝顔」の主人公「徳松」は、浅草の今戸で常磐津《ときわず》の師匠をしている母親「お豊」の、上級学校を出てしっかりした堅気の職に就き、出世してほしいという願望に抗して、幼馴染で、歌と踊りが大好きで、芸妓《げいぎ》の道に進みたいと三味線と唄の稽古に励む十六歳の少女「お糸」に淡い恋心を抱き、自分もできれば芸の道（役者）に進みたいと願う『すみだ川』の主人公「長吉」を下敷きに書かれなければならなかったのである。

自身の出自たる浅草からの離脱と遁走《とんそう》、そして浅草への回帰……それはモダニズムを強く志向する文学青年であった久保田万太郎が、小説家に変身するうえで、どうしても潜《くぐ》っておかなければならない関門であった。万太郎に幸いしたのは、浅草に生まれ、浅草に育ち、浅草で成長したことで、万太郎が浅草を知悉《ちしつ》していたことであった。であればこそ、万太郎は初めての小説「朝顔」で、とても二十一歳の大学生が書いた小説とは思えないほど、流ちょうな会話体の文体を駆使し、煙草《たばこ》入れ屋を営む浅草の商家に奉公し年季を積んできたものの、仕入れた菖蒲革《しょうぶがわ》（菖蒲の葉や花の文様を白く染め抜いた鹿のなめし革のこと・筆者註）をくすねて、金を作っていたことがばれ、店を解雇されてしまった男の転落の生の物語を書き上げることができたのである。

こうして、わずか二十一歳の若さで、「三田文學」が生み出した最初の学生作家として名を揚げた万太郎ではあったが、あまりに早く小説家として、戯曲家として世に出、知名度を上げてしまったがゆえに、昭和三十（一九五五）年二月に執筆し、中央公論に掲載された「明治二十二年—昭和三十三年……」のなかで、「五月、慶應義塾大學部文科を卒業した。……のはい、、途端に、ぼくは、目のまへが暗くなつた」と記したように、ペンの運びがしぶくなり、「おもふやうに書けなくなつて来た」ことで、苦しむことになる。しかし、大正六（一九一七）年、初の小説「朝顔」の手法にならって、再び、低く転落していく浅草の芸人（盲目の落語家）の生を描いた「末枯《うらがれ》」を書き、それが「新小説」に掲載され、読者から受け入れられたことで、再び自己本来の書くべき主題と手法を見出《みいだ》して立ち直る。

そして、それ以降は、小説では、『寂しければ』、『春泥』、『花冷え』と、戯曲では『大寺学校』、『波しぶき』など、浅草を舞台にそこに反近代的な姿勢で低く生きる芸人や俳人の生きざまや風俗・人情を、流ちょうな下町言葉を駆使した会話調の文体で描き続ける一方、俳句でも多彩な才能を遺憾なく発揮し、昭和二十七（一九五二）年に永井荷風が文化勲章を受章したさいには、選考委員の久保田が強く推したとされ、自身も昭和三十二（一九五七）年に文化勲章を受章。昭和三十八（一九六三）年五月六日、七十三歳で永眠。死後、著作権や遺産のすべてを慶應義塾に譲渡し、その資金をもとに「久保田万太郎記念講座」が開設され、著名な作家や詩人、評論家が講義を受け持ち今に至っている。

2　水上瀧太郎

理財科の学生でありながら、荷風の講義を聴講

文学科教授永井荷風は、規則上は二年間の予科課程を終えた本科の学生たちにフランス語とフランス文学、さらに文学評論の講義を行うことになっていた。しかし、売れっ子の小説家永井荷風が慶應の教授に招かれ、フランス文学について講義をするということで、久保田万太郎や佐藤春夫、堀口大學のように予科の学生でありながら、荷風の講義を聴きにくる学生も少なくなかった。

さらにくわえて、理財科の学生でありながら、文学への夢断ちがたく、理財科の講義を抜け出しては、荷風の講義を聴きにくる学生もいた。明治四十四（一九一一）年七月、久保田万太郎より一カ月遅れて、初めての小説「山の手の子」が「三田文學」に掲載されたことで、久保田万太郎に次ぐ大学生作家として認知され、さらに卒業後、アメリカ、イギリス、フランス遊学を経て、帰国後に明治生命保険会社（現明治安田生命保険相互会社）に入社、それ以降は、保険会社に勤めながら、小説家の道を歩むことになる水上瀧太郎も、そうした非正規の荷風の教え子の一人であった。

慶應義塾大学部理財科の学生だったころの水上瀧太郎。（水上瀧太郎全集二巻・岩波書店）

水上瀧太郎は、久保田万太郎より二年早く、明治二十（一八八七）年十二月六日、東京市麻布区飯倉《いいぐら》三丁目十五番地に、父泰蔵、母優の四男として生まれている。父親の泰蔵は、明治生命の創始者であり、瀧太郎は、山の手の資産家の御曹司として、黒い門構えの宏壮《こうそう》な邸宅に育ち、五歳のころから絵画、特に錦絵を好み、自らも絵筆を執る。六歳で芝区の御田《みた》小学校に進み、巌谷《いわや》小波《さざなみ》の「お伽草子《とぎぞうし》」や「少年世界」に親しみ、高学年に至って『太平記』や『平家物語』、『万葉集』、『古今集』などを読むことに熱中し、国文の成績はずば抜けてよかった。

明治三十三（一九〇〇）年三月、御田小学校高等科を卒業し、慶應義塾普

通部に進み、泉鏡花の小説や与謝野鉄幹・晶子夫妻の短歌に心酔。学年が進むにつれて文学熱が高じて、学科の好悪の差が激しくなり、二学年次と三学年次に落第を繰り返す。そうした意味で、瀧太郎は、東京府立第三中学校の第三学年終了時の数学の成績が悪く、留年を余儀なくされたことで慶應義塾普通部に転学した久保田万太郎と並んで、「落第・留年」という「三田派」の文学者に共通する「負」の記号性を身につけた最初の文学者の一人であると言える。

ともあれ、こうして道草を食った瀧太郎ではあったが、それでも明治四十（一九〇七）年三月、普通部を卒業して、大学部予科に入学。四十二（一九〇九）年三月、予科を卒業し、本科理財科に進む。ところが、理財科二学年次のとき、永井荷風が文学科の教授に就任することを知って、断念したはずの文学への夢を蘇《よみがえ》らせ、小説を書き始める。のちに瀧太郎が「随筆」の大正十三（一九二四）年八月号に寄せた記事、「永井荷風先生招待会」のなかで、「子供の時分から文学美術に対して異常な憧憬の念を抱いては居たが、自分が作家にならうとは思はなかつた。否、なれやうとは考へられなかつたのである。若《も》し其の時永井先生が学校に御出でにならなかつたら、若し『三田文學』が創刊されなかつたら、自分は結局小説作家にはならなかつたであらう」と回想しているように、永井荷風が文学科の新任教授として三田のキャンパスでフランス語やフランス文学、文学評論の講義を行うかたわら、新たに創刊されることとなった「三田文學」の責任編集を行うという告知がなかったら、小説家水上瀧太郎は誕生しなかった。

久保田万太郎が、どうせ兵役に取られるなら、それまで好きなことをしようという思いで文学科に進み、荷風の教授就任を知り、「文学をやろう」と文学への情熱を燃え立たせたように、生命保険会社の創立者である父親の跡を継ぐべく理財科に進み、卒業後は欧米に留学、帰国後は明治生命に就職と、ビジネスマンとして生きる道が決定し、さらにまた、文学を断念して無味乾燥な経済学の講義を聴かされていただけに、「永井荷風、文学科教授に就任」の告知は、瀧太郎を興奮させ、一旦は断念したはずの文学への思いが、堰《せき》を切った奔流のようにあふれ出てきたのである。

瀧太郎は、小学校以来のクラスメートであり、文学愛好家でもあり、理財科の助手をしていた小泉信三（のちの慶應義塾大学塾長）と共に、文学科の学生以上に熱心に荷風の講義を聴いた。そして、暇を見つけては、ヴィッカース・ホールに足を運び、講義が終わったあと、荷風が学生たちと交わす文学談義を聴き、談話の輪にくわわり、荷風の正真正銘のモダニストとしての風貌や言動、ロマンチストとしてのオーラに心酔・感応し、インスパイヤーされることで、自分も小説を書こうという気持ちを募らせる。

くわえて、上述したように、荷風先生から小説や詩が書けたら自分に見せるように、出来が良ければ「三田文學」に掲載してあげましょうと励まされ、学生たちの創作意欲はますます高まり、おのずからそうした学生たちが集まり、美学専攻の澤木四方吉らを中心に、瀧太郎や小泉信三も加わり、「例の会」という名の創作同好会のようなものが作られる。「三田文學」に載せてもらいたい一念で集まって、それぞれの創作アイディアを出しあい、批評しあうことで刺激を受け、一層創作への意欲を高まらせ、小説を書き上げることを競いあったわけである。

「永井荷風先生招待会」で「山の手の子」の原稿を手渡す

「永井荷風先生招待会」の記述によると、そうしたなかで、学生たちの間で講義とは別に先生の話を聞き、交わりを深め、自分たちのことも知ってもらう席を作ろうじゃないかという話が持ち上がる。しかし、荷風先生が引き受けてくれるか、フランス仕込みのモダニストで、ハイカラな先生をどこで、どのような料理とお酒でもてなしたらいいかも分からないため、学生たちは、親睦会を開くので出席してくださいということを、どうしても荷風に言い出せない。要するに、モダニスト文学者として永井荷風の持つ記号的優越性、あるいは特権性に圧倒され、学生たちに、親睦会の開催を申し出る勇気が湧いてこなかったということなのだ。

ところが、明治四十四（一九一一）年の五月半ばのある日、瀧太郎と小泉信三が連れ立って、荷風先生の講義を聴くべく、ヴィッカース・ホールに足を運ぶと、文学科の学生は一人も来ておらず、講義にならないので、二人は、中学生時代に荷風先生が小説を書き始めたころのことをいろいろ質問し、荷風先生はそれに丁寧に答えてくれた。その話が一段落ついたあとで、荷風先生は翌月発行される「三田文學」（明治四十四年六月号）の内容について話し始め、文科一年（本科の一回生という意味・筆者註）の久保田万太郎という学生の書いた「朝顔」という短編小説が掲載されるという話になる。それを聞いて、「今がチャンス！」と思ったのであろう、小泉信三が、「水上君も小説を書きました」と言って、「山の手の子」のことを紹介してくれた。すると、荷風先生はにこやかな笑みを浮かべて、「持つてゐらつしやい。拝見しませう」と、言ってくれたという。しかし、自分の書いた小説など、到底荷風先生のお眼鏡にかなうはずはないと思い込んでいただけに、瀧太郎は、顔を赤くして恥じ入るだけだった。

だがしかし、運命は、瀧太郎に「山の手の子」を荷風に手渡す機会を用意してくれる。それから十日ばかり経《た》った五月二十四日の夜、「例の会」に荷風先生を招待することが決まり、会の終わりを待って瀧太郎は「山の手の子」の原稿を荷風に手渡したのである。会場は、「仏蘭西帰りの先生に、日本の西洋料理なんか差上げられないと心配する一方に、吾々の懐中も頗《すこぶ》る豊かで無かつたのである。どうせ先生を満足させる事は出来ないのだから、いつそふだんの吾々の生地で行かうといふ事になつて、結局場所は三田の山の上でヴイツカース・ホールときまつた」という。

招待会当日は、昼間激しい雷鳴がして雨が降ったが、夕方、食事の用意ができたころには、「風も無くしつとりおちついた青葉の木立に、静に雨の降りそゝぐ夕暮となつた」という。荷風先生は、午後の四時ころ会場に現れ、一同席についたものの、学生たちは変に緊張していつものように自由に口を開くことができないまま時間が過ぎていったが、すでに慶應を卒業し、会社勤めをしていた岡田四郎が遅れて参加し、「がらがらした調子」で話し出すのを、一同荷風先生に対して失礼にならなければいいがと気をもんだものの、荷風先生が一向に気にする気配がないので、かえって一座の緊張がほぐれ、さらに酒が出たので、それぞれが活発にしゃべりだし座は大いに賑《にぎ》わった。

荷風先生は葡萄酒《ぶどうしゅ》しか飲まなかったが、学生たちは葡萄酒に始まり、アブサン、ビールと何でもござれで飲みまくり、酔うほどに気炎は上がり、荷風先生にあれこれ質問し、先生の方も「距《へだ》てなくいろんな話をして下さつた」という。そして、文学、美術、音楽、演劇などについて、学生たちは忌憚《きたん》なく自分たちの意見を述べ、荷風先生も機嫌よくそれに受け答えし、「粗末な料理も、先生は平気であがつて下さつた」という。こうして永井先生は、夜の十一時ころまで学生たちに付き合い、席を立たれた。そして、帰り際に、瀧太郎は、「山の手の子」の原稿を、荷風先生に手渡したというのだ。

今から百年以上も昔、静かに雨の降る春の宵、三田山上の学生と教授の懇親会で、荷風教授と学生たちの間で、このように自由活発で、モダン、且つ幸福な時間が共有され、そこから「よし、自分たちも全力で小説を書いてみよう」という創造的気運が一層盛り上がり、そのなかから久保田万太郎や水上瀧太郎など若い書き手が躍り出てきて、それが慶應義塾の文学科と「三田文學」の百年を超える創造的歴史を生み出す原動力となったということである。

稀代の好色家で、名うての吝嗇漢《りんしょくかん》であり、且つ性狷介《けんかい》で、世に背を向けて容易に人と交わろうとしない変人文学者と思われてきた永井荷風が、慶應義塾の文学科教授であった時代に、このように上下の隔てなく、文学を仲立ちとして自由に開かれた人間的関係性と「幸福」の時間を、学生たちと共有したという事実をこれほど生き生きと私たちに伝えてくれるテクストは、水上瀧太郎の「永井荷風先生招待会」をおいてほかにない。そのことを、文学の二十世紀性という意味において、少なからぬ先駆的小説を書き残したにもかかわらず、今日あまりに不当に忘れられた存在に甘んじている小説家、水上瀧太郎の名誉のために特筆大書しておきたい。

荷風の「狐《きつね》」と『すみだ川』にならって書かれた「山の手の子」

水上瀧太郎が勇を鼓して荷風先生に差し出した初の小説「山の手の子」は、「阿部省三」（「肖三」の誤植）の名で、明治四十四年、「三田文學」七月号に掲載された。ところが、この号に掲載された同じ文学科学生の江南文三の「逢引」という小説が、「風俗紊乱《びんらん》」を理由に、内務省から発禁処分を受けたことで、「山の手の子」もまた一般読者から読まれる機会を奪われてしまう。しかし、瀧太郎に幸いしたのは、「朝日新聞」の文藝欄の「七月の劇と小説（下）」で、小宮豊隆が、久保田万太郎の「朝顔」に次いで、この小説を取り上げ「子供の折の追憶を描《か》いたものであるが（中略）佳作たることを失はない、的確な表現の形式には充実した内容が籠《こも》つてゐる。子供の折の色彩ある追憶は夫《そ》れ自らが詩を形成《かたちづく》るものである。此詩を描いて其天地が纏まるか纏まらぬかは作者の内界が纏まつてゐるかゐないかに依つて定《き》まることである。江戸に生れたと見える此作者は其内界を彩どる江戸らしからぬ遣瀬《やるせ》ない弱々しい心持を懐《いだ》いて生きてゐる。其消息が作全体を包む、纏まつた空気に浮動してゐると思ふ」と、高く評価したことで、瀧太郎の名は認知されるに至る。

「山の手の子」は、小宮豊隆が「稍《やゝ》感傷的《センチメンタル》になり過ぎた処と作者の心持が今昔入乱れた点と（中略）はあつても」と指摘したように、若書きゆえの未熟なところがある。しかし、この作品が「三田文學」に掲載されてから百年以上経った現時点で読み返してみても、久保田万太郎の「朝顔」以上に、読む者の胸を打つところがあるのは、小説が、幼少年時代の失われた時を求める追憶の小説として書かれていること。さらに、その追憶のなかで、作者の分身と言ってい い「山の手の」黒い門構えの「御屋敷」に住む「坊ちゃん」が、その存在を受け入れ、ほおずりして可愛《かわい》がってくれ、山のしたに広がる異界に入っていくことを可能にする導き手（アシャレット）に等しい存在となってくれていた、「お鶴」という名の、明るく、おきゃんで、歌や踊りが好きな町娘が芸者になるため浅草に去っていくことで、大切な何かを失ってしまった……その悲しみの歌が、作品を通して聞こえてきて、それが読む者の心を痛切に打つからである。幼少年期における喪失の悲しみの歌を、追憶の小説という形式を通して詠《うた》ったところに、この小説の第一の手柄があると言っていいだろう。

第二の手柄として指摘しておきたいのは、おそらくは敬愛する永井荷風先生に認められたいという本心から出たのだろうが、二十三歳の大学生が書いた初めての小説としては、小説の登場人物の設定やストーリーの組み立てと展開、具体的場面や情景の描写などの面で、以下に列記するように、実に周到な配慮と計算がなされていることである。

1　山の手の裕福な家庭に育った瀧太郎自身の幼少年期における体験を追憶して書かれていることで、荷風の、幼年期において父親が屋敷内に棲《す》む狐を退治したときの恐怖の体験を想起して書かれた「狐」と重なるところがある。

2　小説の世界が、少年が住む山のうえの御屋敷に象徴される裕福な上流階層が住む近代的な生活空間と、少年が入っていきたいと誘惑に駆られている山のしたの庶民（下層階級）が住む前近代的な生活空間、すなわち少年にとっては未知なる「異界」と、二つの世界に引き裂かれて設定されていることで、作品世界に奥行きと広がりが出ていて、その意味で浅草の世界に限定して書かれている久保田万太郎の「朝顔」の単調感を免れている。

3　主人公の「御屋敷」に住む「坊ちゃん」にとって淡い初恋の対象であると言っていい町娘の「お鶴」が、浅草の芸者家に売られていくという物語の設定は、永井荷風の『すみだ川』における、主人公の「長吉」の幼友達であり、「長吉」が淡い恋心を抱いている「お糸」という少女が、葭町《よしちょう》の芸者になるため浅草を去っていくという設定を踏まえて書かれており、その辺に「お鶴」を失った「坊ちゃん」の悲しみと「お糸」を失った「長吉」の悲しみを交響させることで、荷風先生を喜ばせ気に入られたいという、教え子瀧太郎の憎めない「計算」が仕掛けられている。

4　さらにまた、町内の若者が「わっしょいわっしょい！」と、お祭りのみこしを担いで威勢よく「山のうえ」まで回ってくるのを、乳母に手を引かれながらこわごわ少年が見ているという設定は、荷風の「狐」において、父親が屋敷内に棲みついた狐を退治し、天《てん》秤棒《びんぼう》に吊《つ》るして意気揚々引き上げてくる場面、すなわち狐の食いしばった牙の間から生血がどろどろと雪に滴るのを見て、思わず、母親の小袖のかげに顔を隠したという記述を踏まえたもので、暴力的なものに対する恐怖と嫌悪感が書き込まれていることで共通していると言える。

このように、恩師永井荷風の影響を強く受け、初めての小説「山の手の子」でデビューした水上瀧太郎は、さらに、慶應義塾大学部理財科を卒業後、アメリカやイギリス、フランスへの遊学体験を経て日本に帰国。父親が経営する生命保険会社に勤務するかたわら、再び荷風の強い影響のもとに書き上げ、世に問うたのが、遊学体験に基づいて書いた異国遍歴物語とでも言うべき一連の新帰朝者小説であった。

『あめりか物語』所載の「悪友」を下敷きにして書かれた「同窓」

「山の手の子」で、久保田万太郎に次ぐ「三田文學」出身の新進作家としてデビューした水上瀧太郎は、その年の秋十一月、「三田文學」に「新次の身の上」（のちに「ものの哀れ」と改題）を発表、翌年の二月には「ぼたん」を「三田文學」に、「うすごおり」と「噂《うわさ》」を「スバル」

の二月号と八月号に、さらに「沈丁花《じんちょうげ》」を「新潮」の五月号に発表と、「三田文學」をベースにしつつ、作品発表の場を広げ、大学生小説家として着実に地歩を固めていく。明治四十五（一九一二）年三月、理財科を卒業し、同年九月欧米遊学のため渡米、ボストン近郊のハーバード大学に通い、経済原論と社会学を聴講する。大正三（一九一四）年六月には、ハーバード留学を終えロンドンに渡る。およそ一年三カ月に及ぶロンドン滞在中には、大英博物館に通い近代文学の研究に没頭、トルストイの全作品を英訳で読む。さらに大正四年十二月、ロンドンからパリに移り、およそ八カ月滞在。大正五年八月、パリを発《た》ち日本に帰国、同年十二月、父親の経営する明治生命保険会社に入社し、サラリーマン生活に入る。

このように、水上瀧太郎は、永井荷風がそうであったように、ボストン、ニューヨーク、ロンドン、パリ……と、当時としては近代文明・文化の最先端を行く大都市で異邦人生活を体験することを通して、欧米の文明・文化の根底を流れる伝統の重みをしっかりと受け止め、且つまた個我の独立と精神の自由を何より尊しとする欧米の近代精神を身につけて日本に新帰朝してくる。そして、父親の経営する生命保険会社の社員として、サラリーマン生活を続けながら、「船中」（「中央公論」大正六年一月号）、「同窓」（「新小説」大正六年四月号）、「楡《にれ》の樹蔭」（「三田文學」大正六年八月号）、「ベルファストの一日」（「三田文學」大正七年三月号）、「新嘉坡《シンガポール》の一夜」（「新小説」大正七年九月号）……と、欧米での生活体験や人との交わり、見聞、思念、感懐、自然観察に基づいた異国遍歴物語とでもいうべき小説を発表していく。

ならばなぜ荷風は、「性」を社会の外に求めざるをえなかったのか。考えられる理由は、「性」を社会の内側に置いて、男と女の性的関係性を求めると、そこには必ず「性」の第一義的本能、あるいは義務としての「生殖」の問題が出てきて、人は、結婚し、種族保存のために子を産み、育てることで社会的使命と義務を果たすことを要求されるようになる。そしてそこに倫理の問題が発生し、人は社会的モラルに従うことを求められる。しかも生まれてくる子は「国家」の象徴的主体としての天皇の子としてみなされていた明治の末期から大正・昭和初期の時代にあっては、人は「国家」のために性行為をし、子を産み、育てることが義務化され、個人は国家の支配下に置かれ、心身を従属させ、「自由」を奪われることになっていたからである。

永井荷風は、そうした国家による個人の内心と行動の自由の支配という、明治の社会と個人をがんじがらめに縛っていた構造的支配の力学に反抗し、自らの心身の自由を確保するために、「性」を社会的規範の外側に求め、そこに低く生きる女性、すなわち、私娼婦やカフェの女給、ダンサーたちとの性的な関係を求めていった。特に、父親から追放される形でアメリカに渡った荷風は、国家による暴力的支配の力学をそのまま体現している父親に反抗し、父親からの命令に近い負託に逆らい、結果として父親を「殺す」ためにも、自身の存在が自由であることの証しを、アメリカ社会の最底辺、あるいは外側に生きる街娼婦との性的関係性のなかに求めざるをえなかった。『あめりか物語』全編を貫く主題として、「性」がきわめて重要な意味を持っ先きの十字架も、はげしく波打つておののいた」……。

「上月」は、まさにこのとき、その先には、「聖なる処女」を抱きしめ、唇を吸い……男として「処女」と性的に合体するしかないという、ギリギリの瀬戸際に立たされていたことになる。にもかかわらず、彼は身をひるがえし、「聖なる処女」に別れを告げ、パリを発ち、日本に帰っていった。「新嘉坡の一夜」は水上瀧太郎の書いた小説のなかで、反社会的な性の世界に足を踏み込ませるかどうか、ギリギリの地点に接近したところで書かれた小説であった。だがしかし、瀧太郎は、夏目漱石が決して踏み込もうとしなかったその一線を見極めたうえで、社会の内側に帰ってくる。永井荷風の新帰朝者小説と十年後に書かれた水上瀧太郎の新帰朝者小説との、最大の、そして決定的違いがそこにあると言っていい。

「性」をめぐる荷風と瀧太郎の決定的違い

同じような異国遍歴体験から生まれてきた、反社会的な性を主題とする小説であるにもかかわらず、瀧太郎と荷風では、なぜこのように大きな違いが出てきたのだろうか。理由として考えられるのは、明治末期から大正・昭和にかけて、国家が個人に優越し、個人の心身の自由を束縛し、奪いとろうとした時代にあって、永井荷風の場合は、「性」を通して個人の身体と精神の自由を獲得するには、「性」を社会の外に置かざるをえなかった。つまり、性欲の対象を、社会の周辺、あるいは外側に生きる娼婦たちに求めざるをえなかったということである。

あります」と告げた、マドモアゼル・デュポンという名のフランス語の教師で、戦死した弟のためにいつも着ている喪服がよく似合う「白臘《はくろう》の顔に、希臘《ギリシヤ》の彫刻のやうに整つた目鼻や口もとが、不浄な血液や分泌物を体内に持たない人のやうに思はれた」というほど、崇高純潔な「聖母」のイメージを持つ「処女」であった。彼女は、フランス語の教師として「上月」に接する間は、一度も彼女のなかの「女」を表に出すことはなかったという。しかし、故国に残してきた父親が病気であるという理由で、「上月」がパリを去り、日本に帰らなければならないと告げたとき、彼女は「強い愛惜の情」を浮かべ、船がロンドンに寄港した折に大佐夫人に逢《あ》うつもりかと問いただす。上月が「そのつもりだ」と答えると、「処女」は「貴方は未練があるのですね」と、いつもとは違った声の調子で言い、その目に「嫉妬」の念を漂わせ、最後に、「貴方にはほんとに女難の相がありますよ。——オオ怖い」と、冗談めかして言う。しかもそのとき、彼女の声は、「異常に震へて、日頃冷い瞳の色が炎のやうに輝」き、「椅子に腰かけた彼女のつまさきも、膝の上で手巾《ハンケチ》をなぶつてゐた指さきも、かすかに痙攣して震へ」ていたという。

そのとき初めて、「上月」は、真に自身の身に「女難」が迫っていることを感じとる。そして、「難有《ありがた》う。左様なら。——私は誓つて今後の生涯を女に触れずに終りませう」と言って、手を差し出す。その手を強く握って、マドモアゼル・デュポンは、「真青になつた頬に落る涙を拭ひもせず、黙つて力強く握りしめた。喪服の胸に首からかけて長く垂れた細い黄金の鎖の

「上月」の言う「女難の相」とは、ロンドンとパリ滞在中に親しく交わった三人の女性との「危険域」一歩手前まで迫った体験である。一人は大英博物館の裏手に隠れ住み、街頭に春を売るベルギー生まれの女で、「上月」は、この女と旅の気まぐれに一夜枕を共にしたのが縁で、ずるずると動物的性欲の泥沼に引きずり込まれるものの、女のしつこさに辟易《へきえき》し、女を振り捨ててパリに渡ってしまう。

二人目は、「上月」がロンドン滞在中に一時下宿していたことのある陸軍少佐の家に、しばしば遊びに来ていた陸軍大佐の妻で、フランス文学を好んでいたことで話が合い、文学談義を交わすなか、夫人の方が「上月」に恋心を抱き、夫人から一線を越え、肉体の交わりを持つことを迫ってくる。にもかかわらず、夫人の求めに応じようとしない「上月」は、夫人からあるときは、自分を抱いてくれないなら「毒を仰いで死ぬ」と迫られ、またあるときは抱きすくめられ「火のやうに燃える夫人の狂乱の唇」に、額も頬も唇も吸われたという。しかし「上月」は、肉体の一線を越えることはせず、夫人から逃れるようにしてロンドンを去ってしまう。ところが、夫人は「上月」の行き先を執拗《しつよう》に調べあげ、ついにパリの下宿先の住所を探し当てて手紙を送ってくる。その手紙には、このままパリにとどまるのなら自分もパリに行く、そうではなくてロンドンに戻ってくるなら、以前のような友人の関係に戻りたいので、ぜひ自分を訪ねてほしい。それでなければ、自分は「毒薬を服して死ぬ」と書かれてあったという。

「上月」にとって三番目の「女難」の相手は、パリ滞在中、「上月」に「貴方には女難の相が

て浮かび上がってくるゆえんがそこにあると言っていい。

永井荷風は、日本の男子にただ一つ残された心身の自由の可能性を求めて、「性」を社会的規範の外に置き、そこに生きる女性たちと「性的」対関係性を共有しようとした。それは、荷風だけでなく、明日は戦場に駆り出される宿命にあった日本の男子全員が背負わなければならなかった悲しい宿命的現実であった。つまり永井荷風は、心身の自由を求めて「性」を社会の外側に求め、「性」を生殖本能から切り離し、より上位の文化、あるいは遊戯のレベルに解放する形で異国の街娼婦と性的な関係を持ち、その喜びを共有し、心身の自由を獲得することによって、「父殺し」、ひいては「国殺し」を敢行しようとしていたことになる。

一方、「山の手の子」に次いで、二番目に「三田文學」に掲載された「新次の身の上」に書かれているように、水上瀧太郎の父もまた、永井荷風の父親と同じように、官僚としてのキャリアを積んだのち実業界に転身し、生命保険会社を創立した明治の典型的家父長であった。そのため瀧太郎は、大学を優秀な成績で卒業し、一流企業に就職し、ビジネスマンとして立つことを要求する父親に対して、激しく反抗し、学業を疎《おろそ》かにして、文学に没頭することで、「父殺し」を敢行しようとしたという。

しかし、瀧太郎の場合は、慶應義塾普通部のクラスメートで、文学上の親友となりながら、途中家庭の事情で普通部を中退し、朝鮮に渡るものの、結核に罹《かか》り早死にしてしまう松波冬樹という名の友人と手紙をやり取りするなかで、松波から「学業を疎かにするな。勉学に励み、大学を卒業せよ」とたびたび忠告を受けたことで、学業にも時間を割くようになり、優秀な成績で普通部を終え、大学部の理財科に進み、文学と経済学を両立させる形で本科を卒業。そのあとは、父親の意向を受け入れる形で、欧米遊学の途に就くことで、文学に溺れて社会的敗北者、あるいは脱落者になる危険から免れていた。それだけに欧米遊学中も、荷風のようには、やみくもに父親に逆らって、自身を社会の外に追放し、酒や麻薬、女に溺れるというデカダンな生活に脱落していく必要がなかったということになる。

繰り返しになるが、永井荷風のようには「父殺し」の本能的衝動に駆られていなかった水上瀧太郎は、「父殺し」の象徴的行為として、社会の外に生きる女性たちと性的関係性を持たざるをえないところまで追い込まれていなかった。そして、そのことの必然的結果として、瀧太郎は、男と女の性的対関係性を、「結婚」という社会的制度の内側に求め、大正十（一九二一）年四月二日には、明治生命監査役俣野景蔵の長女都《みやこ》と結婚し、「家庭」というこれもまた社会的に認知された性的生活共同体において、男と女が何か「善きもの」を「共有」しあう対的関係性のなかに、人が人として生きるうえでの「幸福」の源泉を求め、それを文学的に表現した。

つまり、文学者水上瀧太郎は、表面では荷風文学を受け入れたように見えて、「性」という主題においては、荷風と真逆の方向で、「性」を社会の内側に位置づけ、結婚という社会的に認知された性的対関係性を男と女が共有しあうことのなかで、人間が「幸福」に生きる姿を文学的に形象化した。そして、そうした水上文学の根本主題を、最も美しく雄弁に物語った作品が、大正十四(一九二五)年、「中央公論」十二月号に掲載された日本近代短編文学史上屈指の名作と言っていい「果樹」であった。

「三田文學」の精神的編集主幹として

水上瀧太郎の文学については、書きたいこと、論じたいことがまだまだたくさんある。しかし、それを書き出すと、本書の枠を大幅に超えてしまうので、別の機会に詳しく私見を明らかにすることとして、ここでは、一連の新帰朝者小説を書き終わってからの瀧太郎文学の展開について、「三田文學」との関わりを中心に、概略見ていくことにしたい。

およそ四年に及ぶ欧米遊学を終えて大正五(一九一六)年十月、日本に帰国した水上瀧太郎は、同年十二月二十二日、明治生命保険会社に入社。翌年の十一月、大阪支店副長を命ぜられ、大阪に赴任する。瀧太郎が帰国するまえ、永井荷風は慶應義塾を去り、「三田文學」の編集からも手を引いていた。荷風に代わって「三田文學」の編集主幹についたのは、瀧太郎とは「例の会」の仲間であり、慶應卒業後はイギリスやフランスに留学、瀧太郎より少しまえに日本に帰国し、母校で美術史を講じていた澤木四方吉であった。大黒柱とも言うべき永井荷風を失い、雑誌の刊行そのものが危ぶまれるなか、瀧太郎は澤木を助け、欧米遊学体験に基づいた新帰朝者小説を「三田文學」に立て続けに発表、かたわら大正七(一九一八)年一月、「三田文學」の連載コラム「貝殻追放」の第一回目の記事として「新聞記者を憎むの記」を発表。新帰朝した瀧太郎に関して、事実に基づかない記事を掲載したことで、新聞記者を厳しく批判したこの記事が評判となり、瀧太郎は辛口の批評家としても名声を揚げるに至る。

ただしかし、水上瀧太郎の名が文学界だけでなく、社会一般に知られるようになるのは、大正六（一九一七）年十一月に明治生命保険会社の大阪支店に転勤を命じられ、大阪市内で下宿生活を続けたときの体験と見聞に基づいて書いた長編小説『大阪』を、大正十一（一九二二）年七月十五日から十二月二日まで「大阪毎日新聞」に連載、さらに『大阪の宿』を大正十四（一九二五）年、雑誌「女性」の十月号から翌十五年の六月号まで連載してからのことであった。この二つの長編小説を書き上げることによって、水上瀧太郎は、日本で最初のサラリーマン小説家として自身の進むべき道筋を見定めたことになる。

水上瀧太郎と「三田文學」の関わりで、最後にもう一つ触れておかなければならないのは、永井荷風が編集主幹から身を引いたあと、不振に陥り、大正十四年三月から一年間休刊に追い込まれていた「三田文學」を瀧太郎が献身的骨折りで復刊させ、実質的、且つ精神的編集主幹として同誌の継続的発行を支え、それ以降、青柳瑞穂《あおやぎみずほ》や西脇順三郎、勝本清一郎、奥野信太郎、原民喜《たみき》、野口冨士男、安岡章太郎、遠藤周作、江藤淳、坂上弘などなど、日本近代・現代文学史に名を残す小説家や詩人、評論家を数多く生み出す基盤を固めたことである。

そしてまた、「三田文學」の創刊号に永井荷風が仕掛けたモダニズムと反モダニズムという二つの相反する志向性の内、モダニズム志向の方を最も正統的に受け継ぎ、欧米での異国生活体験に基づいて新帰朝者小説を書き上げ、さらにサラリーマンという近代都市生活者の「生」を、自身の生命保険会社社員としての勤労、生活体験に基づいて描き続け、日本近代文学史において、初めて「サラリーマン文学」という領域を切り開いたという意味で、水上瀧太郎は、戦後の坂上弘、黒井千次などのサラリーマン小説家の先駆けとなった重要な存在であり、もっともっと読まれ、論じられてしかるべき小説家であると言っていい。

永井荷風が、慶應を去り、「三田文學」から去って以降、もし水上瀧太郎という小説家が、「三田文學」の精神的主幹として同誌を支え続けていなければ、「三田文學」が今日まで存続し、幾多の有為の文学者を生み出すことはなかった。そうした意味でも、水上瀧太郎は、永井荷風に次ぐ、第二の「三田文學」生みの親であり、育ての親であった。

第八章　「三田文學」から飛び立った荷風門下生（2）

3　佐藤春夫

堀口大學と共に慶應義塾文学科予科に入学

慶應義塾の三田キャンパスのヴィッカース・ホールで、永井荷風の謦咳《けいがい》に接し、荷風から作品を書くよう勧められ、それが契機となって小説や詩を「三田文學」に発表し、後々日本近代文学史に名を残す小説家、詩人、評論家となった学生として、前章で詳しく記述した久保田万太郎と水上瀧太郎《みなかみたきたろう》のほかに、学年が下の予科の学生ではあったものの、佐藤春夫と堀口大學がいる。

この二人に共通するのは、久保田万太郎は文学科予科のドイツ語課程（第二外国語としてドイツ語を選ぶコース）を、水上瀧太郎は理財科を卒業しているのに対して、佐藤春夫と堀口大學は共に、予科のフランス語課程を中途で退学していることだ。さらに、久保田が東京下町の浅草区田原町《たわらまち》、水上が山の手の麻布区飯倉町《いいぐらまち》（のちに芝区松坂町《まつざかちょう》に移る）と東京出身であったのに対して、佐藤春夫は和歌山県の新宮に生まれ、育ち、堀口大學は、生まれこそ東京市本郷区森川《もりかわ》町《ちょう》であったが、二歳のときに、外交官だった父親が朝鮮の仁川《インチヨン》領事館に赴任したため、幼少年期を父の故郷の新潟県古志郡長岡町《ながおかまち》で過ごすと、共に地方出身であったことだ。さらにまた、久保田万太郎が、「フランス語課程の学生は地方出身が多かった」と回想したように、二人共に大学部文学科予科に入学したとき、フランス語を第二外国語として選んでいること、すなわち本科に進めばフランス文学専攻のコースを選んでいることである。

　そうした意味で、この二人は予科と本科の課程を修了し卒業していれば、最初に正規の荷風門下生となったはずであったが、学則上、予科の学生は本科教授の荷風の講義を聴講できなかったため、傍聴という形で講義を聴き、佐藤春夫の場合は三年余（慶應義塾塾監局に残る記録では、学籍は大正二年まであった）で退学、堀口大學の場合は九月編入生であり、第二学年に進級するとすぐに、外交官であった父親がメキシコに赴任していた関係で、海外（ベルギー）の大学に学ぶべく、九カ月ほどで退学と、共に予科を終了せずに退学してしまった。そのため、二人を正規の荷風門下生と呼ぶには、いささか適格性に欠けるところがある気がする。

　だがしかし、二人が、永井荷風教授のもとで学びたいという意志を持って慶應の文学科に入学し、本来であれば聴講の資格がないまま講義を傍聴し、荷風の勧めで書いた詩や評論が「三田文學」に掲載されたことがきっかけで、佐藤春夫の場合は詩人、評論家、小説家として、堀口大學の場合は詩人として立ち、その後の文学人生を通して、荷風を恩師として敬い、オマージュを捧《ささ》げ続けたことで、二人を門下生に加えることにいささかの異議もないはずである。

佐藤春夫は、明治二十五（一八九二）年四月九日、和歌山県東牟《ひがしむ》婁《ろ》郡新宮町船町に、父豊太郎と母政代の長男として生まれている。父親の豊太郎は開業医であったが、俳句をよくし、「春夫」の名は、「よく笑へどちら向いても春の山」から取られている。明治三十一（一八九八）年四月、新宮尋常小学校に入学。明治三十七（一九〇四）年四月、和歌山県立新宮中学校に進学、そのころから将来文学者として立つことを志望し、与謝野鉄幹と与謝野晶子の主宰する短歌雑誌「明星」に短歌を投稿、石川啄木の撰《せん》で短歌一首が選ばれている。さらに「明星」廃刊後、「明星」の後を受けて発刊された「スバル」にも短歌の投稿を続け、明治四十二（一九〇九）年の「スバル」一月号には十首が掲載されるようになる。

しかし、同年、町内の有志が、生田長江や与謝野鉄幹を招いて開いた文学講演会で、春夫は前座を務め、「偽らざる告白」と題して行った二十分ほどのスピーチのなかで自然主義の文学について、「一切の社会制度の虚偽を排し百般の因習と世俗的権威を無視した虚無観に立って天真のままの人間性と人間生活とを見ようというのが自然主義の文学論である」（『私の履歴書第四集』、日本経済新聞社、一九五七年）と解説したことが、学校当局から問題視され無期停学処分を受ける。さらにまた、春夫に対する学校側の処分を不服として、十一月には中学校で同盟休校事件が起こり、春夫はその首謀者と目されたことなどで学校に嫌気がさし、文学講演会のさいに面識を得た生田長江や与謝野鉄幹らを頼って東京に出てきてしまう。

ただこのときは、停学処分が意外に早く解けたことで、二週間ほど東京に滞在しただけで新宮に戻り、尋常中学校を卒業。ただちに再び東京に出てきて、生田長江の家に寄宿し、外国文学の指導を受けるかたわら、将来文学者として立っていくための心構えや振る舞いを教えられ、さらに与謝野鉄幹には短歌の指導を受けるようになる。おそらく上京するにあたっては、第一高等学校に進学し、学業に励むという約束が父親との間で交わされたのであろう、十八歳の春夫は、明治四十三（一九一〇）年の夏七月、一高の入学試験を受ける。試験は三日間にわたって行われたものの、春夫は、初日と二日目の試験を受けただけで、到底入学は不可能と悟り、試験を放棄してしまう。このとき、与謝野鉄幹の引き合わせで知り合い、生涯の交わりを結ぶこととなる堀口大學も受験しており、二人は受験会場で偶然再会。堀口は、三日間、す

慶應義塾大学部文学科予科の学生だったころの佐藤春夫。（日本近代文学館 提供）

べての試験を受け、かなりの手ごたえを感じ、合格すると思っていたものの不合格に終わってしまう。

一高受験に失敗したことで、佐藤春夫は進学をあきらめ、自力で文学修業を続ける気持ちを固めるが、堀口大學は、与謝野鉄幹に一高受験に失敗したことを報告し、慶應義塾文学科の第二学期の補欠編入試験を受験する意向を伝える。これに対して、与謝野鉄幹は、それはいい、自分も慶應義塾で国文学を教えることになっているから好都合だと歓迎し、主任教授の荷風宛に紹介状を書いてくれる。その紹介状を持って、堀口大學は佐藤春夫ともども、新宿区大久保余丁町《よちょうまち》の監獄署の裏手、荷風の住む「来青閣」を訪れ、鉄幹の紹介状を渡し、慶應を受けるのでよろしくと深々と頭を下げたという。

そのときのことを、後年、佐藤春夫は、『小説永井荷風傳』の第二章「偏奇館門前」のなかで、「玄関わきのベルのボタンを押すとすぐ取次に出て来た若い女中に堀口が紹介状を渡すと、程なくその紹介状をまだ封書のままで手にした和服姿の長身の人が式台の上まで出て額の下に立つたままで紹介状を開いて読みはじめた」、「この長身の人こそはじめてみる永井荷風先生であつた。はじめてではあつたが写真で十分に見おぼえてゐたから、すぐ当の先生と知つて我々は恭しく手を膝がしらまで下げて敬礼した」という。これに対して、荷風は紹介状の封を切り、読み終わると「お手紙は拝見しました。果してどれだけ有力なものかは知りませんが、仰せのとほりできるだけのことは致しませう」と言ってくれたという。

ちなみに、佐藤春夫は、堀口大學が直接荷風に紹介状を手渡したように書いているが、これは春夫の記憶違い（あるいは創作）で、堀口大學の「恩師永井荷風先生」（『昭和文学全集五』月報、角川書店、一九五三年一月）の記述によると、このとき荷風は不在だったので、取次に出てきた「玄関子」に紹介状を手渡して帰ったというのが事実のようである。

「恩師永井荷風先生」によると、このとき補欠試験を受けた学生は五、六人いた。ところが、荷風先生が「できるだけのこと」をしてくれたせいかどうかは別として、合格したのは佐藤春夫と堀口大學の二人だけであった。もしかすると、慶應義塾創生期の幕末維新期にあって、紀州藩と長岡藩の藩士が多く義塾に入塾し、英学塾として慶應義塾が基礎を固めるうえで功績があったことが、二人が入学をゆるされたことと関係があったのかもしれない。

それはともかく、二人は、明治四十三年の九月からヴィッカース・ホールで永井荷風の講義を傍聴し、荷風先生から「何か書いたら見せるやうに、三田には、君等のほか詩を書く学生はゐないのだから……」と、声をかけられ、短歌や詩を詠むことへの意欲を一層燃え上がらせる。その結果、佐藤春夫は、明治四十四年八月号の「三田文學」に「憤」という詩を発表し、「三田文學」にデビューすることになる。

ところで、地方出身の編入生二人が、二十人ほどいた当時の文学科の学生のなかにあって、際立って特徴的だったのは、二人ともが、入学するまえから、文学者たらんとする志望を強く有し、「スバル」に短歌を発表、新進の歌人としてそれなりのキャリアを有していたことだ。

そしてその結果として、二人は共に、講義も気が向いたときだけ顔を出すといった風で、無頼派的な振る舞いを押しとおす。特に佐藤春夫は、春夫より二十五歳年うえで、正岡子規や夏目漱石と共に東京大学予備門（第一高等中学校の前身）に入学するものの、講義にはほとんど出席せず、上野の図書館で本を読みあさり、品川の海岸で魚介類の標本を採集したりして、結局予備門を中退しアメリカに渡ってしまった南方熊楠《くまぐす》と同じように紀州人独特の無頼、且つ独立不羈《ふき》の気質を受け継いだせいであろうか、滅法気が強く、独立心に富み、平気で講義をさぼり……と、デカダンスな振る舞いを押しとおし、上級生と議論しても絶対に負けを認めようとしなかった。

さらにまた、おそらく地方から出てきたばかりで、同級生仲間も少なく、大学というアカデミックな制度と空気にもなじめず、これから先、東京に生活の場を置き、独力で文学者として身を立てていかなければならないことで、二人は共に大きな不安を感じていた。しかも荷風の講義を聴きにくる上級生のほとんどが、荷風にならって小説を書くことに情熱を燃やしていたなか、二人ともに短歌、あるいは詩を書こうとしていたことで、荷風教授を中心としたヴィッカース・ホールでの談話の輪のなかにも入っていきにくいものを感じていた。そうした違和感と孤立感が、二人を一層強く同志愛的友情で結びつけていた。そのため、二人は、のちに堀口大學が「一卵性双生児」と例えたように仲が良く、荷風が同性愛ではないかと疑い、二人の関係について、「あの二人は、どっちがどっちかね？」と上級生に聞いたというほど関係は緊密で、常に形影相伴うように一緒だったのである。

『田園の憂鬱』で作家的地位を確立

ところが、予科一学年を終えると、この「一卵性双生児」は、離別を強いられることになる。上述したように、堀口大學が外交官としてメキシコに赴任していた父親の九萬一《くまいち》のもとで生活し、海外、それもヨーロッパの大学に入学する道を探すべく、明治四十四（一九一一）年の七月三日、横浜港を出港し、太平洋の彼方《かなた》に消えていったのだ。残された佐藤春夫は、学籍だけは慶應に残っていたものの、「三年《みとせ》がほどはかよひしも／酒、歌、煙草、また女／外に学びしこともなし」と、デカダンスな生活を送るなか、詩や文学評論を「三田文學」や「スバル」などに発表。大正二（一九一三）年九月、慶應義塾文学科を退学したのちも、「我等」、「処女」、「星座」などの雑誌に詩や評論を発表し続ける。しかし、小説を書かなかったため、決定的な出世作や代表作がなかったことで、名を揚げることができず、したがって原稿料で生活を立てることもできないまま、一時は筆を断つことも考えた。しかし、大正八（一九一九）年六月、谷崎潤一郎の励ましを受けて、初めての本格的小説として、『田園の憂鬱』を完成させ、雑誌「中外」に発表したことで、佐藤春夫の名は一気にブレークし、時代の先端を行く新進作家としての名声と地位を確保、文学者佐藤春夫の生はようやく軌道に乗るようになる。

小説『田園の憂鬱』によって作家的地位と名声を確保した佐藤春夫は、それ以降、小説家としては大正八年八月から「改造」に「美しい町」を連載。大正十一（一九二二）年一月からは「婦人公論」に「都会の憂鬱」を一年間連載し、翌十二年一月に新潮社から単行本として上梓《じょうし》。十四年からは谷崎潤一郎とその妻千代子と佐藤自身の三角関係をテーマにした未完の長編小説「この三つのもの」を「改造」に連載、さらに歴史上の大人物の生涯を取り上げた歴史小説、あるいは伝記の分野では法然上人の事績を描いた『掬水譚《きくすいたん》』と『法然上人別伝』や『山田長政』、『コロンブス』などを刊行、日本近代文学者の評伝としては『小説高村光太郎』、『小説知恵子抄』、『詩人島崎藤村評伝』、『わが龍之介像』、『小説永井荷風傳』などを書いて、多彩、且つ旺盛な筆力を示していく。

一方、詩人としては大正十年に『殉情詩集』を刊行、文学上の友人谷崎潤一郎の妻千代子に対する恋情を、ペーソスと半ば自嘲の口調で詠《うた》った詩「秋刀魚《さんま》の歌」を同年一月発行の「人間」に発表。この詩は、谷崎とその妻とをめぐる三角関係が、新聞や雑誌で大きく報じられたこともあり、広く人口に膾炙《かいしゃ》し、佐藤春夫の名は一層全国的に知られるようになる。このように、小説家として、そして詩人として文学的キャリアを確立した佐藤春夫であったが、江藤淳が、小説よりも文学評論の方でより高く評価しているように、日本の古典文学から明治・大正・昭和期の近代文学まで、広いジャンルにわたって縦横無尽に文学評論の筆を揮《ふる》っていくことになる。

すなわち、森鷗外が、明治三十七（一九〇四）年二月の日露開戦にあたり第二軍軍医部長として従軍出征し、遼東半島《りょうとう》と台湾を転戦したさいに詠んだ新体詩や短歌、俳句などを集め、戦後出版した『うた日記』に初めて光を当て、その同時代的意義について解説・論評した『陣中の竪琴――森林太郎が日露戦争従軍記念詩歌集うた日記に関する箚記』（昭和書房、一九三四年）に始まり、永井荷風や島崎藤村、谷崎潤一郎、芥川龍之介など同時代の小説家の作品に関する作品論や評伝、あるいは「好色文学概論」などのような文学論、さらには、中国六朝時代から明清時代までの女流詩人三十二人の漢詩を現代詩に詠み換え、昭和二（一九二七）年自殺した芥川龍之介の霊に捧げる鎮魂詩集として刊行された『車塵集《しゃじんしゅう》』のような訳詩、あるいは中国の近代作家魯迅《ろじん》の『故郷』や『孤独者』などの翻訳……さらにくわえて、洋画の分野でも余技の域をはるかに超えた作品を数多く残す。

中村真一郎が『新潮日本文学12　佐藤春夫集』（新潮社、一九七三年）の解説で、「近代日本の文学史上、佐藤春夫ほど広い範囲の活躍をして、そのいずれにも成功した例は珍らしい」としたように、一つの主題なり方法に専心しながら芸を深めていくことが尊重される日本の文学風土にあって、佐藤春夫のマルチメディアな領域における成功はまさに「稀有《けう》の達成」であった。それは小説や詩、散文、紀行文、史伝、戯曲、翻訳、日記、音楽論や美術論、絵画……と、さまざまな分野で、さまざまな主題と手法で作品を書き続けた、マルチメディアな文学者永井荷風の後を追うものでもあった。

恩師永井荷風との愛憎相半ばする関係

このような佐藤春夫の多岐にわたる脱領域《クロスオーバー》的な文学的営みと、成し遂げた仕事の量と広がり、そして深さを念頭に置いて、恩師永井荷風との関係性において春夫が成したことを振り返ってみると、何より大きなこととして挙げられるのは、春夫が荷風を生涯の恩師として感謝とオマージュを捧げたことである。そしてまた、昭和十二（一九三七）年七月十四日付の「東京朝日新聞」に掲載された「荷風先生の文学――その代表的名作『濹東綺譚《ぼくとうきだん》』を読む」を皮切りに、昭和二十一（一九四六）年十月号・十一月号「展望」掲載の「永井荷風」、同年六月号「文藝春秋」掲載の「最近の永井荷風」、昭和二十六（一九五一）年六月号「三田文學」掲載の「永井荷風研究」、同年一月から三月にかけて創元社から刊行された『永井荷風作品集』（一～六巻）に寄せた解説などなど、さらにそれらの集大成として昭和三十五（一九六〇）年、新潮社から刊行された『小説永井荷風傳』など、日本の近現代文学者のなかでは、圧倒的に数多く荷風小説の作品論や荷風文学論、評伝の類《たぐい》を新聞や雑誌、全集の月報に発表し、荷風文学の本質を一般読者に理解せしめるために、少なからぬ貢献を成し遂げたことである。

同時に佐藤春夫が、二十世紀の日本文学にとって、最大、且つ不幸な主題とでも言うべき、国家と個人、ひいては国家の悪の極限的現前としての戦争との関係性において、永井荷風とは正反対の方向で、師恩を裏切る形で、少なからぬ戦争翼賛の詩歌を詠んでいったことも、見落としてはならないだろう。

　具体的に言えば、佐藤春夫は、昭和九（一九三四）年三月、上述の「陣中の竪琴――森林太郎の『歌日記』に現れた日露戦争」を「文藝」に発表したころから、愛国主義的戦争翼賛の詩歌を詠い募っていくこととなる。すなわち、昭和二年五月の山東出兵や三年五月の済南事件に端を発し、六（一九三一）年九月の満州事変、七年一月の上海《シャンハイ》事変、八年三月の国際連盟脱退、十一（一九三六）年二月の二・二六事件、十一月の日独防共協定成立、十二年七月の日中戦争勃発、十三年五月の国家総動員法の施行、七月の国民徴用令の発布、十四年九月一日の第二次世界大戦の勃発、十五年十月の大政翼賛令の発布、十六年十二月八日の真珠湾奇襲攻撃と大東亜戦争の勃発、そして二十（一九四五）年八月十五日の日本の無条件降伏……まで、軍部の独裁体制が確立し、日本全体が軍国主義化し、大東亜共栄の旗印を掲げて、中国に対して植民地主義的侵略戦争を仕掛けていこうとするころから、佐藤春夫は、愛国的熱情に駆られた詩歌を詠うことを通して、天皇を頂点とする軍国主義国家日本と侵略戦争を翼賛する姿勢をあらわにしていく。

　こうして、日本全体が、戦争という理不尽な全体集合的共同性に押し流されていくなかで、佐藤春夫は、「この決戦時にあつて文学も亦決戦体制にあるべき理論に誰が反対しよう」（「愛国百人一首小論」、「改造」、昭和十八年）とし、戦時体制に積極的に協力していく決意を表明し、「興亜行進曲」とか「大東亜戦の夜明けを謳《うた》ふ」、「落下傘部隊礼賛」、「あつつ嶋玉砕部隊鑚仰歌」、

「流星爆弾歌」といった戦意高揚を目的とした激越な戦争詩歌や、新聞・雑誌記事を、何かに憑《つ》かれたように書き継いでいったのである。

そうした佐藤春夫のファナティックな愛国詩人としての言辞と振る舞いは、昭和初期、銀座や玉の井のカフェの女給や私娼婦《ししょうふ》との性的関係性を主題にした性的風俗小説、すなわち、佐藤春夫の言葉を使えば「好色小説」を書くことで、あるいは『断腸亭日乗』という日記のなかでの密室的記述を通して、国家権力や軍部の強権的支配の力学をはぐらかし、「大東亜共栄」とか「八紘一宇《はっこういちう》」といった軍国主義的国家理念の虚妄を、厳しく批判し弾劾した永井荷風の反国家的な「抵抗」の文学とは、真逆の方向を向いたものであった。

おそらく、永井荷風の方は、佐藤春夫のそうした豹変《ひょうへん》を、文学者にあるまじきものとして冷めた目で見ていたはずで、昭和十六（一九四一）年三月二十二日、日本詩人協会が、同協会への参加を求めて会費三円請求の郵便小為替用紙を送りつけてきたことに激怒し、会員の名前のなかに佐藤春夫の名前が入っていることについて、以下のように痛烈に批判。荷風が、文学者としての本分をかなぐり捨てて、愛国的翼賛歌や詩を詠い募る佐藤春夫に対して、いかに侮蔑と憤りの感情に駆られていたかが分かる。

三月廿二日。日本詩人協会とか称する処より会費三円請求の郵便小為替用紙を封入して参加を迫り来れり。会員人名を見るに蒲原土井野口（蒲原有明と土井晩翠と野口米次郎《よねじろう》のこと・筆者

註）あたりの古きところより佐藤春夫西条八十などの若手も交りたり。趣意書の文中には肇国の精神だの国語の浄化だの云ふ文字多く散見せり。抑《そもく》この会は詩人協会と称しながら和歌俳諧及漢詩朗詠等の作者に対しては交渉せざるが如く、唯新体詩口語詩等の作者だけの集合を旨となせるが如し。今日彼等の詩と称するものは近代西洋韻文体の和訳若しくは其摸倣にあらずや。近代西洋の詩歌なければ生れ出でざりしものならずや。その発生よりして直接に肇国の精神とは関係なきもの、又却て国語を濁化するに力ありしものならずや。（中略）佐藤春夫の詩が国語を浄化する力ありとは滑稽至極といふべし。これ等の人〻自らおのれを詩人なりと思へるは自惚の絶頂といふべし。木下杢太郎《もくたろう》も亦この会員中に其名を連ねたり。

荷風は、分かっていたのである。「肇国の精神だの国語の浄化」などという、歯の浮くような言辞を書き連ねて、詩人たちが国家に奉仕し、戦争を翼賛しようとしても、それは文学の本旨にもとる恥ずべき行為だということを。一方、佐藤春夫の方は、荷風が昭和十二（一九三七）年の『濹東綺譚』以降、『踊子』とか『来訪者』、『問はずがたり』などの小説や『断腸亭日乗』を、発表の当てもなく書き継いでいたものの、それらは活字化されることがなかったため、荷風が、戦前、戦中を通して文学者として国家や軍部に対する批判と抵抗の意志と姿勢を堅持し、佐藤春夫も含めて大方の文学者が、文学者としての本分を忘れ、国家という全体共同的なものに同調し、戦争を翼賛していくことを厳しく批判していたことは知りようがなかった。

ところが、日本がポツダム宣言を受諾、無条件降伏し、言論の自由が回復し、荷風が戦中に書きためた小説や日記が次々と発表され、永井荷風が「書く」ことのなかで、日本を戦争へとミスリードしていった政治権力や軍部を批判し、非戦の姿勢を貫いたことが明らかになり、新時代の文学者として奇跡的に復活・復権を遂げるに及んで、佐藤春夫は、時代の潮流に乗り遅れまいとするかのように、荷風文学論を書き始める。そして、戦前のある時期、自身がいかに荷風から信頼され、個人的に親しく交わり、銀座出遊のおりなどの荷風の行実や語ったことを自分だけが知っているという口調で書き散らすようになるのである。昭和十二年七月十四日から連載した「荷風先生の文学——その代表的名作『濹東綺譚』を読む」を唯一の例外として、佐藤春夫の荷風文学論や評伝のほとんどが、敗戦後に書かれていることが、そのことを如実に物語っている。

このように戦前、戦時中は、軍部に積極的に協力し、愛国的翼賛詩歌を詠うことで、軍国主義的、大政翼賛的全体共同性に同調し、戦後は手のひらを返したように反軍国主義、民主主義といった新時代の全体共同性に同調して、永井荷風とその文学にオマージュを捧げる文章を盛んに書きまくる……と、常に時代の全体的共同性に同調し、そのお先棒を担いできたところに、佐藤春夫の文学者としての軽さというか、節操のなさがはしなくも表れていたわけで、荷風はそうした佐藤に不信感を抱いていた。

おそらくはその不信感に原因があったのだろう、荷風は、昭和十一年、三笠書房から刊行された『永井荷風讀本』の編集を佐藤春夫に手伝わせたさいに、春夫が印税をネコババしたという話を、晩年の荷風の元に親しく出入りしていた「K」に語り、それが荷風の死後、春夫の耳に入るに及んで、春夫は激怒する。そして「読売新聞」の夕刊に連載中だった「詩文半世紀」のなかで、「妖人永井荷風」という一章を立てて、荷風の人としての不実さを強く詰《なじ》り、「決して誠の無い人であった」、「思うに永井荷風は妖人である。わが生涯の崇拝像を、わが晩年に到ってこう呼ばなければならないのは、いかにも口惜しいが、それが事実ならば是非もあるまい」と、恨みがましく、荷風から裏切られたことを嘆くことになる。

それにしても、佐藤春夫はなぜ、「ああ、また先生がいつもの……」と、笑ってすますことができなかったのか。今回、本書を書き進めるために、「妖人永井荷風」を読み直して見えてきたことは、日記という密室的書記空間のなかでのこととはいえ、「書く」ことで非戦を貫いた永井荷風と戦争翼賛詩を書き散らした佐藤春夫とでは、文学者としての精神、志の高さと強さが根本的に違うということ、それと何より決定的な違いは、国家と個人との間の「逆立」する関係性が佐藤春夫には見えていなかったということなのである。

第二章「真正モダニスト永井荷風の誕生」で見たように、永井荷風は、明治三十七（一九〇四）年の秋、セントルイスを訪れ、同地で開かれていた万国博覧会を視察した折に、ロシア展示館のガイド嬢を口説き落とそうとする。ところが、「あなたの母国の日本と私の母国のロシアが戦争をしているからダメよ！」と断られ、そのことを、友人の西村恵次郎に報告した絵葉書のなかで、「毎日ひやかしに行って大分こんいになりまり《（ママ）》したよ。国家と個人とはどうしても一致せぬものです」と書いて、国家と個人は、「性」を介して「逆立」する関係に立つことを言おうとしている。

つまり、佐藤春夫は荷風のようには欧米での生活体験がなく、したがって、欧米の女性と恋愛、あるいは性的関係を結んだこともなかった。それゆえに欧米の市民社会の根底に流れる、男と女の性的対関係性において、個人としての人間は国家と対立／逆立するという原則を十分に理解し、それを文学者として生きていくうえでの覚悟として受け入れていなかった。そのせいで、日本が戦争という非常事態に陥るまえまでは、独立した個人として、そして文学者として、佐藤春夫は自由気ままに振る舞い、思うことを思うように書きつづってきたわけだが、日本が中国やアメリカに対して本気で戦争を仕掛けるという事態に至るに及んでは、国家という全体集合的共同性に百八十度転換して同調し、個人としての存在を国家に預け、あまつさえ戦争賛美、戦意高揚の詩歌を声高に詠うようになってしまったのである。

そうした意味でも、佐藤春夫は、永井荷風と「三田文學」が体現していたモダニズムを表層において受け入れ、継承したものの、その根底に流れる、個人の存在と思想、ひいては個人の思想表現の自由という、欧米の近代社会の根本理念と原則とは無縁の文学者であった。言い換えれば、佐藤春夫がまとっていたモダニズムは、荷風が最も嫌悪した、近代日本の上っ面だけの文明開化というモダニズムの模倣に過ぎなかった。佐藤春夫が、日本民族を滅亡の瀬戸際まで追い込んだ戦争において、ファナティックな国家主義や軍国主義に同調し、幾多の戦争翼賛的詩歌を詠ってしまった理由がそこにあると言っていい。

4　堀口大學

耳の奥に幼くして失った母の声を求めて

ここまで久保田万太郎と水上瀧太郎、佐藤春夫について記述を進めてきたわけだが、最後に永井荷風が、文学的な意味で水上瀧太郎と並んで、いやそれ以上に高く評価していたと思われる詩人の堀口大學について、荷風と「三田文學」との関わりを中心に、記述しておきたい。

堀口大學は、明治二十五（一八九二）年一月八日、外交官堀口九萬一と妻政の長男として、東京市本郷区森川町一番地に生まれている。父親の九萬一が、幕末の戊辰《ぼしん》戦争で、幕府側について参戦した越後長岡藩の藩士として従軍し、戦死した堀口良治右衛門の長子だったことで、大學は佐幕派子弟の子として生まれたわけである。しかし、九萬一は、そうした出自にまつわる不利を乗り越えようと、東京帝国大学の法科を卒業し、第一回目の外交官試験を首席で合格し、外務省に出仕し、外交官の道を進むことになる。大學は、この父親がまだ帝国大学の学生として、本郷のキャンパスに通い、帝国大学正門前の本郷区森川町に妻の政と共に住んでいた

永井荷風が門下生のうち最も高く評価していた堀口大學。

ときに生まれたことで、「大學」と命名されたという。恩師永井荷風の本名、「壮吉」に、父久一郎の、ゆくゆくは意気壮大な男子に成長し、官界に雄飛してほしいという願いが託されていたように、大學も、東京帝国大学法科大学の学生だった父親の、学知に秀で、教養豊かな人間に育ってほしいという期待を背負って生まれ、育った世継ぎの長子であったわけである。

父親の大きな期待を背負って生まれてきた大學ではあったが、三歳のときに二つ、大きな不幸に見舞われる。一つは、母親の政が肺結核で、二十四歳の若さで早世してしまったことである。そのとき、大學はあまりに幼なかったがゆえに、母親の面影はまったく記憶から消えてしまったという。それでも大學は、「美しい母だった」と聞かされ、その面影を探し求め、「たった一度でいいから、母の顔が見たいと僕はたえず思い続けて育った」という。昭和三十四（一九五九）年五月十三日付の「新潟日報」に掲載されたエッセイ、「母を語る」によると、大學は、母親代わりに自分を育ててくれた祖母に「うるさいほどしつっこく」母親の顔かたちを聞き出そうとしたという。しかし、祖母の思い出話も、大學を満足させることはできず、ついに「面影との再会が不可能だ」と知った大學は、今度は母の声を聞きたいと思い、それを自身の「耳の奥」に探したという。そして得た詩が以下のような、哀切をきわめた「母恋」の詩であった。

母よ、
僕は尋ねる、
耳の奥に残るあなたの声を、
あなたが世に在られた最後の日、
幼い僕を呼ばれたであらうその最後の声を。

三半規管よ、
耳の奥に住む巻貝よ、
母のいまはの、その声を返へせ。

昭和二十二（一九四七）年に詠まれたこの詩を、おそらく大學は、フランスの詩人で、自身も親交のあったジャン・コクトーが、一九二〇年に刊行した短詩集『ポエジー』のなかの第五詩に詠った「私の耳は貝の殻／海の響きをなつかしむ」という短い詩、あるいは、昭和五（一九三〇）年に刊行された三好達治の第一詩集『測量船』のなかの「郷愁」という詩の一節「――海よ、僕らの使ふ文字では、お前の中に母がゐる。そして母よ、仏蘭西人の言葉では、あなたの中に海がある」を想起して詠ったのかもしれない。大學は、三半規管の奥に広がる暗い海の底に潜む「巻貝」を幼い自身に、そして海底の空間を「母胎」に見立て、母胎に包まれて、幼いころに聞いたはずの「母の声」を聞きとろうとするが、その声は聞こえてこない。代わりに聞こえてきたのは、「母親の声を返せ」という自らの悲痛な叫び声だけであった。

幼い大學を襲った二つ目の不幸は、朝鮮の漢城の領事館に赴任していた父親の九萬一が、明治二十八（一八九五）年十月八日に起こった閔妃《びんひ》暗殺事件に連座し、日本に送還され、逮捕・収監されてしまったことである。事件は国際問題化し、日本政府は調査のため、小村寿太郎外務省政務局長を漢城に派遣。三浦梧楼《ごろう》公使以下、事件に関与したとされる日本人外交官には免官処分が下され、日本に送還されることになる。広島の軍港宇品に上陸した九萬一らは、軍法会議にかけられ、起訴され広島監獄に収監されるものの、証拠不十分で全員無罪放免され、外務省への復帰が認められることとなり、九萬一は清国の沙市に赴任する。

それ以降、九萬一は、オランダ、ベルギー、ブラジル、スウェーデン、メキシコ、スペイン、ルーマニア……と、イギリスやフランス、ドイツ、ロシア、アメリカなど欧米の一等国を避けるように臨時代理公使や公使を歴任、その間に何度か新しい赴任先が決まるまで日本に一時帰国したものの、ベルギー女性と再婚し、二児をもうけたこともあり、本格的な本省勤務は一度もないまま退官、その意味で外務官僚としては裏街道を歩んだことになる。

ただしかし、外交官としては有能であったようで、日露戦争開戦前、二等書記官としてブラジル公使館に勤務していた九萬一は、ロシアがアルゼンチンの軍艦を購入する動きを見せたことで、日本政府の命を受けてブエノスアイレスに赴き、アルゼンチン政府高官と直接交渉し、日本政府が買いとることに成功。日本海海戦に参戦した「日進」「春日《かすが》」の二艦は、そのときに買いとった軍艦であった。また、トータルで十年間も在ブラジル日本公使館に在勤し、日本人のブラジル移民を奨励し、交易を広げ、通商、人的交流、友好関係の促進に大きく貢献している。

さらにまた、大學は、ヨーロッパ近代文学の中心たるフランスの近代詩歌を自身の詩心の中核とする一方、九萬一が、イギリスやフランス、アメリカなど一等国を避けるようにして外交官人生を全うしたことで、ヨーロッパの周辺諸国の自然や歴史、人々の生活、言語、文明や文化の多様性に目を開き、自身の詩人としての感性を一層豊かにし、資質に磨きをかけ、詩的想像力と詩的言語表現能力を多彩、且つ飛躍的に向上・深化させることが可能となった。くわえて九萬一は、明治政府に出仕した官僚としては類を見ないほどの読書家で、和漢の詩文の教養は言うまでもなく、フランス近代の詩人や小説家の作品も原書で読みあさり、モーパッサンの小説を読むことを大學に勧めるなど、大學にとっては文学上のメンター（導き手）の役割をも果たしていた。そうした意味でも、九萬一は、荷風の父親久一郎と同様に「文学的父親」であったわけで、九萬一の存在が、堀口大學をして日本近代詩文学史において、稀有の詩人たらしめるうえで、きわめて重要な意味を持ったことを見落としてはならないだろう。

荷風先生から作品を見せるように勧められる

さてここで、堀口大學の生い立ちと経歴をもう少したどると、二歳のときに父・九萬一が朝鮮の仁川《インチョン》領事官補として赴任したため、母親や祖母、妹らと共に新潟県長岡に移り住み、母が死去したあとは祖母に育てられ、長岡に十七歳まで住むことになる。旧制長岡中学校に入学するころから、文学書に親しみ始め、自ら俳句や短歌を作り始める。明治四十二（一九〇九）年、中学校を卒業し、一高受験のため長岡の家をたたんで祖母と妹と三人で東京へ出るものの、上述したように受験には失敗。翌年もう一度一高を受験するため、浪人生活を送る。そうしたなかで、「スバル」に投稿した短歌が掲載され、与謝野鉄幹・晶子夫妻が主宰する短歌の結社「東京新詩社」に入り、鉄幹から短歌の指導を受けるものの、「君は詩を書いた方がよい」と勧められ、その結果、「ねむり」とか「カナリア」、「たそがる丶室」、「詩二篇」、「朱の後」といった作品が「スバル」に掲載され、詩人の道を歩もうという気持ちが強くなってくる。

大學としては、父親の意志に従って二度も一高を受験し失敗したうえで、郷里長岡と縁の深い慶應義塾（幕末・維新期において、長岡藩士が、中津、紀州藩士と並んで多く慶應義塾に入塾し、慶應義塾の基礎を固めた・筆者註）に入学したのだから、父に対して申し訳は立った。であれば、文学、それも詩の世界に自身の進路を決めても文句は言われないだろう……という風に思ったのかもしれない。たまたま永井荷風を主任教授に迎えた慶應義塾の文学科が九月入学で、補欠編入生を募集しているということなので自分も受けてみようと思い、佐藤春夫を誘って与謝野鉄幹が書いてくれた荷風宛の紹介状を持って荷風宅を訪れ、共に慶應の入学試験を受け無事に合格したことは、すでに述べたとおりである。

かくして大學は、永井荷風が慶應文学科の教授に就任したその年に入学した三人の学生（そのうち一人は四月に入学した生方《うぶかた》克三）の一人として、三田山上のキャンパスに通うことになる。

大學が予科に入学した当時、荷風の手によって創刊された「三田文學」がいかに慶應の学生たちにとって「晴やかな檜舞台」であったかについて、「恩師永井荷風先生」（『昭和文学全集五』月報、角川書店、一九五三年一月）のなかで、大學は「荷風先生はよく、自分を慕つて『三田文學』の周囲に集つた後進や学生のめんだうを見て下すつた。その頃『三田文學』といへば、文壇で一番晴やかな檜舞台だつたが、先生は当時まだ習作時代の無名の新人の作品を、次ぎ次ぎに、この晴の舞台にのせて下さつた。水上瀧太郎、久保田万太郎、松本泰治、久米秀治等の所《いわ》謂《ゆる》三田の新人群が、月々その新作を競ふたのは、文壇に前例のない一種の壮観だつた」と振り返っている。

このように、「文壇に前例のない一種の壮観」を呈していた、慶應義塾の三田山上の文学科空間に、大學は、佐藤春夫共々おずおずといった感じで入っていったわけだが、久保田万太郎が「フランス文学専攻の学生は地方出身が多かった」と書いたように、大學もまた地方出身の新入生であり、お坊ちゃん学生の多い慶應の気風というか空気になじめなかったのだろう、前項で記したように、同じく地方出身の新入生佐藤春夫とつるんで、予科の講義はさぼりがちだった。ただ、永井荷風の講義だけは熱心に傍聴するなか、年が明けて、明治四十四（一九一一）年の冬のある日、大學は永井荷風と決定的な出会いを遂げる。後年、荷風から受けた「師恩」について深く感謝の思いを込めて書かれた「師恩に思う」（『堀口大學全集六』小沢書店、一九八二年）によると、その出会いは以下のようであったという。

塾監局と呼ばれている教務兼教員室と教室のある建物とは、渡り廊下でつながれていたが、或る日、いつも一緒の佐藤春夫君と僕は、そこの腰板によりかかって、日向ぼっこをしていた。たまたま通りかかられた荷風先生は、僕らがそこにいるとごらんになると、立ちどまりになって、あの持ちまえの、露したたらんばかりと形容したいほど、温情のこもった微笑と一緒におっしゃったものだ、／「君たちは『スバル』に書いているんだってね。今度何か出来たら見せてくれ給え、『三田文學』にものせたいから」（中略）こうして僕らの幼稚な詩文が、こともあろうに、当時の文壇の檜舞台、『三田文學』に掲載されたりしたのである。五十余年をすぎた今日、僕があの時の先生のお声を、空から落ちて来た天使の声のように、大切に耳の奥にしまっているのに不思議はあるまい。春夫君とて、おそらく同じ思いであろう。
（傍点筆者）

大學はそのときの永井荷風の声を「空から落ちて来た天使の声のように」聞き、五十年を越える長い詩人人生を通して、決して忘れ得ぬものとして「大切に耳の奥にしまっている」という。詩人堀口大學の原点が、耳の奥深く失われた「母の声」を蘇《よみがえ》らせることにあったとすれば、そのとき荷風の口から発せられた言葉は、まさに「母の声」ではなかったろうか……。

こうして、荷風先生からかけられた言葉を「天使の声」と受け止め、その声に応えるために詠んだ、「薄情女の眼の色は／うすら明りの銀の鑵／ついとさすよなしみるよな／葱のにほひの咽ぶよな／うすら明りの銀の鑵」で始まる五連三十一行の「女の眼と銀の鑵と」と「おかると勘平と人魚と」、「さぼてんの花」の三つの詩が、予科の第二学年に進んですぐ、「三田文學」の明治四十四年六月号に掲載されたことで、長谷川郁夫の浩瀚《こうかん》な評伝『堀口大學』の副題「詩は一生の長い道」の語を使えば、大學の「長い」詩人としての一生がスタートすることになる。

ただしかし、「スバル」と「三田文學」にいくつか詩が掲載されただけで、詩人としての実績も名声もない二十歳にも達していない青年が、日本を去ってしまうことは、その存在がそのまま忘れられ、消えてしまいかねない危険を意味してもいた。その危険から堀口大學を救ったのもまた、永井荷風であった。なぜなら、荷風は、海を渡って送られてくる堀口大學の詩はすべて、何らの注文も付けず、そのまま「三田文學」に掲載し、大正五（一九一六）年二月に慶應義塾文学科教授と「三田文學」編集主幹の職を去ったあとも、後任の澤木四方吉《よもきち》に、大學の詩は無条件ですべて掲載するようにと、言い残しておいてくれたからである。かくして、大學の詩や翻訳詩は、「三田文學」に掲載され続け、それによって堀口大學の名は、モダンで分かりやすく、それでいて言うに言われぬエロスの香りとあふれるばかりのロマンチックな詩魂を宿し、且つ音楽的歌謡性とリズム感と言葉の遊戯性にあふれた詩を詠む稀有な詩人として、そしてまたフランス近代詩や小説の名翻訳者として認知されるようになっていったのである。

このように永井荷風が、二十歳になるかならないかで、わずか二学期と三学期だけ自分の講義を聴きにきていた青年詩人堀口大學に特別のはからいをしたのは、自分と同じように太平洋を横断し、「遠い国」メキシコやベルギー、スペイン、フランスにあって、異邦人生活を送るなかから湧き出てきた詩を送ってくる年若い詩人のなかに、かつての自分自身を見ていたからであった。さらにまた、メキシコに着いてから詠まれた「わが夏わが夜」とか「夜」、「暮れ行く窓」といった「スバル」に掲載された詩や、明治四十五（一九一二）年四月号の「三田文學」に掲載された「空なしき心」といった詩に、荷風自身が太平洋とアメリカ大陸、さらには大西洋を横断し、フランスのリヨン、パリで異邦人として生活したときの深く、絶対的な孤独と悲哀の感覚が詠み込まれていること、あるいは「浴衣の頃」とか「奥の金歯」、「爪を磨く女」、「青い婦人」、「唇」、「みもさの花」といった詩作に、自身の異国遍歴に基づいて書いた『あめりか物語』や『ふらんす物語』を貫く根本テーマとしての「エロス」の香気が得も言われぬ柔らかく、モダンな詩語と言い回しで表出されていることを読みとり、そこにモダニスト堀口大學の並々ならぬ近代詩人としての才能と可能性を認めていたからであった。

永井荷風から賜った三つの序文

以上から言えることとは、永井荷風は、自分が教え、「三田文學」に作品が掲載され、それが契機となって、のちのち小説家としてあるいは詩人として立つに至った四人の門下生のうち、文学的資質と将来性において、堀口大學を最も高く評価していたということである。であればこそ、荷風は、大學が、大正七（一九一八）年四月、二十六歳の若さで世に問うた最初の訳詩集『昨日の花』（籾山書店）に始まり、初の詩集『月光とピエロ』（籾山書店、一九一九年）、アンリ＝ド・レニエの長編小説『燃え上る青春』（新潮社、一九二四年）の翻訳と、三つの著作のために、大學の言葉を使えば「慈父の情があふれ」た序文を書いたのである。

そもそも、永井荷風は義理や人情で序文を書くような文学者ではなかった。それでも、これはと思った人のために書いた序文や追悼文は、たとえば、森鷗外が大正十一（一九二二）年七月九日に逝去したあと、「三田文學」が組んだ「鷗外先生追悼号」に寄せた荷風の「鷗外先生と観潮楼」を読めば分かるように、これ以上の名文章はないと思わせられるような、格調高く、真情にあふれた文章であった。その荷風が、四人の門弟のなかで、大學だけには三回も序文を書いた……このことだけをもってしても、荷風の大學に対する評価と期待がいかに高く、大きかったかがうかがわれる。

荷風の三つの「序文」が、いかに詩人堀口大學とその詩文学に対する深い理解と共感に基づいて書かれているかを知ってもらうために、『昨日の花』に寄せた荷風の序文「詩集昨日の花のはじめに」のさわりの部分を紹介しておこう。

何故に昨日の花とは名づけたる。昨日の花とはつみとりてその色いさゝか変るともその香はながく残りて失せじとのこゝろか。そもこの詩集はいく年月べるぢつく（ベルギー・著者註。以下同）にふらんすに又めきしこにいすぱにや（スペイン）に何れも美しき羅典語系の国々さまよひ歩みたまひける若き詩人わが堀口大学君そのさすらひの道すがら新しき仏蘭西の詩中にても取りわけて新しき調をかなでたるものをとりてわが国の言葉に移しかへられしを集めて一巻とはなしけるなり。そもそも君はこの年月かれ等西欧詩家の住みける都に同じく住みて朝な夕なその人々の眺めうたひたる同じき雲と水と同じき御寺の塔と町の花園とをまた同じき近世の悩みとよろこびとを以て打眺めたまひし詩人なり。西詩の翻訳いかに難しとするとも君が手によりてこれをなさばなどか其のまゝの面影をつたへずと云ふことあらんや。異《ことな》るものは唯その言葉とその形とのみその心とその調にいたりて更に変るところなき恰《あたか》も美酒の味その移し入るゝ甕《かめ》の形によらざるにひとしかるべし。（中略）然りとすれば此翻訳一巻の詩は君を知るわれ等に取りては豈只《あにただ》に尋常一様の翻訳詩とのみ看過すべきものならんや。
昨日の花はまことにこれ君が深き思出の花ならでやは。

永井荷風は見抜いていたのである。この詩集に収められたフランスの近代詩が、単に日本語に置き換えられただけの詩ではなく、詩人堀口大學の詩心によって存分に咀嚼《そしやく》・消化され、大學自身の詩として、日本語で詠われた詩であることを、そしてここに外国詩を日本語の詩に変身させるうえでの、最も理想的な達成が成し遂げられていることを。このように、自分と同じように異国をさすらい、同じような自由であるが故の喜びと孤独、絶望的悲哀の感覚を共有する恩師永井荷風が、自分が翻訳したフランスの詩を深く読み込み、そこに表出されてくる詩心を正面から受け止め、「豈只に尋常一様の翻訳詩とのみ看過すべきものならんや」と評価してくれたことを、堀口大學がいかに歓《よろこ》び、救われ、勇気を得たかは想像に難くない。

「賜った序文」(「三田文學・永井荷風追悼6月号」、三田文學、昭和三十四年六月一日)で、大學は、「去る四月三十日急逝された永井荷風先生から、僕は二十代に三つの序文を頂いている。有難いともなんとも稀有なことだと思う。今は亡き先生の『日記』を繰って、当時を思い、御鴻恩を偲ぶよすがにする」と書き出し、『昨日の花』と『月光とピエロ』と『燃え上る青春』の巻頭に掲げられた「序」をそれぞれ全文紹介し、最後に以下のように記して、荷風の並々ならぬ恩愛に深く感謝の念を捧げている。

以上賜った三序文。そのいずれにも慈父の情があふれている。海のものとも山のものともまだ知れない青二才の未熟な仕事に、他の何人がこのような冒険的な正札を署名入りで貼ってくれるだろうか?僕は知らない。

先生の死後、国中十数種の週刊誌は、筆を揃えて、先生の奇行の人、冷たい人としての面を拡大し、誇張して伝え過ぎたようだ。だが、久しく先生を知る僕らは、これとは逆に、先生は温情と義理固さの塊りだったと知っている。この事実を実例によって示したくこの文章を草した。

先生にはこんな温い面もあられたのだ。

大學は、実に恩謝の思いにあふれたこのような追悼の文を永井荷風の霊に捧げた。だがしかし、その一方で、昭和二十四(一九四九)年四月「文学集団」に寄せた「文学志望者に与へる言葉」のなかで、年若い文学志望者が守るべき教訓として、八つの心構えを挙げ、その最後で、「第八に君に告げる。師は之を乗り越える為めに選び給へと。師恩は酬《むく》ゆべきものではない、背くべきものである。之は君が地獄まで背負つて行くべき永久の負債だ。それがいやなら師は持つな」とアドバイスしている。大學は、荷風の師恩に酬いるために、詩の「長い道」を歩きとおしたわけではなかった。師を乗り越え、師に背くために、自らの詩の頂点を求めて歩きとおしたのである。大學は、荷風が死ぬまで、折に触れて荷風が興味を持ちそうなフランスの詩集や小説などを送ること以外は、佐藤春夫のように師である荷風に必要以上には接近しようとしなかった。荷風の文学についても、佐藤春夫のようには作品論や文学論、評伝を書こうとしなかった。にもかかわらず、永井荷風は、堀口大學を最も深いところで、文学上の門弟として、いや同志として信頼していたのである。

以上見てきたように、永井荷風と堀口大學は、共に佐幕派子弟の子であったが、一方は内務官僚、もう一方は外務官僚として国家に出仕し、子供に立身出世してほしいと強く願う父親、しかも漢詩文に通じ、読書を愛した父親の長子として生まれている。そして長ずるに及んでは、共に一高受験に失敗し、荷風の場合は東京外国語学校清語科を、大學の場合は慶應義塾文学科を中退。父親の要望（命令）で共にアメリカ、ヨーロッパでの長い異邦人生活を経て地球を一周。その間に、荷風はニューヨークとリヨンで、大學はブリュッセルで銀行勤めをし、長い欧米での異国生活を通してまがい物ではないモダニズムを身につけ、フランス文学から吸収した文学的感性と精神、主題としての「性」、あるいはエロス、音楽への志向性、女性や花へのオマージュ、生涯を文学に捧げつくした生き方……と重なり合うものを少なからず共有していた。

その一方で、荷風は小説、エッセイ、劇、日記とマルチな分野に書くことを広げ、日本近代文学の歴史において、きわめて特異な、それでいて二十世紀の世界文学に届く作品を少なからず残したのに対して、大學は詩歌やフランスの詩と小説の翻訳の二本に絞り、それぞれにおいて日本近現代文学の展開に対して不滅の貢献を成し遂げた。つまり、大學は、荷風が深入りしなかった詩歌やフランス文学の翻訳の分野に、自身の文学的営みの範囲を限定したうえで、「師」を「乗り越え」、「師」に「背く」ために営々として詩人としての「長い道」を歩みとおしたことになる。

恩師永井荷風を裏切って詠われた戦争詩

このように少なからぬ共通性を永井荷風と共有しつつ、大學は、文学的表現の世界においては、「師」永井荷風に追随することを潔しとせず、結果として、いい意味で小説家永井荷風を裏切る形で、詩人として「長い道」を歩きとおしたわけだが、日中・太平洋戦争時に、「恩師」荷風先生に背く形で、「国家」という全体共同性に同調する戦争翼賛の詩を作ったことがあった。すなわち、「昭和七（一九三二）年三月作、発表誌不詳」として、小沢書店刊行の『堀口大學全集九』（一九八七年）八十三ページに掲載されている「新日本頌」という詩で、大學は、「東海国あり　武勇の民すむ／その名は日本　われ等が祖国／千古の伝統　犠牲の精神／日の御子まもりて　日にいやさかに」と天皇讃歌の詩を詠ったのを皮切りに、昭和二十（一九四五）年五月「文藝」掲載の「歳暮―長谷川巳之吉に―」まで、日本が日中・太平洋戦争に突き進み、原子爆弾の投下とポツダム宣言の受諾で、無条件降伏し、敗戦するまでの間、大學は、佐藤春夫や高村光太郎のように数は多くないものの、「少年の夏」、「妹の四月のたより」、「明日への

第九章　荷風教授、三田山上を去る

丘のしたの性的俗人としての荷風教授

三田山上にあっては、フランス語やフランス文学、文学評論について講義し、学生たちに小説や詩を書くことを勧め……と、いわば「山上の聖なる教育者」として振る舞う一方、丘のしたでは二人の新橋芸妓《げいぎ》と交情を深めるなど、「下界の俗なる性的人間」として振る舞い、二つの相反する人間を「文学」というパスポートを手にして自在に行き来し、演じ分けていたのが慶應義塾文学科教授時代の永井荷風の生の実態であった。

第六章「『三田文學』創刊――反自然主義文学の旗手として」で詳しく見たように、明治四十三（一九一〇）年二月、慶應義塾大学部文学科教授に招聘《しょうへい》され、「三田文學」の編集主幹として文芸雑誌の編集・発行の仕事に就いたとき、永井荷風は、日本の擬似近代的社会や人間関係、文化風土になじむことができず、文学者として立ち、生き延びていくことの絶望的不可能性に直面していた。その意味で、慶應義塾文学科教授と「三田文學」編集主幹に就任したことは、文学的危機に立たされていた永井荷風に、一時的避難の場と猶予の時間を与え、文学者として己の立つべき地点と進むべき道を見定めたうえで、大正という新しい時代において、小説家として復活することを可能にしたことで、重要な意味を持つものであった。

この猶予の時期において、丘のしたに生きる世俗的社会人として、永井荷風がなした最初のことは、父久一郎との最終的和解であった。和解は、単に永井家の惣領《そうりよう》として父親を安心させ、満足させたということだけでなく、自分が文学者として立ち、社会的に認知されるまで自分が望む方向（落語家や歌舞伎の狂言作者、そして小説家など）に進むことにことごとく反対し、妨害してきた父親が、結局最後は文学の道に進むことを許してくれたことに対する感謝の気持ちと、漢詩人としての父親の素養に対する認知と崇敬の念に根差したものであった。

こうして父親との激しく、長期に及ぶ闘いに決着をつけた荷風は、慶應から月々の収入を得ることで生活を立てていく目途がついたのと、そろそろこの辺で身を固め、子供も作り、父親と母親を安心させたいという気持ちが働いたのであろう、大正元年（一九一二）年九月、東京市本郷区湯島の材木商斎藤政吉の次女ヨネと結婚する。だがしかし、荷風にとって結婚は、父親と母親、親族、ひいては世間に対して体裁を取り繕う儀式、あるいはパフォーマンスでしかなく、結婚生活は半年と持たず離婚することになる。

それにしてもなぜ荷風は、取ってつけたように結婚し、離婚し、堅気の素人娘を傷つけるようなことをしてしまったのか……。実は、荷風は、それより三年ほどまえから、新橋の芸妓屋、新翁家の芸妓富松となじみ、また慶應義塾文学科教授に招かれた明治四十三年の六月、すなわち「三田文學」が発刊された月の翌月には同じ新橋巴家の芸妓八重次（本名内田ヤイ、のちに藤《ふじ》蔭《かげ》静枝）と出会い、富松から乗り換える形で交情を深め、大正二年二月には、父親の死を待っていたかのようにヨネを離縁。一年半後の大正三年の八月には、歌舞伎役者の市川左団次の媒酌で八重次と結婚する。しかし、二度目の結婚も長続きせず、大正四年二月、八重次の方が家出をして離婚……と、荷風の二回の結婚生活はいずれも短期間で破綻に終わることになる。

十代のころから新吉原の遊郭に出入りし、アメリカやフランス滞在中は街娼婦と夜な夜な枕を交わし、日本帰国後は、新橋芸妓と浮き名を流し……と、明治末期から大正期にかけてドンファンを演じ、女と性の表と裏を知り尽くしていた荷風と、江戸の名残を留《とど》める東京本郷の商家の次女として生まれ育った堅気の娘との間には、夫と妻の間で共有すべきものは何もなかった。あまりにも早く終わった新婚生活を通して、荷風が得たものは、自分には社会的に認知された結婚生活を堅気の娘と続けることは不可能だという苦い認識であったはずである。

くわえてまた、八重次との結婚も、芸妓屋という風俗施設にあって、「芸」と「性」をなりわいとして生きてきた女性を結婚という社会的規範の内側に拘禁するということ自体において無理というか、矛盾があった。結局、荷風は、結婚という制度のなかで、女性と性的関係を持ち、子を産み、育てるという社会的義務を果たすことが、自身には不可能であることを悟らされ、以後、結婚することなく生涯を過ごすことになる。

このように、荷風は、三田山上の「聖」なるキャンパスでは、文学科教授としてフランス文学や文学評論の講義を謹厳に行い、学生たちの信望を集め、また学生たちに小説や詩を書くことを勧めていたものの、一旦山を下り、下界の世俗世界に降り立つに及んでは、放埒《ほうらつ》な性的世俗人に豹変《ひょうへん》し、わがままな振る舞いを通していたわけだが、そのことを不誠実だとして一方的に批判し、切り捨ててしまうことは、日本の近代文学史において永井荷風が文学者として成し遂げた、大切なものを見落としてしまうことになる。すなわち、一回目は堅気の女性と、二回目は恋愛、あるいは性愛遊戯にかけては年季を積んだ玄人の女性と、短期間の間に結婚と離婚を繰り返したことは、荷風にとっては、文学者としての己自身の本分を見極め、将来的に「性」を主題とした小説を書く文学者に成りあがっていくうえで避けて通ることのできない関門として、不可欠の意味を持つものであったからである。

ところで、永井荷風が慶應義塾文学科教授時代に二度、結婚に失敗したことが、その後の荷風の「生」に対してもたらしたものとして見落とせないのは、生来的に性的人間である荷風自身の存在が、反社会的な性的な存在、すなわちギリシャ神話において、半獣半人として生まれたがゆえに、神の天上界から地上の人間界に追放、あるいは流謫《るたく》されながら、人間世界からも異形性のゆえに、忌避・追放され、社会の外、あるいは辺境に生きていかざるをえず、それゆえに「性」という生殖本能を満たすことを許されず、結果としてやみ難い性欲の衝動に駆り立てられ、森や海辺のニンフを追いかけざるをえないという、悲しい宿命を負った牧神《パン》にほかならないことを思い知らされたことである。

ただ荷風にとって不幸だったのは、江戸の遊女の名残を留めた富松や八重次といった芸妓は、ニンフとみなすにはあまりに前近代的にすぎたことであった。明治の末期から、大正の初めにかけてのこの時代、「牧神」が性的欲求に駆られて追いかけ回す対象としてのニンフ、すなわち近代的風俗の衣装をまとい、性的規範意識から解き放たれ、自身の自由意志に従って男を誘惑する新時代のニンフと、彼女たちが群れ集う性的風俗空間、あるいは装置としてのカフェとかキャバレー、バー、ダンスホールなどといった性的風俗装置はまだ時代の表舞台には登場していなかったからである。

教授たちから忌避された荷風のスキャンダラスな振る舞い

永井荷風教授の、三田山上から下界に降りたあとの、性的俗人としての振る舞いは、荷風教授の一挙手一投足に目を光らせ、怠りなく（時には尾行までして）観察していた文学科の学生たちの好奇心を掻《か》き立てずにはおかなかった。いやむしろ、荷風は、大学教授という鎧《よろい》をまとって学生たちに接することに窮屈なものを感じていたのかもしれない。だから、荷風は、自分はしかつめらしい大学の教授、特に理財科の教授先生とは違い、下界の俗情、とりわけ性的風俗の世界にも通じ、新橋の芸妓を囲い込み、交情を深めていることを意図的に学生たちに探知させ、その噂《うわさ》が三田山上の「象牙の塔」と呼ばれる「聖」なる空間に広がり、汚染していくことをひそかに楽しんでいた。そしてそのことで、ある意味で屈折した隠微な優越感に浸っていた。そこには、大学という「知」の権力体制を、「性」によって揺さぶり、解体しようという「無政府主義者」永井荷風の不遜な意志が働いていたと言ってもいいかもしれない。

一方、二十歳になるかならないかの学生たちにとって、丘のしたの下界における荷風教授の「性」をめぐるスキャンダラスな振る舞いは最大の関心事であり、荷風が、ある種の遊戯性を伴って芸妓と交わりを深め、交情を続けていけることは、せいぜいが下宿先のお嬢さんくらいにしか恋情を捧げることができなかった学生たちにとって羨望の的であった。山のうえではフランスの近代文学を講じ、山のしたでは小説を書くかたわら、性的風俗の世界に生きる女と自在に情を交わす形で、「知」と「性」、あるいは「聖」と「俗」の世界を縦横に往還する文学者永井荷風の生き方そのものが、学生たちを理屈なしに惹《ひ》きつけていたのである。

だが、荷風のスキャンダラスな性的振る舞いは、学生たちを喜ばせはしたものの、大学運営当局の幹事や謹厳実直で権威意識の強い教授連、特に慶應義塾の「顔」と言ってもいい理財科の教授たちからは忌避され、「荷風はいかん」とか「慶應の恥だ」といった声が高まり、無言有言の圧力がかかってくることになる。さらに、ほかの文芸雑誌よりは特段に高い原稿料を払い、「三田文學」を毎月発行し続けていくことによる経済的負担も、大学当局にとっては頭痛の種となっており、財政的負担軽減を理由に、できるだけたくさん広告を掲載するように圧力をかけてくる大学当局との軋轢《あつれき》も深刻化してきていた。

らないことを思い知らされたことである。

ただ荷風にとって不幸だったのは、江戸の遊女の名残を留めた富松や八重次といった芸妓は、ニンフとみなすにはあまりに前近代的にすぎたことであった。明治の末期から、大正の初めにかけてのこの時代、「牧神」が性的欲求に駆られて追いかけ回す対象としてのニンフ、すなわち近代的風俗の衣装をまとい、性的規範意識から解き放たれ、自身の自由意志に従って男を誘惑する新時代のニンフと、彼女たちが群れ集う性的風俗空間、あるいは装置としてのカフェとかキャバレー、バー、ダンスホールなどといった性的風俗装置はまだ時代の表舞台には登場していなかったからである。

教授たちから忌避された荷風のスキャンダラスな振る舞い

永井荷風教授の、三田山上から下界に降りたあとの、性的俗人としての振る舞いは、荷風教授の一挙手一投足に目を光らせ、怠りなく（時には尾行までして）観察していた文学科の学生たちの好奇心を掻《か》き立てずにはおかなかった。いやむしろ、荷風は、大学教授という鎧《よろい》をまとって学生たちに接することに窮屈なものを感じていたのかもしれない。だから、荷風は、自分はしかつめらしい大学の教授、特に理財科の教授先生とは違い、下界の俗情、とりわけ性的風俗の世界にも通じ、新橋の芸妓を囲い込み、交情を深めていることを意図的に学生たちに探知させ、その噂《うわさ》が三田山上の「象牙の塔」と呼ばれる「聖」なる空間に広がり、汚染していくことをひそかに楽しんでいた。そしてそのことで、ある意味で屈折した隠微な優越感に浸っていた。そこには、大学という「知」の権力体制を、「性」によって揺さぶり、解体しようという「無政府主義者」永井荷風の不遜な意志が働いていたと言ってもいいかもしれない。

一方、二十歳になるかならないかの学生たちにとって、丘のしたの下界における荷風教授の「性」をめぐるスキャンダラスな振る舞いは最大の関心事であり、荷風が、ある種の遊戯性を伴って芸妓と交わりを深め、交情を続けていけることは、せいぜいが下宿先のお嬢さんくらいにしか恋情を捧げることができなかった学生たちにとって羨望の的であった。山のうえではフランスの近代文学を講じ、山のしたでは小説を書くかたわら、性的風俗の世界に生きる女と自在に情を交わす形で、「知」と「性」、あるいは「聖」と「俗」の世界を縦横に往還する文学者永井荷風の生き方そのものが、学生たちを理屈なしに惹《ひ》きつけていたのである。

だが、荷風のスキャンダラスな性的振る舞いは、学生たちを喜ばせはしたものの、大学運営当局の幹事や謹厳実直で権威意識の強い教授連、特に慶應義塾の「顔」と言ってもいい理財科の教授たちからは忌避され、「荷風はいかん」とか「慶應の恥だ」といった声が高まり、無言有言の圧力がかかってくることになる。さらに、ほかの文芸雑誌よりは特段に高い原稿料を払い、「三田文學」を毎月発行し続けていくことによる経済的負担も、大学当局にとっては頭痛の種となっており、財政的負担軽減を理由に、できるだけたくさん広告を掲載するように圧力をかけてくる大学当局との軋轢《あつれき》も深刻化してきていた。

つ、これらの小説を書き続けたわけで、そこには恩師荷風先生に対する帰朝報告という意味合いも込められていたものと思われる。ただしかし、瀧太郎は荷風のエピゴーネンではなかった。これらの作が荷風の『あめりか物語』や『ふらんす物語』のコピーとしてではなく、瀧太郎独自の異国遍歴物語として書かれているということは言うまでもない。

「性」を社会的規範の外に置こうとしなかった瀧太郎の文学

今回、本書を書くために荷風と瀧太郎の異国遍歴物語を読み比べてみて、一つひとつの作品を貫く主題の特性で一番大きな違いとして見えてきたのは、荷風の『あめりか物語』には、ほぼ全編にわたって、父親の支配権から逃れ、父親を「殺す」ための代行行為としての異国の女性、それも社会の底辺や周辺、あるいは外側に生きる娼婦《しょうふ》と、皮膚の色や民族、言語、宗教、社会的階層の上下などの差別の壁を越えて性的対関係を結び、肉体的、精神的結合、合体を遂げることで、心身の自由と解放を獲得するという「性」の主題が書き込まれているのに対して、瀧太郎の方にはそれが書き込まれていないことである。具体的に言えば、第二章の「真正モダニスト永井荷風の誕生」で詳しく記述した『あめりか物語』所載の「酔美人」、あるいは「旧恨」のような小説を、瀧太郎は書いていない。

ただしかし、水上瀧太郎が「性」に無関心であったわけではなく「新嘉坡の一夜」という、荷風の『あめりか物語』に「余篇」として収められた「舎路《シアトル》港の一夜」から題名が取られた短編小説のなかで、瀧太郎は、異国で知り合った女性との間で、反社会的な性的関係の泥沼に足を踏み込むかどうか、ギリギリのところまで迫られた体験を小説の主人公の告白として記述している。瀧太郎の小説のなかでは、社会的規範を超えて女性との肉体的関係を結ぶかどうかの瀬戸際にまで追い込まれたところで書かれた、ほとんど唯一の小説と思われるこの短編で、瀧太郎は、欧米遊学を終え、喜望峰周りで日本に帰国する「上月《こうづき》」という男の口を通して、船がシンガポールに寄港した折に、上陸して日本人街で酒を飲み、泥酔した挙句、名前も知らない「カラユキさん」とベッドを共にしながら、それでも肉体的結合をしないまま眠り込み、翌朝目が覚めて、女に語り聞かせる形で、ロンドンとパリに滞在していたときの、一歩間違えれば反社会的な性的関係の泥沼に沈溺《たんでき》しかねなかった「女難」の体験を告白させている。

「上月」は、船を降りてシンガポール市内をぶらぶら歩くなか、同じ船の機関士に出会い、「カラユキさん」と呼ばれる娼婦たちが春を売る日本人町に連れていかれる。そこでさんざん酒を飲まされ、ぐでんぐでんに酔っぱらって、ほとんど意識を失った状態で、長崎から来たというカラユキさんの部屋に連れ込まれ、衣服を脱がされ、真っ裸でベッドに倒れ込んでしまう。そして、翌朝気がついたら、これも真っ裸なカラユキさんと肌を密着させて寝ている自分を発見する。瀧太郎の小説のなかでは最も大胆に売春婦の肉体に接近したところで書かれた小説だが、ここでも瀧太郎の分身である「上月」は、「いけない、いけない」、「私には女難の相があるさうだよ」と言って、カラユキさんの誘惑を振り切っている。

の二月号と八月号に、さらに「沈丁花《じんちょうげ》」を「新潮」の五月号に発表と、「三田文學」をベースにしつつ、作品発表の場を広げ、大学生小説家として着実に地歩を固めていく。そして、明治四十五（一九一二）年三月、理財科を卒業し、同年九月欧米遊学のため渡米、ボストン近郊のハーバード大学に通い、経済原論と社会学を聴講する。大正三（一九一四）年六月には、ハーバード留学を終えロンドンに渡る。およそ一年三カ月に及ぶロンドン滞在中には、大英博物館に通い近代文学の研究に没頭、トルストイの全作品を英訳で読む。さらに大正四年十二月、ロンドンからパリに移り、およそ八カ月滞在。大正五年八月、パリを発《た》ち日本に帰国、同年十二月、父親の経営する明治生命保険会社に入社し、サラリーマン生活に入る。

　このように、水上瀧太郎は、永井荷風がそうであったように、ボストン、ニューヨーク、ロンドン、パリ……と、当時としては近代文明・文化の最先端を行く大都市で異邦人生活を体験することを通して、欧米の文明・文化の根底を流れる伝統の重みをしっかりと受け止め、且つまた個我の独立と精神の自由を何より尊しとする欧米の近代精神を身につけて日本に新帰朝してくる。そして、父親の経営する生命保険会社の社員として、サラリーマン生活を続けながら、「船中」（「中央公論」大正六年一月号）、「同窓」（「新小説」大正六年四月号）、「楡《にれ》の樹蔭」（「三田文學」大正六年八月号）、「ベルファストの一日」（「三田文學」大正七年三月号）、「新嘉坡《シンガポール》の一夜」（「新小説」大正七年九月号）……と、欧米での生活体験や人との交わり、見聞、思念、感懐、自然観察に基づいた異国遍歴物語とでもいうべき小説を発表していく。

こうした異国巡りの小説は、永井荷風がアメリカやフランス滞在中に書き、日本の雑誌に発表し、のちに『あめりか物語』や『ふらんす物語』に収められた短編小説を意識したうえで、自分もまた荷風先生にならって『新あめりか物語』や『新ふらんす物語』を書いてみようという決意のもとに書かれたものと見ていい。たとえば、「新小説」の大正六（一九一七）年四月号に掲載された「同窓」という短編のなかで、シアトルに上陸して、ニューヨークに向かう夜行列車の出発までの待ち時間の間、シアトル市内を見物がてら歩くなか、日本人町に迷い込んだときの印象について、瀧太郎は、「そのせゝこましい日本町の不可思議を極めた光景は、自分をして、船中の徒然《とぜん》に読んだ『亜米利加物語』といふ短篇小説集の中の『悪友』と云ふ一篇に驚く可き細かい写実的の筆で描き出されてゐた事を想ひ起させた」と記している。瀧太郎は、それまでに何度も繰り返して読んだはずの荷風の『あめりか物語』に収められた「悪友」という短編小説の舞台となったシアトルの日本人町を初めて実際に歩き、その目で「不可思議を極めた光景」を確かめたことで、荷風の記述が、いかに微細、且つ緻密で、写実的であるかに改めて感服驚嘆したことになる。

そして、自分も荷風先生には到底及ばないものの、荷風先生にならって、これから先アメリカやイギリス、フランスで見聞し、体験し、思い、感じることを小説に書き込んでいくことで、自身の異国生活体験が意味するものを、文学的に深く検証していこうという決意を固めたはずであった。そうした意味で、新帰朝文学者水上瀧太郎は、荷風との同質性を前面に押し出しつこのように、荷風は、三田山上の「聖」なるキャンパスでは、文学科教授としてフランス文学や文学評論の講義を謹厳に行い、学生たちの信望を集め、また学生たちに小説や詩を書くことを勧めていたものの、一旦山を下り、下界の世俗世界に降り立つに及んでは、放埒《ほうらつ》な性的世俗人に豹変《ひょうへん》し、わがままな振る舞いを通していたわけだが、そのことを不誠実だとして一方的に批判し、切り捨ててしまうことは、日本の近代文学史において永井荷風が文学者として成し遂げた、大切なものを見落としてしまうことになる。すなわち、一回目は堅気の女性と、二回目は恋愛、あるいは性愛遊戯にかけては年季を積んだ玄人の女性と、短期間の間に結婚と離婚を繰り返したことは、荷風にとっては、文学者としての己自身の本分を見極め、将来的に「性」を主題とした小説を書く文学者に成りあがっていくうえで避けて通ることのできない関門として、不可欠の意味を持つものであったからである。

ところで、永井荷風が慶應義塾文学科教授時代に二度、結婚に失敗したことが、その後の荷風の「生」に対してもたらしたものとして見落とせないのは、生来的に性的人間である荷風自身の存在が、反社会的な性的な存在、すなわちギリシャ神話において、半獣半人として生まれたがゆえに、神の天上界から地上の人間界に追放、あるいは流謫《るたく》されながら、人間世界からも異形性のゆえに、忌避・追放され、社会の外、あるいは辺境に生きていかざるをえず、それゆえに「性」という生殖本能を満たすことを許されず、結果としてやみ難い性欲の衝動に駆り立てられ、森や海辺のニンフを追いかけざるをえないという、悲しい宿命を負った牧神《パン》にほかな新翁家の芸妓富松となじみ、また慶應義塾文学科教授に招かれた明治四十三年の六月、すなわち「三田文學」が発刊された月の翌月には同じ新橋巴家の芸妓八重次（本名内田ヤイ、のちに藤蔭静枝《ふじかげ》）と出会い、富松から乗り換える形で交情を深め、大正二年二月には、父親の死を待っていたかのようにヨネを離縁。一年半後の大正三年の八月には、歌舞伎役者の市川左団次の媒酌で八重次と結婚する。しかし、二度目の結婚も長続きせず、大正四年二月、八重次の方が家出をして離婚……と、荷風の二回の結婚生活はいずれも短期間で破綻に終わることになる。

十代のころから新吉原の遊郭に出入りし、アメリカやフランス滞在中は街娼婦と夜な夜な枕を交わし、日本帰国後は、新橋芸妓と浮き名を流し……と、明治末期から大正期にかけてドンファンを演じ、女と性の表と裏を知り尽くしていた荷風と、江戸の名残を留《とど》める東京本郷の商家の次女として生まれ育った堅気の娘との間には、夫と妻の間で共有すべきものは何もなかった。あまりにも早く終わった新婚生活を通して、荷風が得たものは、自分には社会的に認知された結婚生活を堅気の娘と続けることは不可能だという苦い認識であったはずである。

くわえてまた、八重次との結婚も、芸妓屋という風俗施設にあって、「芸」と「性」をなりわいとして生きてきた女性を結婚という社会的規範の内側に拘禁するということ自体において無理というか、矛盾があった。結局、荷風は、結婚という制度のなかで、女性と性的関係を持ち、子を産み、育てるという社会的義務を果たすことが、自身には不可能であることを悟らされ、以後、結婚することなく生涯を過ごすことになる。

は、文学的危機に立たされていた永井荷風に、一時的避難の場と猶予の時間を与え、文学者として己の立つべき地点と進むべき道を見定めたうえで、大正という新しい時代において、小説家として復活することを可能にしたことで、重要な意味を持つものであった。

この猶予の時期において、丘のしたに生きる世俗的社会人として、永井荷風がなした最初のことは、父久一郎との最終的和解であった。和解は、単に永井家の惣領《そうりょう》として父親を安心させ、満足させたということだけでなく、自分が文学者として立ち、社会的に認知されるまで自分が望む方向（落語家や歌舞伎の狂言作者、そして小説家など）に進むことにことごとく反対し、妨害してきた父親が、結局最後は文学の道に進むことを許してくれたことに対する感謝の気持ちと、漢詩人としての父親の素養に対する認知と崇敬の念に根差したものであった。

こうして父親との激しく、長期に及ぶ闘いに決着をつけた荷風は、慶應から月々の収入を得ることで生活を立てていく目途がついたのと、そろそろこの辺で身を固め、子供も作り、父親と母親を安心させたいという気持ちが働いたのであろう、大正元年（一九一二）年九月、東京市本郷区湯島の材木商斎藤政吉の次女ヨネと結婚する。だがしかし、荷風にとって結婚は、父親と母親、親族、ひいては世間に対して体裁を取り繕う儀式、あるいはパフォーマンスでしかなく、結婚生活は半年と持たず離婚することになる。

それにしてもなぜ荷風は、取ってつけたように結婚し、離婚し、堅気の素人娘を傷つけるようなことをしてしまったのか……。実は、荷風は、それより三年ほどまえから、新橋の芸妓屋、

第九章　荷風教授、三田山上を去る

丘のしたの性的俗人としての荷風教授

三田山上にあっては、フランス語やフランス文学、文学評論について講義し、学生たちに小説や詩を書くことを勧め……と、いわば「山上の聖なる教育者」として振る舞う一方、丘のしたでは二人の新橋芸妓《げいぎ》と交情を深めるなど、「下界の俗なる性的人間」として振る舞い、二つの相反する人間を「文学」というパスポートを手にして自在に行き来し、演じ分けていたのが慶應義塾文学科教授時代の永井荷風の生の実態であった。

第六章「『三田文學』創刊――反自然主義文学の旗手として」で詳しく見たように、明治四十三（一九一〇）年二月、慶應義塾大学部文学科教授に招聘《しょうへい》され、「三田文學」の編集主幹として文芸雑誌の編集・発行の仕事に就いたとき、永井荷風は、日本の擬似近代的社会や人間関係、文化風土になじむことができず、文学者として立ち、生き延びていくことの絶望的不可能性に直面していた。その意味で、慶應義塾文学科教授と「三田文學」編集主幹に就任したこと表され、それらを読んだことで、荷風が国家や戦争に批判的に対峙《たいじ》し、抵抗した文学者として、不死鳥のように蘇ってくるのを知って、そして自身があれらの戦争翼賛詩を書いてしまったことを痛切に恥じ、後悔し、自己批判したはずであった。

そしてその結果、大學が、恩師である荷風の文学精神を正面から受け止め、師恩を乗り越えるべく詠んだのが、昭和四十六（一九七二）年一月一日、「サンケイ新聞」に掲載された「新春人間に」と題された詩であった。大學が、この詩において、荷風の文学精神をどう受け止め、師恩をどう乗り越えていこうとしたか……詳しくは終章のなかの「そして武器を捨てよ／人間よ」で。

倒的に優越し、国家の要請や命令に絶対的に服従することを求めてくる異常事態にあって、精神を「反国家」から「親国家」へと一気に逆転させてしまう……すなわち、日本近代文学の根底に深くわだかまる鋭い亀裂、あるいは陥穽《かんせい》とも言うべき、「逆転する精神の構造」から、堀口大學という詩人もまた免れることができなかったということである。

ただここで見落としてならないのは、大學の戦争詩を佐藤春夫や高村光太郎らの戦争詩と読み比べて、明らかな違いとして、大學の戦争詩が佐藤や高村のそれに比してはるかに激越さが低く、それまでの大學の詩に張り詰めていた生気や緊張、潑剌《はつらつ》としたリズム感や歌謡性、大胆な飛躍、さらにはユーモアやエロスの感覚が欠けているということだ。つまり、大學は、日本の近代詩を代表する詩人の一人であるという立場上、こうした戦争詩も詠まなければならないという、やむをえざる事情から、これらの戦争詩を詠んだのであり、もし「戦争詩歌用語辞典」のようなものがあるとすれば、そこから適当に用語を引いてきて並べて作られたのが、大學の戦争詩ではないかという感じがしてくることである。

であればこそ、大學は、日本が無条件降伏し、平和的な民主主義国家として再生し、且つまた荷風が、戦前・戦中に発表の当てもないまま書き続けてきた、社会的規範が崩れてしまったあとの、男と女の、より自由で放埒《ほうらつ》な性的対関係性を主題とした小説（たとえば、『踊子』とか『問はずがたり』など）や、日記という密室的書記空間にあって、「書く」ことを通して国家権力の悪とその悪の究極的現前としての戦争を徹底的に批判・指弾した『断腸亭日乗』が一気に発発足」、「征途」、「すめろぎの歌」、「呼びかける」、「暁の出征」、「必死」、「伊太利戦線離脱」、「興津朝思」、「あとひと息だ」、「十五女性に寄す」、「歳暮」……と、戦争詩を詠う。それらの詩のなかで、たとえば昭和十九年十月二十日、河出書房刊行の『詩集大東亜』に収められた「あとひと息だ」という詩で、大學は次のように詠っている。

国運賭けたみいくさに
しこのみ盾と戦つて
命ささげた増荒男《ますらお》の
不滅のてがら忘れまい

東亜を興す大使命
いまの痛みは生みの苦だ
鬼畜米英ないあとは
民十億の楽園だ

敵もさるものさればとて
邪はそれ正に勝ちがたい

勝つときまつたみいくさだ
あとひと息だ頑張らう

第二次世界大戦勃発を受けて、『断腸亭日乗』の昭和十六（一九四一）年五月三十一日の項で、大政翼賛会を「慾纂会といふ化物」に見立てて、西洋人には見えず、日本人だけに見える怪物だとして痛烈に揶揄《やゆ》・批判したり、昭和十七年一月一日から、年号表記を日本暦から西暦表記に書き換えたり、昭和二十年五月三日には「新聞紙ヒトラームソリニの二兇戦敗れて死したる由を報ず」と記し、軍部や戦争翼賛体制を批判した永井荷風を知る私たちが、堀口大學ともあろう詩人が……という思いにとらわれるのは当然と言っていいだろう。なぜ堀口大學は、詩人としての人生に汚点を残すこのような詩を詠んでしまったのか……。こうした疑問に立つとき、おのずから見えてくるのは、大學もまた、祖父が幕末維新の戦いにさいして幕府方について戦った越後長岡藩の足軽（戊辰戦争で戦死）であったことで、佐幕派の系譜に属する詩人であったということである。

つまり、戦争という異常事態に遭遇したことで、大學は、それまで失われてきた国家という全体共同性に初めて関わることができた。そしてその国家が全力を挙げて戦争を遂行しようとしているとき、自分もまた国家と戦争を翼賛する詩歌を詠わなければならないという使命感に駆られて、戦争翼賛、天皇礼賛の詩を詠ったのではないか。戦争という国家が個人に対して圧また「三田文學」明治四十四（一九一一）年十月号に掲載された、谷崎潤一郎の短編「颱風《ヘウフウ》」が内務省から発禁処分を受け、さらに翌四十四年六月号に掲載された江南文三の短編小説「逢引」も発禁処分を受けたことで、学校当局や理財科の教授連から荷風に対する風当たりが、一層強くなってきていた。このように慶應義塾の内側から発動してくる排除の力に嫌気がさし、荷風はわずか六年間教えただけで、学生たちからあれほど慕われ、尊敬されていたにもかかわらず、教授の職をあっさり投げ捨て、慶應を去ってしまうことになる。

一方、第六章「『三田文學』創刊——反自然主義文学の旗手として」のなかで詳しく見たように「三田文學」と「スバル」を中心に「新思潮」や「白樺《しらかば》」の同人を巻き込んで、言論・思想表現の自由を禁圧しようとしてくる国家権力に対抗するために四誌合同の季刊文芸雑誌発行の計画が、「白樺」同人たちの反対でとん挫したことと、大逆事件で二十四人の被告に死刑の判決が下り、そのうち、幸徳秋水や管野スガなど十二人が一週間以内に処刑されたことで、月刊雑誌という公的性格の強い表現媒体を通して国家権力を表立って批判することに危険性を感じたことなどが重なり、荷風は「三田文學」の編集・発行の仕事に対して、当初のような情熱を持てなくなっていた。こうして「三田文學」そのものの内容が、創刊当初のような生気を欠き、売れ行きも伸びを失い、さらにまた、八重次が置き手紙を残して一方的に家出し、離縁したころから、胃腸を悪くし、大学の講義も休講がちになったことなどが重なり、荷風は、大正五（一九一六）年二月限りで教授の職を辞し、「三田文學」編集の仕事からも手を引くことになったわけである。

福澤諭吉と理財科が体現していた「脱亜入欧」の理念に対する反発

永井荷風が慶應義塾大学部文学科の教授の職を辞したもう一つの理由として見落としてならないのは、福澤諭吉、ひいては慶應義塾、特に理財科のモダニズムが抱える体質的矛盾に荷風が我慢できないものを感じていたということである。ならばその矛盾とは何か……私見では、それは、福澤諭吉のモダニズムの中核であり、同時にまた、慶應義塾の建学の目的、あるいは使命であった文明開化という理念がはらむ矛盾であり、「脱亜入欧」という「負」の理念である。以下、福澤諭吉と慶應義塾モダニズムが唱導した文明開化と表裏一体化した「脱亜入欧」の理念について、少しく立ち入って検証しておくことにしたい。

文久元（一八六二）年、幕府が派遣した遣欧使節団の通訳として、初めて渡欧の途に就いた福澤諭吉は、西に向かう船の旅の途中、香港やシンガポールなど、南アジアや東南アジアの、ヨーロッパ列強国の植民地支配の下に置かれた国々の港町に寄港し、波止場で働く労働者の惨めな姿や、船から投げられた小銭を海中に潜って拾い上げ、生活の足しにしている現地人の卑屈な生の実態を目の当たりにして、日本が国を開くのはいいとしても、列強の植民地になることだけは絶対に避けなければならない、そのためにも日本は一日も早く、ヨーロッパの文明・文化を取り入れ、「文明開化」という近代化を推し進めることで、アジアの劣等国から脱出して、ヨーロッパ列強に仲間入りしなければならないという、いわゆる「脱亜入欧」の理念を思想として持つに至る。

福澤諭吉が、ヨーロッパに上る途中で見た、アジア的貧困と被差別、抑圧、前近代性の現実は、諭吉に続いて、ロンドンやパリ、ベルリンに留学、あるいは職務のうえで赴任していった明治期のエリートたち、たとえば森鷗外であれ、夏目漱石であれ、誰もが見た現実であり、福澤諭吉の「脱亜入欧」の決意と理念は、ヨーロッパの先進国に留学し、日本帰国後は政官界、経済界の要路に立ったエリートたちの誰もが共有したものでもあった。

たとえば、福澤諭吉がヨーロッパに渡ったときより三十四年のちのことであるが、明治二十八（一八九五）年の四月、日刊新聞「日本」の特派員として、日清戦争を取材すべく近衛《このえ》師団に従軍し、遼東《りょうとう》半島に渡った正岡子規は、中国大陸の北東部に位置する遼東半島南端部の大連に近い柳樹屯に船が近づいたとき、何かもらおうとしてみすぼらしい現地の中国人が、小舟に乗って寄せ集まってくるのを見て、『陣中日記』に、「乞食にも劣りたる支那人のあやしき小舟を漕ぎつけて船を仰ぎ物を乞ふ。飯の残り筵の切れ迄投げやる程の者は皆かい集めて嬉しげに笑ひたる亡国の恨は知らぬ様なり。（中略）不潔言はん方なければ悪疫の恐れありとて近づけざるもあはれなり」と、嫌悪感をあらわにしている。

あるいはまた、文部省派遣の留学生としてイギリスに留学すべく、明治三十三（一九〇〇）年九月八日、ドイツ船プロイセン号に乗って横浜を出港した夏目漱石は、九月二十五日、シンガポールに寄港したさいに、船のうえから見た光景を、「土人丸木ヲクリタル舟ニ乗リテ船側ヲ徘徊ス船客銭ヲ海中ニ投ズレバ海中ニ躍リ入ツテ之ヲ拾フ」と記している。漱石はさらに、十月一日、セイロンのコロンボ港に着き、上陸して仏教寺院を見学したときのこととして、「路上ノ土人花ヲ車中ニ投ジテ銭ヲ乞フ且Japan, Japanト叫ンデ銭ヲ求ム甚ダ煩ハシ仏ノ寺内尤モ烈シ一少女銭ハ入ラヌカラ是非此花ヲ取レト強乞シテ已マズ不得已《やむをえず》之ヲ取レバ後ヨリ直グニ金ヲ呉レト逼《せま》ル亡国ノ民ハ下等ナ者ナリ」とも記している。

このように正岡子規の「亡国の恨は知らぬ様なり」とか、夏目漱石の「亡国ノ民ハ下等ナ者ナリ」という、うえから見下す目線で発せられた言葉とその裏にある蔑《さげす》みの意識は、そのまますぐに福澤諭吉の唱導した「脱亜入欧」の理念とつながり、さらにそれは、日清戦争や日露戦争など対外戦争を戦うに至って、激越な愛国意識に豹変し、子規は「行かば我れ筆の花散る処まで」とか、「出陣や桜見ながら宇品まで」という俳句を詠み残し、旧藩主から拝領した刀を背負いこんで、輸送船海城丸に乗り込み、まなじりを決して近衛師団付の従軍記者として遼東半島に渡っていった。さらにまた、漱石は日本軍の勝利に興奮し、愛国感情に駆られて「従軍行」という新体詩を詠んで、「ロシア討つべし！」と激越に謳《うた》い上げ、日本軍兵士を鼓舞したことは、拙著『正岡子規、従軍す』（平凡社、二〇一一年）で詳しく論じたところである。

以上見てきたように、地球を西回りでヨーロッパに渡った明治のエリートたちは、東アジアや東南アジア諸国の港湾都市で、植民地支配の悲惨な現実を見たことで、母国日本のために自分が何をなすべきかを悟り、文明開化の戦いの先兵として、日本国家の近代化のために全力を尽くそうという決意を固めて、留学先や赴任先のヨーロッパ先進国に赴き、そこで精一杯新知識と技術を吸収して日本に帰国してきた。重要なことは、彼ら明治日本の先鋭としてヨーロッパ先進国に留学したエリートたちの、アジア的悲惨な現実を慨嘆する、うえから見下ろすまなざしが、そのまま「脱亜入欧」の意識や決意、あるいは使命感と化し、それはまたさらに理念として昇華され、日本が懸命になって文明開化と殖産興業、富国強兵に努め、欧米列強に匹敵する強大国となり、軍事力を背景にアジアの近隣諸国を侵略し、ヨーロッパ型の植民地宗主国に成りあがっていくうえで、日本を支え、前へ前へと突き動かす原動力となったということである。

低いまなざしからアジアの現実を見た永井荷風

ところで、福澤諭吉に端を発し、正岡子規や夏目漱石にまで流れ込むこととなった「脱亜入欧」の思想と理念を支えた、うえからの目線とは対照的に、低い目線でアジアの現実を見据え、文明開化、殖産興業、富国強兵という近代化を強引に推し進め、中国やロシアとの戦争に勝利したことで、欧米列強並みの帝国主義国家に成りあがろうとしていた日本に対して、痛烈な批判のまなざしを投げかけた、数少ない文学者の一人が永井荷風であった。そうした意味で、福澤諭吉と欧米先進国の文明と文化をモデルとするモダニズム志向を共有しながら、福澤が見抜いていなかった明治日本のモダニズムの影、あるいは矛盾・限界をも見抜いていた文学者であった永井荷風を、慶應義塾が文学科の教授に招聘したことは、歴史の皮肉と言えるものであった。

拙著『永井荷風の見たあめりか』（中央公論社、一九九七年）や『荷風のあめりか』（平凡社、二〇〇五年）、さらには『夏目金之助 ロンドンに狂せり』（青土社、二〇〇四年）で詳しく見たように、明治三十六（一九〇三）年九月二十二日、横浜を出港し、太平洋を横断してシアトルに上陸した荷風は、それ以降、タコマ、セントルイス、カラマズー、シカゴ、ニューヨーク、ワシントン、ニューヨークと二年二カ月かけてアメリカ大陸を横断。さらに一年と八カ月に及ぶニューヨーク生活を経て、明治四十（一九〇七）年七月十八日、フランスに渡るべくニューヨーク港を出港し、ル・アーヴルでフランスに上陸し、リヨンとパリにほぼ十カ月滞在、明治四十一年五月三十日にロンドンを出港して帰国の途に就いた永井荷風は、地中海から紅海を抜け、アラビア海、インド洋を横断して、スリランカのコロンボに寄港したのち、六月の末ころ、シンガポールに寄港している。

そのときの見聞に基づいて書き上げ、明治四十二（一九〇九）年一月一日発行の「秀才文壇」（文光堂）に掲載され、のちに『ふらんす物語』に収載された「悪寒」という短編小説のなかで、荷風は、船がシンガポール港に入っていくときに見た、波止場で、現地の労働者《クーリー》たちが、貨物を倉庫に運び込んだり、石炭を船に積み込んでいる現場について、「倉庫の中から石炭を運び出して船へと積込む。何《いづ》れも腰のほとりに破れた布片《ぬの》一枚を纏ふばかりなので、烈日の光と、石炭の粉、塵埃《じんあい》の烟《けむり》の渦巻く中に、行きつ戻りつ、是れ等の労働者の動いてゐる有様は、最初は人間ではなくて只、黒い、汚い肉の塊りが、芋でも洗ふやうに動揺して居るとしか思はれなかつた。（中略）東洋と云ふ処は、実にひどい処だ、ひどい力役の国であると感じた」と慨嘆し、「これまで経験した事のない一種の恐怖をさへ催さしめる」とまで記している。こうした記述に表出されている荷風の、薄汚く、不潔なアジア的現実に対する、吐き気を催すような生理的嫌悪感は、正岡子規や夏目漱石がアジア的現実を前にして、あらわにした嫌悪感と明らかに共通するものである。

ただしかし、荷風の嫌悪感が、子規や漱石のそれと決定的に違うのは、子規が「亡国の恨は知らぬ様なり」、漱石が「亡国ノ民ハ下等ナ者ナリ」と、目のまえの醜悪な現実を見据える代わりに、それぞれが精神的なよりどころとしている天皇を頂点とする国家という共同性、すなわち「皇国＝大日本帝国」の存在を意識の前面に浮かび上がらせることで、うえから見下ろすまなざしを獲得し、優越者としての安全圏を確保したうえで差別的な言辞を弄することで、醜悪な現実と向かい合うことから逃げているのに対して、「皇国」の後ろ盾を持たない荷風は、逆にその現実をひたと見据えたうえで、「いくら焦立つても、最《も》う駄目だと云ふ気もした。自分一個の小い才能は、どうして大きい自然に敵しやう。『東洋』と云ふ野生の力が、眼には見えないが、もう身体中に浸込《しみこ》んで、此の年月、香水や石鹼で磨いた皮膚や爪は無論、詩や音楽で洗練した頭脳まで、あらゆる自分の機官と思想をば、めちや〳〵に蛮化さして行くやうな気がする」と、心身のレベルで荷風自身がなし崩し的に、アジア的悲惨・醜悪な現実に侵蝕・同化されていく感覚にとらわれつつあることを、素直に告白していることである。

しかもそのうえで、荷風は、さらに続けて「あゝ、再び見るわが故郷《ふるさと》。巡査、軍人、教師、電車、電柱、女学生、煉瓦造りにペンキ塗り。鉄の釣橋、鉄矢来《てつやらい》。自分は桜さく、歓楽の島ではなくて、シンガポールよりも、それ以下の、何処《どこ》かの殖民地へと流されて行くやうな気がする」と、子規や漱石にとっては安全圏で、自己の優越性を保証する根拠でもあった「皇国（大日本帝国）」を、シンガポールより以下の「植民地」に貶《おとし》め、自分はそこに「流されて行くやうな気がする」と、諭吉や子規、漱石らの「脱亜入欧」の意識や理念とは真逆の方向で、自身が心身のレベルでアジアの悲惨・醜悪な現実に身を浸し、その現実に溶解されていくことで、「脱欧入亜」していかざるをえない不安と絶望感をストレートに表白している。こうした記述を読めば分かるように、日露戦争に勝利したことで、「脱亜入欧」の悲願達成に向けて、ますます醜悪皮相な近代化を推し進める「大日本帝国」の現実に、自分がこれから落ち込んでいくという永井荷風の絶望的「下降感覚」と、自身の出自たる母国「日本」に対する批判意識において、荷風のモダニズムは、福澤諭吉のモダニズムと決定的に対立することになる。

「脱亜入欧」の理念は、前近代的なアジア的後進性に強くしばられた郷里共同体としての豊前・中津のローカルな言語や風俗・習慣、封建的な門閥制度や迷信に強く反発してそこから脱出し、長崎から大坂、江戸、アメリカ、ヨーロッパと、常に外へ外へと、そして近代へ近代へと自身を追い立てるようにして、生きる道を追求してきた福澤諭吉が思わぬ形で行きあたってしまったモダニズムの矛盾点であり、限界点でもあった。そして、それは同時に、人間の独立自尊を説き、「天は人の上に人を造らず、人の下に人を造らず」と唱え、「ペンは剣よりも強し」という言葉を、慶應義塾建学の理念として掲げたモダニスト福澤諭吉の言説とも矛盾するものであった。

さらにそれはまた、鎖国から脱出し、国を開き文明を開化することで、近代国家として自立することを求めた帝国主義国家、日本の近代主義そのものが内包していた矛盾でもある。同時にそのことによって、福澤諭吉のモダニズムは、文明開化がもたらした「負」の側面、すなわち文明開化や殖産興業、富国強兵を国家理念として掲げ、結果としてアジア最大の軍事国家に成りあがり、侵略戦争に勝利することで、遅れてきた最後の植民地宗主国たらんと欲した近代日本のありようを徹底的に批判し、その文学的生涯を通して「ペンは剣よりも強し」を身をもって証明しようとした近代的反近代文学者、あるいは反近代的近代文学者永井荷風のモダニズムとも鋭く対立・矛盾するものでもあった。

そして、それ故にというべきか、永井荷風は、福澤諭吉のモダニズムとそれとは裏返しの「脱亜入欧」の夢と理念を最もよく追求し、体現してきた慶應義塾大学部理財科の教授のなかに「荷風が慶應の教授であるのはまずい」という声があることに嫌気がさし、文学科教授のポストを投げ捨てるようにして辞任し、慶應を去っていくことになったのである。

荷風が文学科教授の職を辞した最後の理由

これまで、荷風が文学科教授のポストを辞したのは、大学当局からの風当たりが強くなってきたことと、体調の不良が理由であるとされてきた。しかし、そうした理由よりさらに深いところで、大学でフランス文学について講義したり、発禁処分に遭わないように当局に気を遣いながら、「三田文學」の編集に携わることは、文学者としての自分本来の仕事ではない。自分は小説を書かなければならない……という思いが強くなってきていたことも見落とすわけにはいかない。

『夢の女』における「お浪」や『あめりか物語』、『ふらんす物語』の諸短編における娼婦や踊子、『すみだ川』における「お糸」、さらには『腕くらべ』における「駒代」……と、永井荷風は、時代の性的風俗の最底辺、あるいは最先端を生きる女性、それも芸妓や娼婦を主人公に小説を書いてきた。日本の近代文学史において、荷風ほど数多く、社会の底辺、あるいは周辺、外側で「性」を生業とする女性を主人公にし、「ミューズ」あるいは「ニンフ」に見立てて小説を書いた小説家はいないと言っていい。であればこそ、荷風は、常に、時代の性的風俗の最先端に生きる「ミューズ」や「ニンフ」を、小説を書くうえで欠くべからざるキャラクターとして探し求め、彼女たちを見出《みいだ》せないときは、小説が書けなくなっていた。

事実、慶應義塾の教授職を全うしていた明治四十三（一九一〇）年二月から、辞任する大正五（一九一六）年二月までの間、荷風は、大きな仕事としては、フランス象徴詩の訳詩集『珊瑚集《さんごしゅう》』を籾山書店から刊行したのと、「三田文學」に「紅茶の後」と「日和下駄《ひよりげた》」などの随筆を連載した以外、小説では明治四十五（一九一二）年二月一日発行の「三田文學」に短編「少年」、「掛取り」を発表して以降、「妾宅《しょうたく》」、「若旦那」、「風邪ごゝち」、「名花」、「松葉巴《まつばどもえ》」など、のちに『新橋夜話』におさめられることになる、いわゆる花柳小説と言われる短編小説、あるいは随筆風の小説しか残しておらず、『夢の女』における「お浪」や『すみだ川』における「お糸」のような、荷風にとってはミューズ、あるいはニンフに相当する風俗の世界に生きる女性をヒロインにした長編小説は一つも書いていない。

『すみだ川』において「お糸」というニンフを書き上げてしまったことで、小説のヒロインたるべきニンフを消耗しきってしまった荷風は、それに代わるものとして、新橋の芸妓屋に生きる二人の芸妓、すなわち新翁家の富松と巴家の八重次と交情を深め、そこでの経験と見聞をもとに花柳小説の短編を書くことで、次なる長編小説のヒロインたるべきミューズの出現を待ち受けることになる。そして、富松と八重次という二人の芸妓とのもつれ合った交情の体験と、斎藤ヨネとの結婚と離婚の体験を踏まえて、『すみだ川』におけるニンフ「お糸」が七年後、新橋の売れっ子芸妓に成長した姿として、「駒代」という名のミューズをヒロインに仕立てて『腕くらべ』を、荷風が教授の職を辞してから半年後に、井上啞々《ああ》や籾山庭後《もみやまていご》とともに創刊した文芸雑誌「文明」に連載することになる。このように教授辞任に至るまでと、辞任後、『腕くらべ』を書き上げるまでの一連の経緯を、時系列で追ってくると、荷風は、『腕くらべ』を書き上げることに、時間とエネルギーを集中させるために辞職したということなのかもしれない。

辞任後の永井荷風と慶應義塾

文学科教授を辞任したのち、永井荷風は二度と三田山上に戻ることはなく、また「三田文學」にも、辞任した月の「三田文學」に「花瓶（承前）」を寄せたのを最後に、直接的関係は途絶え、大正七年の二月号と三月号に「松の内」と「書かでもの記」を、翌八年の五月号に「断腸亭尺牘《せきとく》」を、十一年八月号の「鷗外先生追悼号」に「鷗外先生と観潮楼」を、十四年の二月号に「久米秀治君を悼む」を寄稿。さらに昭和の時代に入ってからは昭和六（一九三一）年八月号掲載の「夜の車」などと、断続的に短い作品を発表するに止《とど》まっている。

とは言っても、荷風は、慶應を去ったのちも、自分が教えたことのある学生たちを見捨てたわけではなく、意にかなった教え子が詩集や小説集を刊行すると、心のこもった序文を寄せることも惜しんでいない。たとえば、前章で詳しく記したように、堀口大學が訳詩集『昨日の花』や初めての詩集『月光とピエロ』、アンリ＝ド・レニエの小説『燃え上る青春』の翻訳を刊行したさいには、それぞれに心のこもった序文を書き贈っている。

あるいはまた、荷風同様に東京外国語学校のイタリア語科を中退したのち、慶應義塾文学科

予科に入学したものの、本科に進むことなく退学してしまった邦枝完二《くにえだかんじ》は、母方の叔父が浮世絵の収集家で、江戸の戯作文学に通じた趣味人であったせいで浮世絵に造詣が深く、その浮世絵や江戸時代の人情風俗に対する研究心と造詣の深さは、荷風をして驚嘆させるものがあった。そのため、荷風は、当時、自身が江戸浮世絵や歌舞伎、戯作文学に関心を深め、浮世絵や歌舞伎についての文章を「三田文學」や「中央公論」に発表したりしていた関係で、邦枝を可愛《かわい》がり、講義が終わったあと、連れ立って麻布市兵衛町《いちべえちょう》の「藤木」という浮世絵商の元に足を運び、浮世絵を探したりしている。

結局、邦枝は慶應を中退し、井川滋と共に荷風を助け「三田文學」の編集に関わったのち、帝国劇場に入社。戯曲を書いたりしていたが、昭和の時代に入ってから、少年時代から培った江戸の浮世絵や歌舞伎、戯作文学についての知識と理解を生かして、『東洲斎写楽』や『歌麿』といった、江戸市井の生活風俗・人情にエロチシズムを加味した新聞小説を立て続けに発表して名声を揚げ、一家をなすに至り、そのことは荷風を喜ばせた。そのため、荷風は、昭和十一（一九三六）年九月、新日本社から刊行された『邦枝完二代表作全集』の「内容見本」に「今や大成の功を収む」という一文を寄せ、邦枝完二の時代小説について、「思想才芸今やまさに円熟大成の境地に到達しようとしてゐる」と賛辞を呈している。

一方、荷風教授から師恩の恵みを受けた教え子たちの方も、久保田万太郎や水上瀧太郎《みなかみたきたろう》、佐藤春夫を筆頭に、荷風先生に対してオマージュを捧げることを惜しまなかった。とりわけ、堀口大學は、荷風を生涯の文学上の恩師として仰ぎ、「文藝・臨時増刊」の「永井荷風読本」掲載のアンケートでは、「荷風の文学をどう思われますか」という質問に対しては、「自分の気質に合った最上の文学だと思います」と答え、「永井荷風からあなたの学んだものは」という質問には、「すべてです。すべてを学びました」と答えているように、全面的にオマージュを捧げてやまなかった。また、荷風が関心を持ちそうなフランス語の詩集や小説を、折に触れて寄贈し、それが、後半生を独身で通し、時として精神的にブレークダウンしそうになる荷風を励まし、文学精神を高揚させるうえで、重要な意味を持ったことも特筆しておかなければならない。

このように、荷風は、慶應を去ったのちも、自分の教え子や文学科を卒業、あるいは中退し、文筆の世界で身を立てることに成功したものに対しては、著作の刊行にさいして序文を書き贈ったり、好意的な批評文を書いたりし、さらにまた、佐藤春夫や小島政二郎《まさじろう》らに対しては、偏奇館への出入りを許したり、銀座のカフェでの「校正の神様」と呼ばれた神代帚葉《こうじろそうよう》との歓談の場に侍《はべ》らせたり……と恩愛にあふれる態度で接することを惜しまなかった。

だがしかし、それも荷風の文学者としての許容度の範囲内でのことであり、戦前・戦時中に戦争翼賛の詩歌を詠《うた》いまくった佐藤春夫は、『断腸亭日乗』のなかで厳しく批判され、小島政二郎もまた、『小説永井荷風』の「二」の書き出しの部分で、「十のうち九までは礼讃の誠をつらねた中に、ホンの一つ、私が荷風文学の病弊と見た点を指摘したことによって、彼の怒りを

買った」と記したように、荷風の怒りを買っている。小島の記すところによると、久保田万太郎や水上瀧太郎、邦枝完二らについても、荷風は後年、手厳しく批判していたという。

あるいはまた、「早稲田文學」には負けないように、「三田文學」の売れ行きが伸びることばかり期待し、そのくせ資金援助は渋る、しかもせっかく出した雑誌が発売禁止処分に遭うと、それ見たことかとばかり荷風を非難し、「慶應の恥だ」と難癖をつけ、荷風のスキャンダラスなゴシップには顔をしかめ……と、陰に陽に圧力をかけ、最終的に辞任に追い込んだ理財科の教授連や学校経営者に対しても、荷風は相当意地悪く、批判的な言辞を書き残している。

たとえば、『濹東綺譚』の「作後贅言」のなかで、荷風は、昭和の時代に入って、銀座のカフェで酒を飲み、酔っぱらった客が、グループをなして銀座の表や裏通りを、大声をあげて怒鳴ったり、高歌放吟しながら千鳥足で傍若無人に練り歩き、狼藉を働くようになったのは、昭和二（一九二七）年に、野球の早慶戦が終わったあと、慶應の学生、あるいは卒業生が銀座に繰り出し、酒を飲み、酔っぱらって隊伍を組み、商店やカフェを襲い、荒らし歩いて以来のことであるとし、学生たちの蛮行が今も続いているのは、保護者である父兄や学校当局が看過・放置しているからであると苦言を呈している。

自分自身が慶應義塾で教壇に立ったことがあるだけに、余計気になるのだろう、荷風は、「曾《かつ》てわたくしも明治大正の交、乏《ぼう》を承《う》けて三田に教鞭を把《と》つた事もあつたが、早く辞して去つたのは幸《さいはひ》であつた。そのころ、わたくしは経営者中の一人《にん》から、三田の文学も稲門《たうもん》に負け

ないやうに尽力していたゞきたいと言はれて、その愚劣なるに眉を顰《ひそ》めたこともあつた。彼等は文学芸術を以て野球と同一に視《み》てゐたのであつた」と記し、かつて自分を忌避し、常に実利を尊しとして圧力をかけ、辞任に追い込んだ理財科の教授連や学校経営者に対する怨念に近い反対感情をあらわにしている。

終章　永井荷風が百年後の慶應に遺したもの

荷風教授が慶應義塾と「三田文學」に遺したもの

永井荷風が慶應義塾大学部の文学科教授の職にあったのは、明治四十三（一九一〇）年二月から大正五（一九一六）年の二月までの六年間と、短い期間であった。しかも、その間、後半は健康を害したことも重なって、休講がちであった。にもかかわらず、荷風教授は、一旦学生たちのまえに立つと、フランスの最新の文学や音楽についての該博な知識と情報、さらには作品の深い読み込みに基づいて、謹厳実直、且つ学生に分かりやすく講義を進め、さらにくわえて、モダンな風貌と洗練された個性的なファッションとで学生たちを魅了。しかも学生たちに小説や詩を書くことを勧め、優れた作品は「三田文學」に掲載し、のちに文学史に名を留《とど》める小説家や詩人に大成するきっかけを用意した。

さてそれでは、永井荷風が辞任してから百年以上経《た》った今日、荷風が慶應義塾に遺したものは何かという視点から、①文学科教授として永井荷風が慶應義塾に遺したもの、②「三田文學」編集者として遺したもの、③文学科教授退任後、文学者として遺したもの、と三つの分野に絞り、荷風教授が成し遂げた仕事の本質的意味を振り返ってみると、ポイントは以下の諸点に絞られると思う。

文学科教授として遺したもの

1　学科創設以来、学生数が極端に少なく、単に慶應義塾内部で必要とされる英語教師と福澤諭吉が創刊した日刊新聞「時事新報」で必要とされるジャーナリスト育成のためだけの存在に甘んじ、低迷をかこってきた文学科に、新帰朝文学者である永井荷風の存在そのものが体現していたモダニズムと、フランスの文学や音楽、演劇、絵画と多領域にわたる知性と感性、さらには近代ヨーロッパ文化から江戸時代の大衆文化、そして東京山の手の文化空間から隅田川下流域に広がる下町の大衆文化空間まで循環的に往還を繰り返す、独自のマルチメディア的アプローチとクロスオーバー志向を持ち込み、日本の大学における文学教育・研究の分野で独自の個性と伝統を培う基礎を固めた。

2　それはまた、荷風が辞任したあとも、伝統として慶應義塾文学科、さらには文学部に持ち込まれ、一九二〇年代、三〇年代における、詩人であり英文学者でもあり、水墨画家としても知られ、戦前においては永井荷風と堀口大學に次ぐモダニストとして後進の指導にあたり、ダダイズムやシュールレアリスムを唱導した英文学科教授西脇順三郎に、

また戦後に及んでは、同じく英文学科教授であり、詩人であり、ジャズ評論家として活躍した鍵谷幸信《かぎやゆきのぶ》や、英文学者でありながらSF評論やロック・ミュージック、あるいはまた文芸評論の分野でも活躍する現英文学科教授の巽《たつみ》孝之らによって引き継がれ、今日に至っている。

3

一方、フランス文学の分野では、堀口大學を筆頭に、堀口より九年遅れて、荷風の教えを受けようと慶應義塾文学科に入学、フランスの近代詩や小説文学の翻訳の分野で、堀口大學と並ぶ実績を残し、また慶應義塾の応援歌「丘の上」の作詞者としても知られる青柳瑞穂《あおやぎみずほ》や、サルトルの『嘔吐《おうと》』の翻訳で知られる白井浩司、戦後、『広場の孤独』と『漢奸《かんかん》』で芥川賞を受賞した堀田善衞《よしえ》、一九五〇年にフランスのリヨン大学に留学し、奇しくもリヨンで半年あまり横浜正金銀行のリヨン支店で働いたことのある永井荷風と同じく、リヨンでの生活体験に基づいて小説『留学』を書いた遠藤周作、慶應仏文科名誉教授で、『永井荷風　冬との出会い』の著者であり、最近では『老愛小説』で話題となっている古屋健三、さらには同じように慶應仏文科教授でありながら、『背負い水』で芥川賞を受賞した荻野アンナなどを生み出し、今日に至っている。

4

教師が専門的に研究してきたテーマについての知見を、教壇のうえから一方的に教え聞かせるという形で行われてきた、日本の大学文学部の文学教育において、荷風は、欧米での実生活体験を通して読み込んできたフランスの近代文学について、欧米の文明・文

化の根底に流れる伝統や個我の精神についての深い理解に基づき、それぞれの作品の持つ今日的意味にまで言及しつつ講義を行った。

5 東京帝国大学や早稲田大学における外国文学研究と教育の主流が英文学とドイツ文学で占められていた時代に、初めて慶應文学科にフランス語とフランス文学の教育と研究を主体とする教育・学術研究体制を確立した。

6 さらにそのうえで、荷風は、教師と学生の壁を越えて学生のレベルに降り立って、学生たちと文学談義を交わし、小説や詩を書くように励まし……と、いわば学生に作品を「読む」という受動的な形でなく、「書く」ことによって文学に能動的に関わることを教え、学生たちの創造力を伸ばそうとした。そうした意味で、荷風は、アメリカ風の「クリエーティヴ・ライティング」という創造的文学教育法システムを、日本に初めて持ち込んだ先駆者であった。これは、当時、東京帝国大学文科大学や早稲田大学で行われていた、講義中心の文学教育、たとえば、東京帝国大学文科大学講師として、夏目漱石が行っていた『文学論』の講義などと比べてみても、画期的に新しく、創造的であった。

「三田文學」編集主幹として遺したもの

7 「三田文學」の門戸を学生たちに開き、小説や詩など創作に励むことを勧め、優れた作品を積極的に「三田文學」に掲載。その結果、久保田万太郎や水上瀧《みなかみたき》太郎《たろう》、佐藤春夫、

堀口大學ら荷風から直接教えを受けた学生たちが新進の大学生小説家、あるいは詩人として認知され、将来的に日本の近代文学史に名を残す小説家や詩人に大成するきっかけをつかみとることを可能にした。

8 自然主義文学の牙城となり、日露戦争後の近代文学空間を席捲《せっけん》していた「早稲田文學」に対抗する形で、大正モダニズムを先取りするモダン、且つ斬新なデザインのリトル・マガジンとして「三田文學」を創刊し、反自然主義とモダニズムの方向性を鮮明に打ち出し、文学界に新風を吹き込み、且つ、大学文学部の機関文芸誌として百年を超える歴史と伝統の礎を築いた。

9 『ふらんす物語』が発禁処分を受けたことや大逆事件で二十四人もの被告に死刑の判決が下された事実に象徴されるように、国家が個人の内心の自由を、さらに文学者の場合は表現の自由を侵害し、奪おうとした時代にあって、谷崎潤一郎の「飇風《ヘウフウ》」や、江南文三の「逢引」など、発禁処分にあうことになる小説を臆することなく「三田文學」に掲載した。

10 また、「スバル」に掲載された「ヰタ・セクスアリス」が発禁処分を受けたことに加え、大逆事件が国家によるねつ造であることを知って、国家批判を強くしていた森鷗外に「ファスチエス」とか「沈黙の塔」、「食堂」など、国家批判を内容とする作品を発表する機会を与えた。

11　さらにまた、鷗外や平出修《ひらいでしゅう》ら「スバル」系の文学者とはかって、結果としては失敗に終わったものの、「白樺《しらかば》」や「新思潮」の若い文学者に呼び掛け、反自然主義、反国家主義を標榜《ひょうぼう》する季刊雑誌の発刊に努めた。

12　東京帝国大学文学部出身の夏目漱石、上田敏《びん》、谷崎潤一郎、志賀直哉、芥川龍之介、さらには「早稲田文學」創始者の坪内逍遥《しょうよう》や早稲田大学文学科を卒業、あるいは中退した国木田独歩、正宗白鳥、島村抱月といった、著名な文学者を一人も出していなかった慶應義塾文学科の歴史において、在任期間は短かったが、荷風は、反自然主義文学の旗手としてきわめて個性的、独創的な小説やエッセイ、評論を「三田文學」に書き残したことで、文学部の学生及び卒業生から慶應文学部の精神的バックボーンとして受け入れられ、有形無形の励ましと啓示を与え続けた。さらにまた、そのことによって、日本の近代文学の発展・進化の歴史において、慶應文学部と「三田文學」のプレステージ（名声、威信）を上げるうえで大きく貢献した。

教授辞任後、文学者として遺したもの

13　その文学人生を通して、「性」を拠点に、国家や軍部といった全体集合的権力と批判的に対峙《たいじ》し、国家や権力、軍国主義と戦争の悪を徹底的に批判・糾弾した。また、社会的敗者や落伍者《らくごしゃ》、あるいは弱者の側に立って低く生きる姿勢を堅持。特に、戦前・戦時中に、多くの文学者が国家に同調し、大政翼賛的な言辞を弄して文学的に転向していったなか、荷風一人が、発表の当てもなく『踊子』とか『問はずがたり』といった「性」を主題にした小説や、日本日記文学、いや世界日記文学の白眉と言ってもいい、『断腸亭日乗』を、密室的書記空間にあって営々と書き続けた。そして、それらが戦後堰《せき》を切ったように続々と発表されるに至って、文学者永井荷風は不死鳥のように蘇った。その結果、荷風は、天皇を頂点とする軍国主義的独裁国家による絶対支配体制下にあって、「書く」ことを通して、独裁政治や軍国主義、ひいては侵略戦争の悪を批判・指弾し、「非戦」の思想を貫いた、ほとんどただ一人の文学者であったことを証明。それは、敗戦によって打ちひしがれていた文学者、特に、それまで文学的な意味で精神的バックボーンを持ってこなかった慶應義塾、あるいは「三田文學」系の文学者に、勇気と誇りと啓示を与えた。

14

性狷介《けんかい》で、稀代の好色漢、且つ吝嗇漢《りんしょくかん》として知られ、ボストンバッグに二千万円の銀行通帳を入れて持ち歩いたり、奇矯な振る舞いで常にスキャンダルの対象として生きとおし、晩年は浅草のストリップ劇場の楽屋に出入りし、踊子たちを可愛《かわい》がるなど、文豪とされる夏目漱石とはまったく違う生き方を貫いたことで、永井荷風は、夏目漱石が、小宮豊隆や森田草平ら門弟によって、さらにまた、大学研究室で漱石文学を読み、論じてきた漱石研究者や漱石こそが近代日本が生んだ最大・最高の文学者だと信じて疑わない評論家、さらには掃いて捨てるほどたくさんいる世の漱石文学愛好家によって、不世出の大文豪に祭り上げられ、神話化されてしまったようには、自身が神話化されることを自他に許そうとしなかった。そしてそのことによって、荷風文学批判の自由が担保され、文学批評の健全性が今日も保たれるに至った。

慶應義塾出身の文学者たちは、荷風文学をどう読み、論じてきたか

以上、永井荷風が、慶應義塾文学科教授として、また「三田文學」編集者として、さらに教授辞任後の文学人生を通して、慶應義塾のために遺したものについて概略を見てきたわけだが、最後に、慶應出身の文学者たちが、荷風の文学作品をどう読み、荷風の存在をどう受け止めてきたかについて、左に掲げた慶應出身の文学者たちが書いた荷風の評伝や作品論、文学論を通して、概略見ておくことにしたい。

＊佐藤春夫　『小説永井荷風傳』　一九六〇年
＊遠藤周作　『留学』　一九六五年
＊野口冨士男　『わが荷風』　一九七五年
＊江藤淳　『荷風散策』　一九九六年
＊安岡章太郎　『私の濹東綺譚』　一九九九年

＊　古屋健三　『永井荷風　冬との出会い』　一九九九年
＊　草森紳一　『荷風の永代橋』　二〇〇四年
＊　持田叙子《もちだのぶこ》　『朝寝の荷風』　二〇〇五年
＊　小島政二郎　『小説永井荷風』　二〇〇七年

ここに挙げただけでも九人もの慶應義塾出身の文学者が、永井荷風及びその文学の本質を読み解こうと、それぞれに単行本を出してきたことになる。それだけ、慶應出身の文学者たちが、文学者永井荷風とその文学にオマージュを捧げる一方で、荷風の作品を読むことで、各々の文学的生き方や立ち位置、進むべき方向性を確認してきたことになるわけで、そこに文学者永井荷風の存在と影響の大きさがうかがえる。ただ、それら一つひとつについて作品論を展開するのはスペース的に不可能なので、それは別の機会に譲ることとして、ここでは、これらの作品を荷風文学論として読んだときに見えてくる共通の問題点に絞って私見を明らかにしておきたい。

さてそれでは、その共通の問題点とは何かであるが、それはそれぞれが、「性」という荷風文学を貫く根本主題をしっかりと視座に据えたうえで、荷風文学における根本主題として、それぞれの作品の最も奥深いところに秘められた「性」による国家の解体という、荷風のきわめて過激な思想と、それが日本の近現代文学と二十世紀の世界文学に対して持つ意味が、十全に読み解かれてこなかったことであり、そこに本書をここまで書き進めてきた筆者として不満が残るということである。

であるなら、なぜ「三田派／三田文學派」の小説家、評論家をもってしても、荷風文学の神髄・本質を読み抜くことができなかったのか。私見に基づいてあえてその理由を記せば、それぞれの論者・評者が、荷風の小説、特に昭和に入って以降、性の風俗作家として再起した荷風が書き残した、「夢」に始まり、『つゆのあとさき』、『ひかげの花』、『濹東綺譚』、「問はずがたり」、『踊子』、『浮沈』、「裸体」と連なる、「性」をめぐる社会的規範から外れ、最初から「性」に対して自由に開かれ、男と性的対関係を結ぶことを憚《はばか》らないカフェの女給や私娼婦《ししょうふ》、ダンサーなど、性的風俗空間にあって、自在に生きる女性を主人公にして書かれた小説群が持つ文学的、且つ本質的意味が、二十世紀世界文学における一つの重要な達成・成果という文脈において読み解かれてこなかったことによるものと思われる。

さてそれなら、荷風の「性」の小説が表出する二十世紀世界文学としての本質的意味とは何かということになるわけだが、荷風は、吉本隆明が対談集『素人の時代』（角川書店、一九八三年）所収の、大場みな子との対談「性の幻想」（初出は「野生時代」昭和四十九年十二月号）のなかで、「つまり制度が壊れる、国家も壊れる、階級も壊れる、全部壊れる。しかし一対の男女が一緒にいる、あるいは別にいて一種の親和性を保つといいましょうか、そのことは最後まで残るとぼくは思ってるわけです」と語ったような意味で、結婚という社会内的制度や、国家、階級が消滅したあと、それでも残りうる可能性としての男と女の性的対関係性のより自由で、開かれたありようを求めて、「夢」に始まる一連の「性」の小説を書き抜いたのではないかということである。

言い換えれば、荷風は、男と女の性的対関係性を、社会、あるいは国家の内側に取り込む制度としての「結婚」を解体・無化することで、国家という抑圧・支配の制度を解体・無化したいという欲求に駆られてあれらの「性」の小説を書き続けた……。そうした意味で、永井荷風の文学の奥の奥、さらにもう一つ奥には、読み抜き得るものだけが読み抜き得る形で、「性」を起爆剤として国家解体を志向する、きわめて危険な無政府主義的な革命の思想が秘められていたわけで、荷風文学の本質を読み抜くということは、こうした秘められた国家解体に向けた心願ともいうべき意志を読みとり、受け止めることではなかったか。

それにもかかわらず、ここに列記した荷風論のほとんどは、いやそれだけでなく、中村光夫の『《評論》永井荷風』や磯田光一の『永井荷風』、さらには川本三郎の『荷風と東京』など、これまでに公にされた荷風の評伝、あるいは荷風文学論まで含めて、草森紳一が、トータルで八百七十三ページに及ぶ浩瀚《こうかん》な荷風文学論『荷風の永代橋』の冒頭の部分で、「私は、かならずしも荷風の文業の熱烈な愛読者といえない。随筆の類はともかく、彼の小説はさほど好まないが、『断腸亭日乗』のみは、近代日本の叙事詩として嘆賞してやまないものである」と書き出しているように、荷風の小説を正面から受け止めたうえで、正しく、深く、鋭く読み込んでこなかった。そのため荷風の小説文学を、二十世紀世界文学の特異な展開と成果という視点から読み込み、その根本命題を把握しないまま、これらの荷風評伝や文学論が書かれてしまった。私が、荷風文学は、いまだに本質が読み解かれていないと考える理由がそこにある。

たとえば、小島政二郎は、『小説永井荷風』のあとがきで、荷風の小説文学に対する不満、あるいは批判として、荷風が自然主義の影響を受けず、「現実離れのした自然主義以前のような古臭いプロットのある小説」ばかり書き、夏目漱石の『道草』のような小説を書かなかった、つまり、「物語」は書いたが、「小説」は書かなかった、いや書けなかったことを挙げ、「漱石に『道草』を書かせ、鷗外に『渋江抽斎』を書かせたように、荷風に彼自身のエゴイズムがいかに現実生活と悪戦苦闘したかを書かせたら、日本にたった一人の特異な小説家が生まれ出たと思うのだ」と、荷風の小説文学をほぼ全面的に否定している。

小島政二郎は、荷風が夏目漱石における『道草』のような小説が書けなかった、つまり、家庭という社会的に認知された制度の内側における男と女の性的対関係性のドラマを、荷風が書けなかったことを、荷風文学の致命的欠陥、あるいは限界であるということを言おうとしているわけだが、小島の批判を認めるなら、逆に漱石は、『それから』の「代助」と「三千代」がそうであったように、また『行人』の「二郎」と兄嫁の「直」がそうであったように、一組の男と女を、それから先は性的結合・合体以外はないというギリギリの地点まで追い込みながら、「性」の現場に踏み込む一歩手前で、必ず逃げてしまっている……つまり、夏目漱石は、「性」

という二十世紀文学の最大にして、最も根源的な主題から一貫して逃げてしまっていることの意味が問われなければならないはずなのである。

あるいはまた、昭和五十一（一九七六）年に読売文学賞を受賞した野口冨士男の『わが荷風』は、ここに列挙した荷風評伝や荷風文学論のなかでは、最も深く「夢」に始まり、『つゆのあとさき』、『濹東綺譚』、『踊子』、『問はずがたり』、『浮沈』……と連なる小説群を「私娼」小説としてとらえ、それぞれの作品の本質を解明しようとしたものだが、一つひとつの作品の根底に秘められた荷風の「性」による国家解体の思想までは読みとれていないため、残念ながら荷風文学の本質を剔抉《てっけつ》するところまでは至っていない。

さらに、『濹東綺譚』一作に絞りこみ、唯一の荷風小説作品論として書かれた安岡章太郎の『私の濹東綺譚』は、軍部独裁下にあって、日本が戦争へ戦争へと雪崩を打って突き進んでいき、個我の精神の自由な働きが完全に封殺され、正に戦争前夜と言っていい時代に青春期を過ごした安岡が、作品というか、文章そのもの、あるいは行間から表出されてくるところの「自由」の気韻をいかに有難く、大切なものとして受け止め、「生きる」勇気を与えられたかを回想・確認しながら書かれた作品と言える。

しかし、作品のタイトルに「私の」と付けられていることからも明らかなように、『私の濹東綺譚』は、作品の構造や思想的本質を検証・解明するために書かれた本来の作品論というより、安岡章太郎という文学者が、『濹東綺譚』をどう読んだかに焦点を当てて書かれているため、残念ながら野口冨士男の『わが荷風』同様に、「性」を起爆剤に国家を解体・無化しようという荷風の小説作品の奥深いところに秘匿された危険な思想性までは読み抜き得ていない。その意味で『私の濹東綺譚』は、荷風文学の作品論としては十分でないという気がする。ただ、一人の小説家が、一つの小説を読むことを通して、文章そのものから表出されてくる精神の自由な働きを、この上なく有難く、貴重なものとして受け止め、そのことによっていかに戦争の時代を生き抜き得たかという、いわば自由を希求する安岡自身の精神の軌跡を明らかにした、自伝的作品論としては類のない達成と言うことができるだろう。

以上を踏まえて言えば、今後、慶應義塾、あるいは「三田文學」出身の若い書き手のなかから、「性」による国家解体という主題に狙いを絞って、全く新しい永井荷風文学論が現れることを、本書の筆者として願わざるをえない。

「性愛」――読み解かれてこなかった荷風文学の根本主題

第二章の「真正モダニスト永井荷風の誕生」で詳しく記述したように、明治日本に生を享《う》けた男子は、生まれ落ちたそのときから、天皇の赤子として位置づけられ、思想や信念、表現や行動の自由を奪われていた。そのため、日本の男子は、「性」に象徴される心身の自由を社会の内側に求めることができず、社会の外、あるいは周辺の風俗空間に生きる女たちとの性的関係性に求めざるをえなかった。つまり荷風は、まさに、生まれ落ちたときから、「性」を奪われた日本の男子の悲しい宿命を、己自身の宿命として引き受けて、それでもかろうじて手に入れられるかもしれない「性」の自由を、隅田川を挟んで橋でつながる浅草や向島、本所、須崎、玉の井といった下町の風俗空間に生きる、「性」を生業とする女たちとの関係性のなかに求め、日本が戦争へ戦争へと雪崩を打って進んでいく時代の共同的流れに抗するようにして、あれらの「性」の小説を書き抜いたのである。

そうした意味で、これまで書かれてきた荷風論のほとんどは、すでに何度か指摘してきたように、二十世紀世界文学としての荷風文学の本質が最も濃密に書き込まれているはずの、「性」の小説群をまともに読まずに書かれ、論じられてきた。『日和下駄《ひよりげた》』とか『断腸亭日乗』といったエッセイ風の紀行文や日記など、読みやすく、論じやすく、記述されていることについて事実関係の調査が行いやすく、それゆえにそれぞれ執筆者が蘊蓄《うんちく》を傾けやすい作品が読まれ、論じられてきたことに、これまでの荷風論、あるいは荷風文学をめぐる言説の限界が露呈していると言えるわけで、慶應文学部出身の文学者の論じた荷風論も、おおくこの弊を免れていないのは、残念というしかない。

共鳴しあう永井荷風の空襲体験と原民喜《たみき》の原爆体験

さて最後に、独立自尊とかエロス、さらには非戦といった荷風の文学精神が、戦後、慶應義塾文学部出身の文学者たちによって、いかに受け止められ、継承されてきたかについて、原民喜と堀口大學、そして最も若い世代の荷風文学評論家の一人である持田叙子の、荷風の文学精神をしっかりと正面から受け止めたうえで書かれたテクストに即して検証しておくことにしたい。

荷風の直接的影響というわけではなく、ある種の結果的共鳴、あるいは呼応という形で、荷風が慶應義塾文学部のために遺したものとして触れておきたいのは、昭和二十（一九四五）年三月十日、荷風が、米軍機の空爆による未曾有《みぞう》の大空襲によって被災し、偏奇館を焼かれ、蔵書のすべてを焼失し、着の身着のまま焼け野原をさまよったことと、それより五カ月後の八月六日、昭和七（一九三二）年に慶應の英文科を卒業し、詩や小説を「三田文學」に発表していた原民喜が、疎開していた広島市内の実家で、同じく米軍機による人類史上初めての原爆投下で被災し、家を焼かれ荷風と同じように着の身着のままで、焦土化した市内をさ迷い歩いたことで、二人が共に地球の終焉《しゅうえん》を思わせる地獄を体験したこと、そして、それぞれの悲惨をきわめた体験・見聞とそのときに抱いた思念や感懐を、荷風は日記『断腸亭日乗』に、民喜はカタカナ書きの詩「原爆小景」や小説「夏の花」に書き残したことで、本人たちの意思を超えて二人がつながることである。

永井荷風と原民喜は、原が慶應義塾大学文学部に入学したのが大正十三（一九二四）年と、荷風が慶應義塾文学科教授を辞任したときより八年ほど遅れているので、直接的師弟関係はない。また、生涯を通して、社会の周辺／底辺、あるいは外側に生きる芸妓《げいぎ》や娼婦、私娼婦とのみ性的関係を有し、前述したように慶應義塾文学科教授時代に、堅気の商家の娘と結婚したことがあるものの、新婚生活と同時進行で二人の芸妓との交情に溺れ込み、結局半年足らずで新妻を離縁し、さらにそののち、新橋芸妓の八重次と再婚するものの、半年後に八重次が家出をし、結局離婚して、以来一度も結婚しなかった荷風に対して、原は、見合い結婚ではあるものの、同じ広島県出身で、奇しくも荷風と同じ姓の永井貞恵という女性（のちに文芸評論家となる佐々木基一の姉）と結婚、深い愛の関係で結ばれている。

しかし、原民喜をして、「私の書くものは殆《ほとん》ど誰からも顧みられなかったのだが、ただ一人、その貧しい作品をまるで狂気の如く熱愛してくれた妻がゐた」（「死と愛と孤独」より）とまで書かせたその妻は、昭和十九（一九四四）年、糖尿病と肺結核で死去。それまで献身的に看病に努め、臨終を看取《みと》るなどして愛の関係を貫き、死後、貞恵との思い出を『忘れがたみ』ほか、いくつもの回想記やエッセイに書き残し、最後は先だって逝った妻に殉ずるようにして、昭和二十六（一九五一）年三月十三日、東京中央線の西荻窪駅と吉祥寺駅の間の線路に身を横たえ、自らの命を絶った原民喜は、人間的資質から文学者としての生き方、さらには書き残した作品から表出されてくる世界そのものも、荷風のそれとは百八十度違っている。

にもかかわらず、「鎮魂歌」に詠《うた》われた「僕は堪えよ、静けさに堪えよ。幻に堪えよ。生の深みに堪えよ。堪えて堪えて堪えてゆくことに堪えよ。一つの嘆きに堪えよ。無数の嘆きに堪えよ。嘆きよ、嘆きよ、僕をつらぬけ。還るところを失った僕をつらぬけ。突き離された世界の僕をつらぬけ」という、悲痛な決意と覚悟の表明は、東京大空襲によって「還るところを失った」ため、明石、岡山へと苦難の疎開行を続け、悲惨な現実に「堪えて堪えて堪えてゆくことに堪え」て、『断腸亭日乗』を書き続けた荷風の決意と覚悟に通じるものであった。

文学者が文学者たるゆえんが、そして文学者が人間に対して、あるいは人類に対して果たすべき使命が、この世に現出した地獄にも等しい悲劇を自身で体験し、冷徹、且つ透徹したまなざしで見据えた現実とその奥にあるものを言語によって書き残すことにあるとするなら、永井荷風と原民喜はまさにその使命を果たした文学者であった。少し大げさな言い方になるかもしれないが、日本民族を滅亡させたかもしれない二つの大惨禍の現場に、永井荷風と原民喜という慶應義塾と関わりの深い文学者が、歴史に対する証言者として立ち会い、そこでのまさに九死に一生を得るに等しい体験・見聞を後世に書き残してくれたことで、日本の文学は救われたと言ってもいいかもしれない。

「そして武器を捨てよ／人間よ」

永井荷風は、慶應義塾文学科で自身の教えを受けて、のちに文学者として立った教え子のなかで堀口大學を最も高く評価し、信頼していた。だが、その堀口大學は、戦前・戦時中に荷風に背く形で戦争翼賛の詩を詠んでしまう。そして、戦後、荷風が『断腸亭日乗』を書いて、時の政府や軍部、戦争の悪を徹底的に批判していたことを知り、痛切に恥じ、悔恨したはずであった。昭和四十五（一九七〇）年十一月に作られ、昭和四十六年一月一日、「サンケイ新聞」に掲載された「新春　人間に」と題された詩は、堀口大學のそうした悔恨と自己批判から生まれた詩であり、本当に優れた詩は、人類社会の未来を予言し、私たち人間が進むべき道を「啓示」するとするなら、まさにこの詩は、今日私たちが生きる日本の悲惨な現実を予言し、そのなかにあって私たち日本人が何をなし、いかなる方向に進むべきかを教えてくれる、天からの「啓示」の詩であるといえよう。

新春　人間に

分《わか》ち合え
譲り合え
そして武器を捨てよ
人間よ

君は原子炉に
太陽を飼いならした
君は見た　月の裏側

表側には降り立った
石までも持って帰った

君は科学の手で
神を殺すことが出来た
おかげで君が頼れるのは
君以外にはなくなった

君はいま立っている
二百万年の進化の先端
宇宙の断崖に

君はいま立っている
存亡の岐れ目に
原爆をふところに
滅亡の怖れにわななきながら
信じられない自分自身に

おそれわななきながら……

人間よ
分ち合え
譲り合え
そして武器を捨てよ

いまがその決意の時だ

精神という言葉の最も正しい意味で、永井荷風が慶應義塾に遺したものを、堀口大學の「新春　人間に」の詩にならって言えば、「武器を捨て、性によって男も女も愛し合え、人間よ」ということに尽きると思う。そうした意味において、堀口大學は、詩人として一生をかけて歩んできた「長い道」の最後に近く、「新春　人間に」の詩を詠み、「そして武器を捨てよ　人間よ」と、全人類に向けて呼び掛けたことで、永井荷風の文学精神を最も正統的に継承する、ほとんどただ一人の門下生としての資格を獲得したことになる。

おわりに

「しなやかなラ・マルセイエーズ」

文学者永井荷風は、最晩年に及んでは、前歯が欠け、シャープでモダンな風貌とダンディなファッションで装われた風采は無残に失われ、まさに遠藤周作が、『新潮日本文学アルバム 永井荷風』（新潮社、一九八五年）に寄せた「『荷風ぶし』について」の最後の一節で、「晩年、歯が欠け、バンドのかわりに紐《ひも》を使っていた彼の写真はおそらく本書にも掲載されているだろうが、そこには小説家、荷風ではなく、彼の文学を裏切った一人の老人のイメージがあるだけだ。年齢をとるのは実に悲しいことである」と嘆いたように、老残をもさらす形で晩年を生き、死んでいった。老残をさらして生きる最晩年の荷風について、「彼の文学を裏切った一人の老人のイメージがあるだけだ」という遠藤の指摘は、相当に冷酷で、意地悪く聞こえる。

確かに永井荷風は、最晩年において老残をさらした。だが果たして、「書く」ことへの意志の最後の最後の一滴まで絞り切って、死の前日、『断腸亭日乗』に、「四月廿九日。祭日。陰。」と書き込み、老残をさらしたまま、死んでいったことが悲しいことなのだろうか？　歯が欠け、紐でズボンをくくっていた荷風の写真が、果たして荷風の文学を「裏切った」と言えるのだろうか……。

一八七九年生まれの荷風より八十年遅れて、一九五九年にこの世に生を享《う》け、慶應義塾大学大学院修士課程と、国学院大学博士課程を単位修了、荷風と同じく慶應義塾文学部教授として後進の指導にあたり、また独身で生涯を終えた折口信夫《おりくちしのぶ》の研究に携わるなか、中央公論社刊の『折口信夫全集』（新版）の編集にも携わった持田叙子《もちだのぶこ》が、その著書『朝寝の荷風』の「あとがき」で記したように、小説家永井荷風は、齢《よわい》八十歳になろうとしても、孤独な生との引き換えに「自由」であることを選び、喜び、そして「老残」をも受け入れ、日記の最後に「四月廿九日。祭日。陰。」と記し、深夜、一人で絶息、冥界へと旅立っていったのである。

朝寝ぼう。枕元にフランスの雑誌の散らかるベッドの中で、熱くて甘いショコラをすする荷風。きらびやかに化粧し装う女性を見て、自分もああなりたいと憧れてしまう荷風。買物籠にネギを入れ、時雨の中をとぼとぼと歩く荷風――だらしない？しどけない？情けない？そうかもしれない。けれど彼の生きぬいたのが、はじめは立身出世に狂奔する明治国家主義の時代、ついでは国民に強さの連帯を要求する軍閥政府の世であることを考える時、それはとてつもなく稀有で大胆なだらしなさでありしどけなさだと思うのだ。

持田叙子は、このように荷風最晩年の「だらしなさ」と「しどけなさ」を「とてつもなく稀有で大胆な」ものとして受け入れ、そのうえで、「今、私にはそこからしきりに、人を押しのけ弱肉強食に突き進む日本近代社会への、第一級の抵抗の詩が聴こえてくる。荷風流のこのしなやかなラ・マルセイエーズにもっと耳を傾けよう」と、呼びかけている。

荷風没後六十年が経《た》とうとしている今、荷風の門下生の孫にあたるくらいの世代に、荷風が他界した昭和三十四（一九五九）年に、荷風と入れ替わるようにしてこの世に生を享け、長じては慶應の文学部大学院に学んだ一人の荷風文学評論家、それも女性文芸評論家から、荷風の「だらしなさ」と「しどけなさ」が、このように優しく受け入れられ、掬《すく》い上げられていることを、私は、心から荷風のために喜び、祝福したく思う。

「永井荷風と慶應義塾」関連年譜

作成：末延芳晴

〔註〕本年譜は、明治四十三（一九一〇）年二月から慶應義塾大学部文学科教授に就任し、フランス語とフランス文学、文学評論の講義を行うかたわら、「三田文學」編集主幹として雑誌の創刊に関わり、久保田万太郎や水上瀧太郎、佐藤春夫、堀口大學など教え子に小説や詩を書くことを勧め、「三田文學」に作品発表の機会を与え、彼らが日本近代文学に名を留める文学者として立つ契機を用意した永井荷風と慶應義塾、及び「三田文學」との関わりにおいて、重要と思われるものを列記したものである。

年譜作成にあたっては、岩波書店版『荷風全集』第三十巻所載の「年譜」、慶應義塾大学文学部開設百年記念「三田の文人展」実行委員会編『三田の文人』所載の「三田の文学略年譜」、さらには森鷗外や上田敏、久保田万太郎、水上瀧太郎、佐藤春夫、堀口大學など、「三田文學」と関わりの深い小説家や詩人の全集所載の年譜を参考にした。なお、永井荷風に直接関係する事項以外については、＊印をつけた。

嘉永五（一八五二）年
八月二日　永井荷風の父親永井久一郎、尾張の豪農永井家に生まれる。十二歳のとき、尾張藩藩儒鷲津毅堂につき、漢学を学ぶ。
嘉永六（一八五三）年
＊ペリー、アメリカ合衆国海軍東インド艦隊の艦船（黒船）四隻を率いて浦賀に来航。
安政五（一八五八）年
＊日米修好通商条約締結。
文久二（一八六二）年
＊一月十九日　森鷗外、石見国津和野に生まれる。
慶応四／明治元（一八六八）年
＊福澤諭吉、芝の新銭座に四百坪の土地を購入、塾舎を建設。慶應義塾と名づけ、教育活動に専念する。
明治二（一八六九）年
久一郎、東京に出る。慶應義塾に学び、明治三年、尾張藩貢進生に選ばれ、大学南校に学ぶ。
明治四（一八七一）年
明治五（一八七二）年
久一郎、アメリカに留学。プリンストン大学やラトガース大学に学ぶ。

＊　慶應義塾、この年から芝新銭座の学舎や各地に分散していた宿舎を三田に集中させ、キャンパスとする。このころすでに在学生は三百人を超え、東京府内最大の英学塾となっていた。

＊　福澤諭吉『学問のすゝめ』刊行。

明治六（一八七三）年

久一郎、日本に帰国。外務省に出仕することを望むが、叶わず、翌年工部省に入省。二年後、文部省に転ずる。

明治十（一八七七）年

久一郎、漢学の恩師鷲津毅堂の次女、恆と結婚。

明治十二（一八七九）年　**誕生**

十二月三日　荷風、東京府小石川区金富町三十二番地に生まれる。本名は壮吉。

久一郎、内務省衛生局に転じ、のちに統計課長を務める。

明治十五（一八八二）年

＊三月一日　福澤諭吉、日刊紙「時事新報」を創刊。

明治十七（一八八四）年　五歳

久一郎、日本政府代表として、ロンドン万国衛生博覧会に参加。ヨーロッパ先進国の都市衛生事情を視察。翌年に帰国後は講演活動を行うかたわら、『巡欧記実・衛生二大工事』を出版。

明治十八（一八八五）年　六歳

＊「ペンは剣よりも強し」という慶應義塾の建学の理念をシンボル化した、ペンが二本クロスしたデザインの塾章が制定される。

明治十九（一八八六）年　七歳

久一郎、衛生局第三部長を経て、帝国大学書記官に任ぜられる。

明治二十（一八八七）年　八歳

＊十二月六日　水上瀧太郎、東京市麻布区飯倉町三丁目十五に生まれる。

明治二十二（一八八九）年　十歳

＊十一月七日　久保田万太郎、東京市浅草区田原町三丁目に生まれる。生家は袋物製造を生業とする。

明治二十三（一八九〇）年　十一歳

＊慶應義塾大学部が発足（ただし、法令上は旧制専門学校）。文学、理財、法律の三科が設置された。文学科は、慶應義塾内部で必要とされる教員と新聞や雑誌記者育成のために設置されたものであったが、学生数は理財科に比べて圧倒的に少なく、学科創設当初から荷風が教授に就任した当時まで、二十人前後に留まる。また、卒業生の数も、中退者が多かったため、毎年二〜四人程度に留まった。

＊森鷗外『舞姫』刊行。

明治二十四（一八九一）年　十二歳

荷風、神田一ツ橋の高等師範学校附属尋常中学校に入学。在学中は髪の毛を伸ばすなど軟派で通し、のちに陸軍大将になる寺内寿一ら硬派の同級生から鉄拳制裁を受ける。かたわら、井上唖々とは、文芸の趣味を通して親交を深め、生涯の交わりを結ぶ。

明治二十五（一八九二）年　十三歳

＊一月八日　堀口大學、東京・本郷に生まれる。

＊四月九日　佐藤春夫、和歌山県新宮に生まれる。

＊　森鷗外、九月より慶應義塾大学部の講師として、審美学（美学の旧称）を講じる。

明治二十七（一八九四）年　十五歳

＊　日清戦争。森鷗外、第二軍兵站軍医部長として出征。

明治三十（一八九七）年　十八歳

二月　初めて吉原に遊ぶ。

三月　高等師範学校附属尋常中学校の第五学年を卒業。

四月　久一郎、官を辞し、日本郵船上海支店長に転じ、のちに横浜支店長を務める。

七月　荷風、第一高等学校を受験するが不合格。このころから、一高進学を強く望む父親との対立激化。母親の恆が、慶應の文学科でもいいではないかと取りなそうとするが、久一郎は聞く耳を持たない。

九月から父母と共に上海で生活。帰国して高等商業学校附属外国語学校清語科（東京外国語学校の前身で、現東京外国語大学中国語科）に臨時入学する。

明治三十一（一八九八）年　十九歳

広津柳浪に入門。

明治三十二（一八九九）年　二十歳

落語家朝寝坊むらくに弟子入りし、三遊亭夢之助の名で寄席に出入りするものの、父親に知られて断念。

このころから習作の短編小説が、新聞や雑誌に掲載されるようになる。

東京外国語学校清語科の授業を欠席することが重なり、除籍となる。

巌谷小波の主宰する木曜会のメンバーとなる。

明治三十三（一九〇〇）年　二十一歳

歌舞伎座の立作者福地桜痴の門に入り、狂言作者見習いとなり拍子木を入れる稽古をする。

明治三十四（一九〇一）年　二十二歳

＊二月三日　福澤諭吉死去。享年六十六。

飯田町の暁星学校の夜学でフランス語を学ぶ。年末、英訳でゾラの小説を読み感動。以後、ゾラ風の自然主義小説を書こうとする。

明治三十五（一九〇二）年　二十三歳

四月　初の単行本『野心』を美育社より出版。

五月　家族と共に東京府牛込区大久保余丁町七十九番地に転居。

九月　『地獄の花』を金港堂より刊行、ゾライズムの作風を深める。このころから新進作家として認められるようになる。親友井上唖々との合著『暗面奇観　夜の女界』を大学館から刊行。

明治三十六（一九〇三）年　二十四歳

五月　『夢の女』、新声社より刊行。

九月　『女優ナ、』、新声社より刊行。

九月二十二日　渡米のため横浜出港。十月七日、シアトル着。ワシントン州タコマにほぼ一年滞在し、タコマ・スティディアム・ハイスクールでフランス語を学ぶ。

明治三十七（一九〇四）年　二十五歳

シアトルにおける日本人労働者、及び日本人街で春をひさぐ娼婦たちの悲惨な生の実態を、ゾラ風の自然主義小説にまとめようとするが失敗。モーパッサンの小説を読み感銘を受け、ゾラから離れ、モーパッサン風の小説を書こうとする。また、オペラへの関心を深め、オペラ作家を志し、ニューヨークからオペラ関係の書籍を取り寄せたりし、『西遊日誌抄』に「芸術上の革命漸く起らんとしつゝある」などと記す。

十月　セントルイスの万国博を視察。ロシア展示館を連日訪れ、ガイド嬢を口説き落とそうとするが、失敗。友人宛の絵葉書に「国家と個人とはどうしても一致せぬものです」と書き送る。このときの体験・見聞をもとに、フランス人ジャーナリストが、人種や肌の色、社会的階層の壁を乗り越えて黒人ダンサーの性的魅惑に溺れ込み、最後は衰弱死してしまうというストーリーの短編小説「酔美人」を書き上げ、雑誌「太陽」（一九〇五年六月号）に寄稿する。

十一月　ミシガン州カラマズー大学に入学、フランス語や英文学を学ぶ。

明治三十八（一九〇五）年　二十六歳

六月　ニューヨークに出る。フランス渡航の費用捻出のためワシントンの日本公使館で小使いとして働く。このころ、街娼婦イデスと知り合い、交情を深める。このときの体験をもとに、のちに『ふらんす物語』に収め、発禁処分を受ける原因となった短編小説「放蕩」を執筆する。

十二月　ニューヨークに戻り、横浜正金銀行ニューヨーク支店の現地職員として働き始める。以後、昼間は銀行で働き、夜はオペラやコンサートを鑑賞、タイムススクエアやチャイナタウンに遊び、娼婦と枕を共にし……と、「聖」と「俗」と、矛盾しあう二つの世界を循環的に往復する生活を続ける。

明治三十九（一九〇六）年　二十七歳

一月五日　メトロポリタン歌劇場でワーグナーの『トリスタンとイゾルデ』を聴き、深い感銘を受け、『西遊日誌抄』に「余は深き感動に打たれ詩歌の極美は音楽なりてふワグネルが深遠なる理想の幾分をも稍々窺得たるが如き心地し無限の幸福と希望に包まれて寓居に帰りぬ」と記す。以後、『パルジファル』や『タンホイザー』、『ローエングリン』などワーグナーの楽劇を聴き込んでいくが、次第に人間の性欲追求本能以上に宗教的（キリスト教的）救済をより重視するワーグナーの倫理観に違和感を抱き始める。そうしたなか、イデスとの交情、いよいよ深まり、イデスを取るか、文学修業のためフランスに渡るかで死ぬほど悩む。

＊　久保田万太郎、東京府立第三中学校の三学年次進級試験で、代数の成績が悪く落

第したため、慶應義塾普通部に編入し、第三学年をやり直す。

明治四十（一九〇七）年　二十八歳

一月二十日　カーネギー・ホールで、ドビュッシーの『牧神の午後への前奏曲』を聴き、深く心を動かされる。以後、ワーグナーの楽劇を離れ、ドビュッシーの音楽に惹かれていく。

＊四月　夏目漱石、一切の教職を辞し、東京朝日新聞社に入社、小説や評論を書くことに専念する。

＊　水上瀧太郎、大学部理財科予科に入学。

七月十八日　父のはからいで、横浜正金銀行リヨン支店に転勤することが決まり、フランス船ブルターニュ号に搭乗し、ニューヨークを出港。ル・アーヴル〜パリ経由で、七月三十日、リヨン着。

明治四十一（一九〇八）年　二十九歳

二月一日　銀行勤務に飽きはてたのと、銀行内での評判がよくないことに嫌気がさし、辞職を決意し、父親に手紙を書き送る。

三日　銀行支配人に辞職の意を伝える。

三月五日　銀行から三月五日付で解雇の命を受け、辞表を提出。この日の『西遊日誌稿』に「此の日、公然と辞表を銀行に出して、断然関係を立ちたり」とあるように、父からの返書をまたずに辞職してしまう。

二〇日　二月一日に父親宛に出した手紙に対する返書を受け取る。要旨「辞職を思いとどまり、復職できるように努めてほしい。それでも勝手に辞職した場合は、フランス滞在費用も帰国のための渡航費用も出さない。どうしても辞職すると言うのなら、直ちに日本に帰国すべきであり、私費ででもフランスに滞在したいと言うのなら、金は出さない。ただ、すぐに帰国するのなら、船賃は、神戸に帰着したときに支払ってやる」という手紙の内容に、荷風は、日本に帰って貧苦のうちに小説を書き続けるか、ニューヨークに戻ってイデスと共に「罪行悪徳の生活を再演するか」で、悩み苦しむ。

二十三日　宗教学者で、明治末期にワーグナーの『タンホイザー』などの楽劇を日本に初めて紹介したことで知られていた姉崎嘲風に、ソーン河畔のホテルで会い、上田敏がパリに来ていることを知らされ、パリに出ていく決意を固める。

二十八日　パリに出て二カ月ほど滞在、パリ生活を満喫する。この間、偶然の機会に恵まれてパリ滞在中の上田敏と出会い、「どうしても吾々とは一時代違ふやうな気がします。近代人《モダアンズ》です」と、上田に強い印象を与える。以後、二人は頻繁に会い、カフェでコーヒーを飲みながらフランスの近代文学や音楽、特にドビュッシーの音楽の新しさについて語り合い、セーヌの河畔を散策し、古本をあさり、オペラやコンサートを鑑賞したりして、交わりを深める。

五月二十八日　パリを出発し、ロンドン経由で日本帰国の途に就く。

七月十五日　神戸に帰着。ただちに、夜行列車に乗り、東京の父親の家に帰りつく。帰国歓迎の酒宴の翌朝、父親から「これから先、日本で何をするつもりだ」と聞かれ、

「今さら、実業の世界で身を立てていく方途も立たないので小説を書き続けていくつもりだ」と答え、父親から「家にいておとなしくしているなら」という条件で、小説を書いていくことを許される。ここに永井家の嫡男である荷風を官界、あるいは実業界で立身出世させるため、一高―東京帝国大学と、エリートコースに乗ることを強く望んだ明治の父親久一郎からの負託、あるいは命令にことごとく逆らい、文学の道に進むことを選んだ荷風との間で展開された「子殺し」と「父殺し」の壮絶な闘いは、和解の第一歩を踏み出したことになる。

八月　『あめりか物語』を博文館より刊行、早稲田派の評論家相馬御風からも高く評価され、文学界の注目を集める。一方、日本の自然環境や西洋の文明・文化の物まねに過ぎない文明開化がもたらした明治日本の醜悪な現実、さらにはそうした表面的近代化と旧時代の意識や遺風に縛られて生きる人々の旧態依然たる生活習俗との違和感に苦しみ、文学者としての自身の居所を見失い、絶望的孤立の危機に追い込まれる。

明治四十二（一九〇九）年　三十歳

一月、「狐」を「中学世界」、二月、「深川の唄」を「趣味」に、三月には「監獄署の裏」を「早稲田文學」に発表するが、同月、『ふらんす物語』が発禁処分となる。しかし、十月、「帰朝者の日記」を「中央公論」に発表。十二月には「すみだ川」を「新小説」に発表するなど、旺盛な筆力を示す。

このころから、江戸の名残を留める深川や浅草など隅田川下流域の下町の文化や景観、人情風俗に親しみ、反近代的な伝統文化の世界に逆転的に下降していく姿勢を強くする。また新橋新翁家の芸妓、富松となじむ。

* 短歌雑誌「明星」の廃刊を受けて、森鷗外、与謝野鉄幹・晶子夫妻らが中心となって、反自然主義文学を志向する文芸雑誌「スバル」を創刊。石川啄木が発行人となり、木下杢太郎や高村光太郎、北原白秋、吉井勇、平出修らが、反自然主義的詩歌や小説、戯曲を寄稿。佐藤春夫も、短歌十首が掲載され、デビューを飾った。

二月　「早稲田文學」が、「過去一年、成就するところ最も大なりきと認むる各部門の文芸の士」に対して贈る「推讃之辞」で永井荷風の名を挙げ、日本の文壇から将来が期待される文学者として認知される。

*三月　長く小説を書くことから遠ざかっていた森鷗外、妻と母親の間に立たされ苦慮する自身の日常的生活体験を記した、自然主義的短編小説「半日」を、「スバル」に寄稿、小説家として復帰する。

*四月　久保田万太郎、文学科予科に入学。第二外国語としてドイツ語を選ぶ。

*七月　森鷗外の性的自伝小説『ヰタ・セクスアリス』、「スバル」に掲載されるも、発禁処分を受ける。また、この件で、陸軍次官石本新六から戒飭を受ける。

*八月二十一日　与謝野鉄幹や生田長江らが、「熊野夏季講演会」のため、新宮を訪れ講演を行ったさい、新宮中学校の生徒だった佐藤春夫、前座で「偽らざる告白」と題して、二十分程度の講演を行い、そのなかで自然主義について、「一切の社会制度の虚

偽を排し百般の因習と世俗的権威を無視した虚無観に立って天真のままの人間性と人間生活とを見ようというのが自然主義の文学論である」と発言したことが、あとで問題視され、停学処分を受ける。

九月　『歓楽』が発禁処分となる。

明治四十三（一九一〇）年　三十一歳

二月　慶應義塾大学部の文学科、ライバルの早稲田大学の文学科と対抗し、凌駕するために文学科の機構刷新をはかるべく、慶應義塾幹事で心理学を講じていた石田新太郎の主導で、夏目漱石に主任教授就任を打診するが、漱石はすでに朝日新聞社に入社していたこともあり断られる。次いで、上田敏を招聘しようと、森鷗外に諮るものの、上田も京都帝国大学の教授に就任したばかりで、東京に戻ることは不可能ということで、反自然主義文学を標榜する新進気鋭の文学者として売り出し中の永井荷風に狙いを絞り、鷗外と上田敏を通して交渉を進め、文学科の文学専攻課程の主任教授と「三田文學」編集主幹への招聘に成功する。当時、国立の東京帝国大学、京都帝国大学に次ぎ、早稲田大学と並ぶ私学の最高教育・学術研究機関として認知、評価されていた慶應義塾大学部の文学科の教授に招聘されたことは、日本帰国後、文学者としての自身の立ち位置と進むべき道を見失い、危機に立たされていた荷風に、ある意味でのモラトリアムの期間を用意し、荷風がモダニストでありつつ、江戸の文化やその名残を残す、東京隅田川下流域の風俗空間に下降していくことで伝統主義者へと転身していくことを可能にしたという意味で、荷風を揶い上げるものであった。同時にそれはまた、荷風の父親久一郎を喜ばせ、ここに「殺すか、殺されるか」の壮絶な闘いを続けてきた明治の父親と子の間に、ようやく和解が成立したことになる。

＊森鷗外、上田敏と共に慶應義塾大学部文学科の顧問に就く。

＊文学科の機構改革に伴い、小山内薫（英文学）、戸川秋骨（英文学）、小宮豊隆（独文学）らが講師として招かれる。

＊志賀直哉、武者小路実篤、里見弴、有島武郎ら、学習院出身の若手小説家、乃木将軍が院長を務める母校の「武」を尊しとする校風に反発して、雑誌「白樺」を創刊。

四月十八日 三田山上のヴィッカース・ホールで初講義。水上瀧太郎、理財科の学生であったのにもかかわらず、聴講する。新帰朝したモダニストとしての荷風の垢抜けした風貌やファッション、ものの言いよう、言行のすべてが学生たちを魅了し、三田山上に荷風旋風が巻き起こり、早稲田の文学科の学生をも羨ましがらせた。

五月一日 「三田文學」創刊。編集主幹の永井荷風、アンリ＝ド・レニエの詩の翻訳と自身の教授就任と「三田文學」発刊の経緯を記した「紅茶の後」を掲載。森鷗外、木下杢太郎、野口米次郎、馬場孤蝶、三木露風などが寄稿し、反自然主義的方向性を明確に打ち出した。

＊久保田万太郎ら学生は、斬新でモダンな雑誌のデザインは気に入るものの、内容的には、森鷗外や木下杢太郎などのモダニズム志向の作品と山崎紫紅や深川夜烏

などの反モダニズム志向の作品が並んだことに不満を抱く。

五月　新橋の巴家の芸妓八重次（金子ヤイ、のちの藤蔭静枝）と交情を深める。

このころ、大学に出勤する途中、大逆事件の被告を護送する囚人馬車を見かけ、文学者として何も発言できなかったことで、深刻な反省と自責の念に囚われる。

＊九月　佐藤春夫、新宮中学校を卒業後、東京に出てきて、生田長江の門下生として文学修業に努めるかたわら、与謝野鉄幹・晶子夫妻の主宰する東京新詩社に入社し、短歌を「スバル」に投稿。一高受験に失敗し、与謝野鉄幹が荷風宛に書いてくれた推薦状を持って、同じく一高受験に失敗した堀口大學と共に、荷風の自邸を訪れ、「よろしくお願いします」と頭を下げて、慶應義塾文学科予科に中途編入学する。一方、堀口大學の「恩師永井荷風先生」の記述によると、このとき荷風は不在であったため、「玄関子」に紹介状を手渡して帰ったとある。

明治四十四（一九一一）年　三十二歳

＊一月十八日　天皇暗殺計画などの嫌疑で逮捕された幸徳秋水ら大逆事件の被告二十四人に対して、死刑の判決下る。この内、幸徳秋水ら十一人は一月二十四日に、ただ一人の女性被告管野スガは二十五日に処刑された。

この日の夜、上野の精養軒で、「スバル」、「三田文學」、「新思潮」、「白樺」合同の会合が開かれ、四誌合同の季刊雑誌発刊の話し合いが行われ、森鷗外や永井荷風、平出修、志賀直哉、武者小路実篤らが参加。「三田文學」編集主幹の永井荷風と「スバル」編集人で、大逆事件の被告弁護も務めていた弁護士で文学者の平出修の二人が、自然主義文学に対抗し、あわせて思想・表現の自由を弾圧しようとする国家権力と批判的に対峙するため、合同の季刊雑誌の発刊を提案する。しかし「白樺」同人の武者小路実篤らの反対で計画はとん挫する。

＊五月　このころ、澤木四方吉や水上瀧太郎ら荷風教授に心酔する学生の同好会「例の会」、三田山上のヴィッカース・ホールに荷風を招き懇親会を開き、荷風、学生ともに胸襟を開き、文学や芸術談義を交わす。会の終わりを待って、水上瀧太郎、初めて書いた小説「山の手の子」の原稿を荷風に手渡す。

＊六月　久保田万太郎の初めての小説「朝顔」、「三田文學」に掲載される。文学科のドイツ語とドイツ文学講師小宮豊隆、「朝日新聞」の「文藝欄」で「朝顔」を絶賛、万太郎、大学生作家として認知される。

＊　堀口大學の「女の眼と銀の鑵と」、「おかると勘平と人魚と」、「さぼてんの花」の三つの詩が、「三田文學」に掲載される。

＊七月　水上瀧太郎の初めての小説「山の手の子」、「三田文學」に掲載され、これも小宮豊隆から高く評価される。

＊　堀口大學、ベルギーでフランス語を学ばせてあげるからという外交官の父親の言葉に魅かれ、父の任地メキシコに赴くべく、横浜港を出港。太平洋を横断し、アメリカ大陸に渡る。

＊八月　佐藤春夫、詩「憤」で、「三田文學」デビュー。

この年、久一郎、日本郵船を退職。

このころから、予科の学生で、江戸文芸、特に浮世絵に造詣の深かった邦枝完二を伴い、講義の終わったあとなど、東京市内の浮世絵商巡りを行うようになる。

明治四十五／大正元（一九一二）年　三十三歳

二月　「朱欒《ザムボア》」に「妾宅」を、四月には「中央公論」に「風邪ごゝち」を発表するなど、自身の新橋芸者との交情体験に基づいた花柳小説を発表し始める。

＊七月三十日　明治天皇崩御。

九月　東京市本郷区湯島の材木商斎藤政吉の次女ヨネと結婚するものの八重次との交情は続いた。

＊　九月、水上瀧太郎、欧米遊学のため横浜港を出航し、太平洋を横断、シアトルに上陸。鉄道でアメリカ大陸を横断、ボストンのハーバード大学で経済学原論と社会学を学ぶ。

大正二（一九一三）年　三十四歳

一月二日　父親の久一郎、脳溢血で卒倒し、死去。享年六十。荷風、家督を継ぎ、遺産を長子相続する。

二月　妻ヨネと離婚。

四月　フランス象徴詩の訳詩集『珊瑚集』を籾山書店から刊行。

五月十四日　夜、三田文學會の有志、籾山庭後、松本泰、小沢愛圀、久保田万太郎ら九人、荷風宅にて座談の会を催す。以後、毎月第二火曜の夜、例会を開き、作品の朗読と合評会を持つことを決める。

＊佐藤春夫、文学科を中退。

大正三（一九一四）年　三十五歳

八月　市川左団次の媒酌で八重次と結婚式を挙げる。

「三田文學」で「日和下駄」の連載開始。翌年の六月まで続く。連載完結後、翌年十一月に『日和下駄 全』と題して、籾山書店から刊行される。

このころから、浮世絵など江戸芸術についての論考を発表し始める。

大正四（一九一五）年　三十六歳

二月　八重次が家出し、離婚。荷風、胃腸の調子がすぐれず、慶應での講義も休みがちとなる。

大正五（一九一六）年　三十七歳

二月　慶應義塾大学部文学科教授の職を辞し、また「三田文學」編集主幹の任からも身を引く。

＊荷風辞任後、「三田文學」の編集主幹は、文学科卒業後、美術史研究のためヨーロッパに留学、日本帰国後は母校の教壇に立って、後進の指導にあたっていた澤木四方吉が引き継ぐ。

四月　井上唖々、籾山庭後らと雑誌「文明」を創刊。八月から翌年十月まで同誌で「腕くらべ」を連載。

＊十月　水上瀧太郎、日本に帰国。十二月、父親が創業した明治生命保険会社に入社。

＊十二月九日　夏目漱石、胃潰瘍で死去。享年四十九。

大正六（一九一七）年　三十八歳

＊　浅草六区の常盤座で、オペラ『女軍出征』が上演され、浅草オペラ・ブームに火がつく。しかし、ニューヨークのメトロポリタン歌劇場で本格的なオペラを聴き込んできた荷風はまったく関心を示さず、このときは一度も観にいっていない。

九月十六日　この日より日記を再開、『断腸亭日乗』と名づける。

＊十一月　水上瀧太郎、明治生命保険の大阪支店に転勤。

大正七（一九一八）年　三十九歳

＊一月　水上瀧太郎、「三田文學」にコラム「貝殻追放」の第一回記事として「新聞記者を憎むの記」を寄稿。

五月　永井荷風、井上啞々、久米秀治らと雑誌「花月」を創刊。

＊　水上瀧太郎、「新小説」九月号に、「新嘉坡の一夜」を発表。

大正八（一九一九）年　四十歳

＊　堀口大學の初めての詩集『月光とピエロ』、永井荷風の序文つきで、籾山書店より刊行。

十二月　「花火」を「改造」に発表、慶応義塾に出勤途中、大逆事件の被告が囚人馬車に乗せられていくのを折々目撃したことに触れ、事件について文学者として何も発言しなかったことを恥じ、江戸戯作者のレベルに身を落とすしかないと思うに至った経緯を初めて明らかにする。

大正九（一九二〇）年　四十一歳

五月　麻布市兵衛町一丁目六番地に洋館「偏奇館」を新築し、転居する。
＊　この年、大学令によって、慶應義塾大学部、日本で最初の私立大学に昇格。文学、経済学、法学、医学の四つの学部を擁する総合大学としてスタートを切る。

大正十（一九二一）年　四十二歳
三月　「雨瀟瀟」を「新小説」に発表。老齢と健康が衰えたせいで、創作が進まなくなったことを嘆く。

大正十一（一九二二）年　四十三歳
＊七月　文学上の師として、荷風が生涯崇敬の念を捧げた森鷗外死去。享年六十。
＊七月十五日　水上瀧太郎、「大阪毎日新聞」に長編小説「大阪」を連載開始、十二月二日まで。
八月　「三田文學」、「鷗外先生追悼号」を発行、荷風「鷗外先生と観潮楼」を寄稿。

大正十二（一九二三）年　四十四歳
＊三月二十七日　遠藤周作、東京巣鴨に生まれる。
七月十一日　高等師範学校附属尋常中学校以来の親友で、「三田文學」創刊号に「深川夜烏」という筆名で短編「火吹竹」を寄せた井上啞々逝去。速達でそのことを知り、夜、東大久保の家に赴き、弔辞を述べ、焼香する。狷介奇矯な性格と生きざまの故か、少なからぬ友人と一時は親しく文学上の交わりを交わしながら、断交・絶交を繰り返してきた荷風ではあるが、井上啞々だけは生涯を通して心を許し、畏敬の念を抱きながら付き合ったほとんど一人の友人であった。後年、『断腸亭日乗』の昭和五（一九三〇）年七月十一日のくだりで、荷風は、「七月十一日　啞々子が

八年目の忌日なり」という書き出しで、井上唖々との交わりを追憶し、唖々の徹底して時代に背を向けた、凄まじいまでにデカダンな文学的生きざまを、異例の長文で紹介し、オマージュを捧げている。

*九月一日　関東大震災。幸い偏奇館は無事。荷風、被災した東京市内を歩きまわり、見聞したことを克明に日記に記す。

大正十四（一九二五）年　四十六歳

*九月　堀口大學、翻訳詩集『月下の一群』、第一書房より刊行。

*　水上瀧太郎、「女性」十月号から翌年六月号まで、「大阪の宿」を連載。

大正十五／昭和元（一九二六）年　四十七歳

八月　銀座尾張町一丁目のカフェ・タイガーに出入りするようになる。このころから銀座のカフェ通いが始まる。

昭和二（一九二七）年　四十八歳

*　この年初めて、野球の早慶戦が終わったあと、慶應義塾の学生や卒業生が大挙して銀座に繰り出し、酒を飲み、高歌放吟して銀座通りを練り歩き、商店やカフェに入り込み、店内を荒らし、制御にあたった警察官と争い……と傍若無人の振舞いに及び、それが毎年の恒例となる。荷風は、のちに『濹東綺譚』の「作後贅言」のなかで関東大震災以降、いかに東京の世相・風俗が激変したかについて嘆き、その一つの例として、この暴挙が慣例になっていて、学生の父兄や世間もそれを大目に見ていることを批判し、「曾てわたくしも明治大正の交、乏を承けて

昭和五（一九三〇）年　五十一歳

三田に教鞭を把つた事もあつたが、早く辞して去つたのは幸であつた。そのころ、わたくしは経営者中の一人から、三田の文学も稲門に負けないやうに尽力していたゞきたいと言はれて、その愚劣なるに眉を顰めたこともあつた。彼等は文学芸術を以て野球と同一に視てゐたのであつた」と苦言を呈している。

昭和六（一九三一）年　五十二歳

「性」の小説家永井荷風の復活宣言と言っていい短編小説「夢」を執筆するが、新聞や雑誌に発表されないまま、原稿そのものが行方不明となる。

十月　「つゆのあとさき」を「中央公論」に掲載、「性」の小説家として本格的再起を果たし、以後『ひかげの花』、『濹東綺譚』、『踊子』、『問はずがたり』、『浮沈』と、「性」に開かれたカフェの女給や私娼婦、ダンサーなどを主人公にした小説を旺盛な筆力で書き上げていく。

昭和七（一九三二）年　五十三歳

一月　このころから「校正の神様」と呼ばれ、慶應義塾の図書館で仕事をしたこともあるという神代帚葉と交わりを深め、共に銀座の街頭で道行く人々の風俗を観察したり、萬茶亭等のカフェで夜遅くまで歓談し、かつての教え子佐藤春夫をその場に侍らせたりした。

昭和九（一九三四）年　五十五歳

堀切四木《よつぎ》の放水路堤防を散策した帰り道、初めて玉の井の陋巷を歩く。

＊六月　佐藤春夫が森鷗外の日露戦争従軍詩歌集『うた日記』を「一個非常の記録であって兼ねて非凡な詩歌集を成してゐる」、「未来に寄与するところ多きもの」と評価した『陣中の竪琴――森林太郎が日露戦争従軍記念詩歌集うた日記に関する箚記』（昭和書房）を刊行。以後、春夫は、戦争翼賛的詩歌や評論を、憑かれたように詠い募っていくようになる。

八月　「ひかげの花」を「中央公論」に掲載。

昭和十一（一九三六）年　五十七歳

四月ころから、『濹東綺譚』執筆のための取材を兼ねて、濹東の私娼街玉の井を頻繁に訪れるようになる。

十二月二十五日　『断腸亭日乗』の〈欄外朱書〉に「『濹東綺譚』脱稿」と記す。

昭和十二（一九三七）年　五十八歳

四月　私家版の『濹東綺譚』を刊行するかたわら、四月十六日から六月十五日まで、東京及び大阪の「朝日新聞」に「濹東綺譚」を連載。

＊七月十四日　佐藤春夫の「荷風先生の文学――その代表的名作『濹東綺譚』を読む」が、「朝日新聞」に掲載される。

九月八日　母親の恆死去するも、葬儀には参列しなかった。

十一月　このころから、浅草オペラに通い始め、オペラ館の楽屋に出入りするようになる。

昭和十三（一九三八）年　五十九歳

五月十七日　荷風初の書き下ろしオペラ『葛飾情話』、昭和三（一九二八）年の慶應義塾大学文学部卒業生でフランス文学翻訳家の青柳瑞穂が作詞した応援歌「丘の上」に曲をつけた作曲家、菅原明朗の作曲・指揮で初演される。公演は、永井荷風が書き下ろした初めてのオペラということもあり、大人気を博し、午前、午後、そして夜の一日三回公演で、十日間、千秋楽の日まで立錐の余地もないほどの大入りで、大成功に終わっている。

昭和十四（一九三九）年　六十歳

＊九月一日　第二次世界大戦勃発。

昭和十六（一九四一）年　六十二歳

三月二十二日　日本詩人協会から会費三円の振り込みを請求する郵便小為替用紙が送られて来て、そのなかの会員名に佐藤春夫の名が記されていることを知って激怒し、『断腸亭日乗』に「趣意書の文中には肇国の精神だの国語の浄化だの云ふ文字多く散見せり。（中略）佐藤春夫の詩が国語を浄化する力ありとは滑稽至極といふべし」と、激しく批判する。

＊十二月八日　日本海軍機、真珠湾を奇襲攻撃、日米開戦。佐藤春夫と堀口大學、このころから、戦争翼賛の詩歌を盛んに詠むようになる。

昭和十七（一九四二）年　六十三歳

一月一日　この年より『断腸亭日乗』の年号表記を西暦に改める。

昭和十八（一九四三）年　六十四歳

＊四月　遠藤周作、慶應義塾大学文学部予科に入学。父親から命じられていた医学部受験

をすっぽかしていたため、勘当される。

昭和十九（一九四四）年　六十五歳

日本の敗色濃厚となるなか、『踊子』や『来訪者』、『問はずがたり』など、「性」に対して開かれた女性を主人公に、発表の当てもないまま小説を書き続ける。

十二月三日　米軍機による空襲が次第に激しくなるなか、六十六歳の誕生日を迎え、『断腸亭日乗』に「外出の仕度する時警報発せられ砲声殷々たり。空しく家に留る。晡下警報解除となる。今日は余が六十六回目の誕生日なり。この夏より漁色の楽しみ尽きたれば徒に長命を歎ずるのみ。唯この二三年来かきつゞりし小説の草稾と大正六年以来の日誌二十余巻たげ《（ママ）》は世に残したしと手革包《カバン》に入れて枕頭に置くも思へば笑ふべき事なるべし」と書き込む。

昭和二十（一九四五）年　六十六歳

三月十日　東京大空襲で偏奇館焼尽。書き溜めていた小説や『断腸亭日乗』などの原稿を除いて、書籍そのほかすべてを失う。焦土と化した東京市内に住むところを失い、作曲家の菅原明朗とアルト歌手永井智子夫妻と共に菅原の実家のある明石に疎開。さらに岡山に疎開する。

八月十五日　岡山で、玉音放送を聞いた菅原明朗から、戦争が終わったことを知らされる。

昭和二十一（一九四六）年　六十七歳

戦争中に書いていた「踊子」を「展望」に、「浮沈」を「中央公論」に発表。また、『問はずがたり』を扶桑書房より刊行して、小説家として復帰。軍国主義下の戦前・戦中も、荷風が屈することなく、「性」をよりどころとして国家と対峙し、小説を書き続けていたことが明らかになる。

昭和二十二（一九四七）年　六十八歳

『荷風日歴』（『断腸亭日乗』昭和十六年度分から十九年度分までの抄録）と『罹災日録』（昭和二十年度分の抄録）、扶桑書房より刊行され、永井荷風が、日記という密室的書記空間にあって、書くことによって国家や軍部の悪を厳しく批判し、あわせて大正・昭和初期の世相や風俗・習慣、人心、さらには東京における都市景観などの変化・推移を克明に記録した文学者として認知される。

＊六月

原民喜の「夏の花」、「三田文學」に掲載される。

昭和二十三（一九四八）年　六十九歳

五月七日

戦後にわかに巻き起こったカストリ雑誌ブームに便乗して、荷風の作とされる春本『四畳半襖の下張』が、秘密出版され、複数版が出回るようになり、出版社が摘発されるに至る。そのため荷風の代理として小西茂也と小瀧穆が警視庁に出頭し、事情を説明する。

中央公論社版『荷風全集』全二十四巻の配本開始。

この年から、再び浅草通いが始まり、六区のロック座や大都座などのストリップ劇場の楽屋に出入りし、踊子たちとの談笑を楽しむようになる。

昭和二十四（一九四九）年　七十歳

＊

原民喜、「夏の花」で、第一回水上瀧太郎賞受賞。

自作の戯曲『停電の夜の出来事』が大都座で、『春情鳩の街』が桜むつ子の主演で、同じく大都座で初演される。

昭和二十五（一九五〇）年　七十一歳

＊六月　遠藤周作、戦後初のフランス留学生として渡欧。リヨン大学に入学。

昭和二十六（一九五一）年　七十二歳

＊三月十三日　原民喜、東京中央線の西荻窪駅と吉祥寺駅間の線路に身を横たえ自殺。享年四十五。

昭和二十七（一九五二）年　七十三歳

四月一日　昭和五年十二月十日の『断腸亭日乗』に「短篇小説夢脱稾」と記されてあるものの、原稿の行方が分からなくなっていた短編小説「夢」の原稿の複製写真を製本したものが、神田で開かれた某書肆の古書展に展示される。「中央公論」編集部、この複写版の原稿の真偽を荷風本人に確かめたうえで、四月一日発行の「中央公論」の「臨時増刊・春季文芸特集号」の巻頭に掲載する。

十一月　久保田万太郎らの骨折りで、文化勲章を受章。

昭和二十八（一九五三）年　七十四歳

＊二月　遠藤周作、体調を崩し、パリより帰国。

昭和二十九（一九五四）年　七十五歳

昭和三十（一九五五）年　七十六歳

一月　日本芸術院会員に選ばれる。

＊　六月、坂上弘、十九歳の若さで小説「息子と恋人」を「三田文學」に発表。同作は、下半期の芥川賞の候補となる。

昭和三十一（一九五六）年　七十七歳

＊七月　遠藤周作、『白い人』で、第三十三回芥川賞受賞。

＊十月　「文藝」臨時増刊「永井荷風讀本」、河出書房より刊行。

昭和三十四（一九五九）年　八十歳

四月三十日　永井荷風、午前三時ころ、胃潰瘍の吐血による心臓発作で死去。七十九歳五カ月の生涯を閉じる。

五月二日　自宅で葬儀が行われ、豊島区雑司ヶ谷墓地の永井家墓所に埋葬された。

＊　石川淳は、荷風の死を受けて、「敗荷落日」という追悼文を草し、戦後荷風の書くものが著しく劣化したことと、老残をさらして生きたことについて、「おもへば、葛飾土産までの荷風散人であつた。戦後はただこの一篇、さすがに風雅なほ亡びず、高興もつともよろこぶべし。しかし、それ以後は……何といはう、どうもいけない。（中略）晩年の荷風に於て、わたしの目を打つものは、肉体の衰弱ではなくて、精神の脱落だからである」と、痛烈に批判した。

＊六月　「三田文學」、「永井荷風追悼6月号」発行。佐藤春夫「荷風先生と三人文士」、堀口大學「賜つた序文」、ノエル・ヌエット「永井さんのこと」、奥野信太郎「永井壮吉教授」、青柳瑞穂「『珊瑚集』の原詩さがし」、水上瀧太郎の「永井荷風先生招待会」など掲載。

昭和三十五（一九六〇）年
＊五月　佐藤春夫著『小説永井荷風傳』、新潮社より刊行。
昭和三十六（一九六一）年
＊四月　『回想の永井荷風』（荷風先生を偲ぶ会編）、霞ケ関書房より刊行。
昭和三十七（一九六二）年
第一次岩波書店版『荷風全集』刊行される。
昭和三十八（一九六三）年
＊五月六日　久保田万太郎死去。享年七十三。慶應義塾大学文学部内に「久保田万太郎記念講座」が設けられ、毎年二回、著名な作家や詩人、評論家がそれぞれ半期ずつ講義を担当し、今日に至っている。
昭和三十九（一九六四）年
＊五月六日　佐藤春夫死去。享年七十二。
昭和四十三（一九六八）年
＊　遠藤周作、「三田文學」編集長に就く。
昭和四十六（一九七一）年
＊一月一日　堀口大學、「新春　人間に」と題した詩を、「サンケイ新聞」に寄せ、全世界の人間に「分ち合え／譲り合え／そして武器を捨てよ／人間よ」と、呼びかけた。
昭和五十六（一九八一）年
＊三月十五日　堀口大學死去。享年八十九。

昭和六十（一九八五）年

＊九月発刊の『新潮日本文学アルバム　永井荷風』に収められたエッセイ「『荷風ぶし』について」のなかで、遠藤周作は、歯が欠け、バンドのかわりに紐を使っていた最晩年の永井荷風を写した写真について触れ、「そこには小説家、荷風ではなく、彼の文学を裏切った一人の老人のイメージがあるだけだ。年齢をとるのは実に悲しいことである」と、かなり辛辣というか、意地の悪いコメントを記す。

＊安岡章太郎、三田文學會理事長に就任。

平成二（一九九〇）年

＊十一月『三田の文人』（慶應義塾大学文学部開設百年記念「三田の文人展」実行委員会編）、丸善より刊行。慶應義塾大学名誉教授の松村友視、「鷗外・敏・荷風／荷風招聘をめぐる経緯」を寄稿し、永井荷風が森鷗外と上田敏の推輓で、慶應義塾大学部文学科の教授に招聘された経緯を、鷗外や敏、荷風の書簡などを引用しながら、明らかにする。

平成五（一九九三）年

＊九月『慶應義塾大学文学部百年記念誌』（慶應義塾大学文学部開設百年記念実行委員会編）刊行。

主要参考文献

■単行本

永井荷風関係

秋庭太郎『考證永井荷風』岩波書店　一九六六年
同『永井荷風傳』春陽堂　一九七六年
同『荷風外傳』春陽堂　一九七九年
飯島耕一『永井荷風論』中央公論社　一九八二年
磯田光一『永井荷風』講談社　一九七九年
江藤淳『荷風散策』新潮社　一九九六年
江戸東京博物館編『永井荷風と東京』東京都江戸東京博物館　一九九九年
奥野信太郎編集兼発行人「三田文學・永井荷風追悼6月号」三田文学会　一九五九年
荷風先生を偲ぶ会編『回想の永井荷風』霞が関書房　一九六一年
河出書房新社編『文芸読本　永井荷風』河出書房新社　一九八一年
川本三郎『荷風と東京』都市出版　一九九六年
草森紳一『荷風の永代橋』青土社　二〇〇四年
小島政二郎『小説永井荷風』鳥影社　二〇〇七年
佐藤春夫『小説永井荷風傳』新潮社　一九六〇年
『新潮日本文学アルバム　永井荷風』新潮社　一九八五年

末延芳晴『永井荷風の見たあめりか』中央公論社　一九九七年
同『荷風とニューヨーク』青土社　二〇〇二年
同『荷風のあめりか』平凡社ライブラリー　二〇〇五年
武田勝彦『荷風の青春』三笠書房　一九七三年
永井荷風『荷風全集』（第一巻〜第三十巻）岩波書店　一九九二年〜一九九五年
『永井荷風』河出書房新社　二〇一四年
中村光夫『《評論》永井荷風』筑摩書房　一九七九年
野口冨士男『わが荷風』集英社　一九七五年
古屋健三『永井荷風　冬との出会い』朝日新聞社　一九九九年
持田叙子『朝寝の荷風』人文書院　二〇〇五年
安岡章太郎『私の濹東綺譚』新潮社　一九九九年

慶應義塾関係

慶應義塾塾監局編『慶應義塾塾員名簿』慶應義塾塾監局　一九二二年
慶應義塾・塾史編纂所『慶應義塾百年史』（上・中〈前・後〉・下・別巻〈大学編〉・附録〈慶應義塾百年史〉）慶應義塾　一九五八年〜一九六九年
慶應義塾大学文学部開設百年記念実行委員会編『慶應義塾大学文学部百年記念誌』慶應通信　一九九三年
慶應義塾大学文学部開設百年記念「三田の文人展」実行委員会編『三田の文人』丸善　一九九〇年

慶應義塾野球部史編集委員会『慶應義塾野球部百年史』（上・下）慶應義塾体育会・三田倶楽部　一九八九年
福澤諭吉『福澤諭吉全集』（第一巻～第七巻）岩波書店　一九五九年～一九七〇年

その他

阿部章蔵『水上瀧太郎全集』（第一巻～第十二巻）岩波書店　一九八三年～一九八四年
伊藤整『日本文壇史　十一　自然主義の勃興期』講談社文芸文庫　一九九六年
同『日本文壇史　十二　自然主義の最盛期』講談社文芸文庫　一九九六年
同『日本文壇史　十三　頽唐派の人たち』講談社文芸文庫　一九九六年
遠藤周作『留学』新潮文庫　一九六八年
亀井俊介『英文学者　夏目漱石』松柏社　二〇一一年
久保田万太郎『久保田万太郎全集』（第一巻～第十五巻）中央公論社　一九六七年～一九六八年
五高同窓会『会員名簿』一九五七年
佐藤春夫『底本佐藤春夫全集』（第一巻～第三十六巻＋別巻一&二）臨川書房　一九九九年～二〇〇一年
末延芳晴『夏目金之助　ロンドンに狂せり』青土社　二〇〇四年
同『森鷗外と日清・日露戦争』平凡社　二〇〇八年
同『正岡子規、従軍す』平凡社　二〇一一年
外山卯三郎『詩人ヨネ・ノグチ詩』造形美術協会出版局　一九六六年

中村三代司・松村友視編『三田文学の系譜』三弥井書店　一九八八年
日本経営史研究所編集制作『日本郵船株式会社百年史』日本郵船　一九八八年
長谷川郁夫『堀口大學』河出書房新社　二〇〇九年
原民喜『原民喜全集』（第一巻～第四巻）芳賀書店　一九六九年
平出修『定本　平出修集（正）』春秋社　一九六五年
同『定本　平出修集（続）』春秋社　一九六九年
同『定本　平出修集（第三巻）』春秋社　一九八一年
平岡敏夫編『漱石日記』岩波文庫　一九九〇年
平岡敏夫『佐幕派の文学史　福澤諭吉から夏目漱石まで』おうふう　二〇一二年
同『佐幕派の文学　漱石の気骨から詩編まで』おうふう　二〇一三年
堀口大學『堀口大學全集』（第一巻～第九巻、補巻一～三、別巻）小沢書店　一九八二年～一九八八年
正宗白鳥「文壇五十年」（『現代日本文学全集　九十七　文学的回想録』）筑摩書房　一九七三年
森鷗外「うた日記」（『森鷗外全集十九』）岩波書店　一九七三年
同『鷗外選集　第一巻』岩波書店　一九七八年
山中千春『佐藤春夫と大逆事件』論創社　二〇一六年
吉田精一編『現代日本文学全集　九十九　現代日本文学年表』筑摩書房　一九七三年
吉本隆明「性の幻想　大庭みな子との対談」（『対談集・素人の時代』）角川書店　一九八三年
早稲田大学第一・第二文学部編『早稲田大学文学部百年史』早稲田大学第一・第二文学部　一九九二年

■雑誌・パンフレット・その他

「慶應義塾大学部・普通部・商工学校規則摘要」慶應義塾塾監局　一九一五年ころ
現代詩手帖『特集・永井荷風』「象徴と憧憬」思潮社　一九七六年四月
永井荷風編「三田文學」創刊号　三田文学会　一九一〇年五月
柳沢君松「三田文學」鷗外先生追悼号　三田文学会　一九二二年八月
ユリイカ「特集・永井荷風」青土社　一九九七年三月
早稲田大学図書館編『早稲田と文学の一世紀』／『早稲田文学』創刊百周年記念図録　早稲田大学出版部　一九九一年

末延芳晴(すえのぶ よしはる)

一九四二年、東京都出身。文芸評論家。東京大学文学部卒業。一九七三年よりＮＹに在住し、米国文化の批評・評論活動を行う。一九九七年、『永井荷風の見たあめりか』(中央公論社)の刊行後帰国。以後、文学評論、映画評論の分野で執筆活動を続ける。『正岡子規、従軍す』(平凡社)で第二四回和辻哲郎文化賞受賞。『夏目金之助 ロンドンに狂せり』(青土社)、『森鷗外と日清・日露戦争』(平凡社)、『寺田寅彦 バイオリンを弾く物理学者』(平凡社)、『原節子、号泣す』(集英社新書)など著書多数。

慶《けい》應《おう》義《ぎ》塾《じゅく》文《ぶん》学《がく》科《か》教《きょう》授《じゅ》 永《なが》井《い》荷《か》風《ふう》

二〇一八年一二月一九日 第一刷発行　集英社新書〇九五九Ｆ

著者……末《すえ》延《のぶ》芳《よし》晴《はる》

発行者……茨木政彦

発行所……株式会社集英社

東京都千代田区一ツ橋二-五-一〇　郵便番号一〇一-八〇五〇

電話　〇三-三二三〇-六三九一(編集部)

〇三-三二三〇-六〇八〇(読者係)

〇三-三二三〇-六三九三(販売部)書店専用

装幀……原 研哉

印刷所……大日本印刷株式会社　凸版印刷株式会社

製本所……株式会社ブックアート

定価はカバーに表示してあります。

ISBN 978-4-08-721059-0 C0295

Printed in Japan

a pilot of wisdom

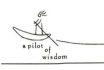